飞花令里 读诗词

雪晴松叶翠

琬如 ◎ 编著

四川人民出版社

图书在版编目（CIP）数据

飞花令里读诗词.雪晴松叶翠/琬如编著.-- 成都：四川人民出版社，2018.10
（图说天下.文化中国系列）
ISBN 978-7-220-10964-5

Ⅰ.①飞… Ⅱ.①琬… Ⅲ.①古典诗歌 - 诗歌欣赏 - 中国 Ⅳ.① I207.2

中国版本图书馆 CIP 数据核字（2018）第 205647 号

飞花令里读诗词
雪晴松叶翠
琬如 编著

责任编辑	邹 近 陈 欣
封面设计	蒋碧君
版式设计	刘晓东
责任印制	李 剑

出版发行	四川人民出版社（成都市槐树街2号）
网 址	http://www.scpph.com
E-mail	scrmcbs@sina.com
新浪微博	@四川人民出版社
微信公众号	四川人民出版社
发行部业务电话	（028）86259624 86259453
防盗版举报电话	（028）86259624
照 排	
印 刷	艺堂印刷（天津）有限公司
成品尺寸	170mm×240mm
印 张	15
字 数	220千字
版 次	2018年10月第1版
印 次	2018年10月第1次印刷
书 号	ISBN 978-7-220-10964-5
定 价	35.80元

■版权所有·侵权必究

本书若出现印装质量问题，请与我社发行部联系调换
电话：（028）86259453

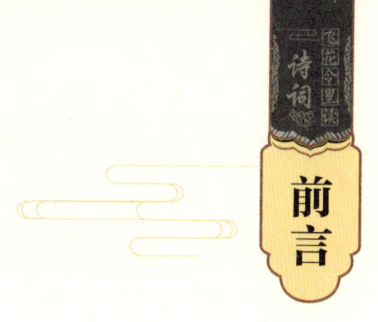

前言

  2016年2月,由中央电视台倾力打造的大型文化类演播室益智竞赛节目——《中国诗词大会》受到了社会各界的广泛关注,这档以"赏中华诗词、寻文化基因、品生活之美"为主旨的节目在引爆收视狂潮的同时唤醒了普罗大众对于古典诗词的记忆与热爱,而其中别出心裁的"飞花令"环节更是给观众留下了深刻的印象。所谓"飞花令"本是中国古人喝酒时用来罚酒助兴的一种酒令,"飞花"一词出自唐代诗人韩翃《寒食》诗中的"春城无处不飞花"一句。飞花令是"行酒令",属雅令。行飞花令时首选诗和词,也可用曲,但选择的句子一般不超过7个字。一般而言,行令时,诗句不仅必须含有相对应的关键字,而且对该关键字出现在诗词中的位置同样有着严格的要求。

  飞花令源自古人的诗词之趣、诗词之美,美在情感之真纯,亦美在表达之深刻。无论时代如何更迭,流传千古的经典诗词依然是中国传统文化中最为灿烂的一抹亮色,它以其真实的表达与动人的遐思,在历史的长河中缤纷闪耀,熠熠生辉,影响着一代又一代的中国人。故此,我们策划编辑了《图说天下·文化中国:飞花令里读诗词》这套丛书。

  本套丛书共分为4册,每册均以诗词作为载体,从诗歌的源起——《诗经》《楚辞》,到唐宋诗词、明清佳句,精心遴选了150余位诗人的近500首经典诗词,依循古代飞花令的行令规则以及现代人的阅读习惯,选取诗词中经常出现的风、花、雪、月、暖、柳、晴、是、鸟、遇、松、故等几十个常见字进行编排,每一首诗词后均配有相应的注释与优美的文字赏析,并辅以精心设计的花絮版块和插图,带领读者在诗香词海之间开启一场唯美动人的诗词文化之旅。

  岁月浩浩,历史悠悠,古典诗词作为中国传统文化中不可忽视的一部分,既是中华文明在语言文字上的浓缩精华,更是几千年来中国人精神风貌的展示。那些性灵的飞扬,生命的忧思,历史的感喟,都潜藏在一篇篇优美的诗词之中。就让我们一起走进诗词,一同感受中国传统文化的博大精深与独特魅力吧!

目录

雪

雪却输梅一段香 雪梅·其一（南宋·卢梅坡）……………… 1

夜雪初积 暗香·旧时月色（南宋·姜夔）………………… 2

万里雪飘 沁园春·雪（毛泽东）…………………………… 3

吴钩霜雪明 侠客行（唐·李白）…………………………… 5

遥知不是雪 梅花（北宋·王安石）………………………… 7

满座衣冠似雪 贺新郎·别茂嘉十二弟（南宋·辛弃疾）…… 8

窗含西岭千秋雪 绝句（唐·杜甫）………………………… 11

晴

晴天散余霞 落日忆山中（唐·李白）……………………… 12

弄晴时 鹧鸪天·十里楼台倚翠微（北宋·晏几道）……… 13

暖雨晴风初破冻 蝶恋花·暖雨晴风初破冻（南宋·李清照）… 14

长记秋晴望 子夜歌·人生愁恨何能免（五代·李煜）…… 15

风吹古木晴天雨 江楼夕望招客（唐·白居易）…………… 16

危楼独立面晴空 雪梅香·景萧索（北宋·柳永）………… 18

秋雨晴时泪不晴 南乡子·送述古（北宋·苏轼）………… 19

松

松声晚窗里 寻西山隐者不遇（唐·丘为）………………… 21

短松冈 江城子·乙卯正月二十日夜记梦（北宋·苏轼）… 22

旧山松竹老 小重山·昨夜寒蛩不住鸣（南宋·岳飞）…… 24

宝髻松松挽就 西江月·宝髻松松挽就（北宋·司马光）… 25

为木当作松 于五松山赠南陵常赞府（唐·李白）………… 26

白云本是乔松伴 送钱从叔辞丰州幕归嵩阳旧居（唐·卢纶）… 28

检校长身十万松 沁园春·灵山齐庵赋时筑偃湖未成（南宋·辛弃疾）… 29

叶

叶叶心心 添字丑奴儿·窗前谁种芭蕉树（南宋·李清照）……… 31
一叶舟轻 行香子·过七里濑（北宋·苏轼）……… 32
一叶叶 更漏子·玉炉香（唐·温庭筠）……… 34
鱼戏莲叶东 江南（两汉·佚名）……… 36
荒戍落黄叶 送人东游（唐·温庭筠）……… 37
芙蓉花腮柳叶眼 简简吟（唐·白居易）……… 38
吴酒一杯春竹叶 忆江南·其三（唐·白居易）……… 40

翠

翠盖空踟蹰 羽林郎（东汉·辛延年）……… 42
珠翠发寒光 对雪（唐·许浑）……… 45
珠帘翠帐凤凰楼 咏画障（唐·上官仪）……… 46
曲房珠翠合 少年行（唐·刘长卿）……… 48
长条短叶翠濛濛 一剪梅·咏柳（明·夏完淳）……… 49
水殿风来珠翠香 西宫秋怨（唐·王昌龄）……… 51
伞盖低垂金翡翠 石榴树（唐·白居易）……… 52

关

关山正飞雪 陇西行（唐·王维）……… 55
关关雎鸠 关雎（《诗经·周南》）……… 57
想乡关何处 安公子·远岸收残雨（北宋·柳永）……… 59
唱彻《阳关》泪未干 鹧鸪天·送人（南宋·辛弃疾）……… 61
扬蛾入吴关 咏苎萝山（唐·李白）……… 63
想见西出阳关 琵琶仙·双桨来时（南宋·姜夔）……… 65
何须生入玉门关 塞上曲·其二（唐·戴叔伦）……… 66

目录

寒

寒山一带伤心碧 菩萨蛮·平林漠漠烟如织（唐·李白）……68

天寒翠袖薄 佳人（唐·杜甫）……70

洛水寒来夜夜声 赠王侍御（唐·韦应物）……71

一剑霜寒十四州 献钱尚父（唐·贯休）……73

今日水犹寒 于易水送人（唐·骆宾王）……74

苍苍宰树起寒烟 王思道碑堂下作（唐·刘禹锡）……76

微霜凄凄簟色寒 长相思二首（唐·李白）……77

霜

霜刃未曾试 剑客（唐·贾岛）……79

星霜岁欲穷 彭蠡湖中望庐山（唐·孟浩然）……80

月入霜闺悲 独不见（唐·李白）……82

九月降霜秋早寒 杜陵叟（唐·白居易）……84

愁鬓点新霜 南乡子·归梦寄吴樯（南宋·陆游）……86

白须萧散满霜风 纵笔·其一（北宋·苏轼）……88

毛暗萧条连雪霜 瘦马行（唐·杜甫）……89

冷

冷妆新照双桐井 菩萨蛮·回文秋闺怨（北宋·苏轼）……92

香冷金猊 凤凰台上忆吹箫·香冷金猊（南宋·李清照）……93

横眉冷对千夫指 自嘲（鲁迅）……95

蕊寒香冷蝶难来 题菊花（唐·黄巢）……96

残雪凝辉冷画屏 浣溪沙·残雪凝辉冷画屏（清·纳兰性德）……98

夜深花睡香冷 念奴娇·赋白牡丹和范廓之韵（南宋·辛弃疾）……99

风吹白露衣裳冷 晚秋夜（唐·白居易）……101

泪

泪空流 诉衷情·当年万里觅封侯（南宋·陆游） …… 103
咽泪装欢 钗头凤·世情薄（南宋·唐婉） …… 105
但见泪痕湿 怨情（唐·李白） …… 106
一吟双泪流 题诗后（唐·贾岛） …… 107
长使英雄泪满襟 蜀相（唐·杜甫） …… 109
还君明珠双泪垂 节妇吟·寄东平李司空师道（唐·张籍） …… 110
中间多少行人泪 菩萨蛮·书江西造口壁（南宋·辛弃疾） …… 112

苦

苦道来不易 梦李白二首（唐·杜甫） …… 113
最苦浔阳江头客 贺新郎·赋琵琶（南宋·辛弃疾） …… 115
去日苦多 短歌行（东汉·曹操） …… 117
知人最苦 杏花天影·绿丝低拂鸳鸯浦（南宋·姜夔） …… 119
游说万乘苦不早 南陵别儿童入京（唐·李白） …… 120
弹剑作歌奏苦声 行路难·其二（唐·李白） …… 122
无情不似多情苦 玉楼春·绿杨芳草长亭路（北宋·晏殊） …… 124

烟

烟花巷陌 鹤冲天·黄金榜上（北宋·柳永） …… 125
人烟寒橘柚 秋登宣城谢朓北楼（唐·李白） …… 127
到处烟花恨别离 古离别（五代·韦庄） …… 129
万里风烟 念奴娇·梅（南宋·辛弃疾） …… 130
金山西见烟尘飞 走马川行奉送封大夫出师西征（唐·岑参） …… 131
请君暂上凌烟阁 南园·其五（唐·李贺） …… 133
碧纱窗下水沉烟 阮郎归·初夏（北宋·苏轼） …… 134

目录

身

身不得 满江红·小住京华（秋瑾） …… 136
弃身锋刃端 白马篇（三国·曹植） …… 138
只缘身在此山中 题西林壁（北宋·苏轼） …… 140
丈夫立身有如此 述德兼陈情上哥舒大夫（唐·李白） …… 141
向使当初身便死 放言·其三（唐·白居易） …… 142
天涯涕泪一身遥 野望（唐·杜甫） …… 144
誓扫匈奴不顾身 陇西行·其二（唐·陈陶） …… 145

客

客中时有洛阳人 寄河上段十六（唐·王维） …… 147
见客入来 点绛唇·蹴罢秋千（南宋·李清照） …… 148
笑问客从何处来 回乡偶书·其一（唐·贺知章） …… 150
丰年留客足鸡豚 游山西村（南宋·陆游） …… 151
酒贱常愁客少 西江月·世事一场大梦（北宋·苏轼） …… 153
他席他乡送客杯 蜀中九日（唐·王勃） …… 154
但使主人能醉客 客中行（唐·李白） …… 156

雁

雁引愁心去 与夏十二登岳阳楼（唐·李白） …… 158
寒雁飞相及 从军行·其二（唐·王昌龄） …… 159
月黑雁飞高 和张仆射塞下曲·其三（唐·卢纶） …… 161
北风吹雁雪纷纷 别董大·其一（唐·高适） …… 163
君看随阳雁 同诸公登慈恩寺塔（唐·杜甫） …… 164
目断秋霄落雁 木兰花慢·滁州送范倅（南宋·辛弃疾） …… 167
洞庭一夜无穷雁 春夜闻笛（唐·李益） …… 169

白

白头不相离 白头吟（两汉·佚名） …… 171
李白能诗复能酒 把酒对月歌（明·唐寅） …… 173
肠断白蘋洲 望江南·梳洗罢（唐·温庭筠） …… 174
浮云蔽白日 行行重行行（东汉·佚名） …… 176
黄金络头白玉鞍 答杜秀才五松见赠（唐·李白） …… 178
都护行营太白西 武威送刘判官赴碛西行军（唐·岑参） …… 180
雄鸡一声天下白 致酒行（唐·李贺） …… 181

梅

梅子黄时日日晴 三衢道中（南宋·曾几） …… 184
探梅时节 踏莎行·雪似梅花（北宋·吕本中） …… 185
酒美梅酸 蝶恋花·上巳召亲族（南宋·李清照） …… 186
雪岸丛梅发 陪裴使君登岳阳楼（唐·杜甫） …… 188
绿绮韵低梅雨润 木兰花令·经旬未识东君信（北宋·苏轼） …… 189
清泉冷浸疏梅蕊 初春书怀（南宋·陆游） …… 191
二月春花厌落梅 浣溪沙·二月春花厌落梅（北宋·晏几道） …… 192

最

最喜小儿亡赖 清平乐·村居（南宋·辛弃疾） …… 194
我最怜君中宵舞 贺新郎·同父见和再用韵答之（南宋·辛弃疾） …… 195
攀取最长枝 书情寄从弟邠州长史昭（唐·李白） …… 198
丽春应最胜 丽春（唐·杜甫） …… 199
夏浅胜春最可人 初夏（南宋·陆游） …… 201
藏蓄阳和意最深 咏煤炭（明·于谦） …… 202

7

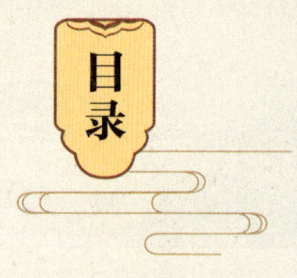

相
- 相煎何太急 七步诗（三国·曹植）·················· 204
- 左相日兴费万钱 饮中八仙歌（唐·杜甫）·················· 205
- 出郭相扶将 木兰诗（南北朝·佚名）·················· 207
- 春风不相识 春思（唐·李白）·················· 210
- 已恨碧山相阻隔 乡思（北宋·李觏）·················· 211
- 此时对雪遥相忆 和裴迪登蜀州东亭送客逢早梅相忆见寄（唐·杜甫）··· 213
- 终被阎罗老子相屈 雨霖铃·孜孜矻矻（北宋·王安石）·················· 215

宜
- 宜其室家 桃夭（《诗经·周南》）·················· 217
- 偏宜上酒楼 同王征君湘中有怀（唐·张谓）·················· 218
- 军中宜剑舞 幽州夜饮（唐·张说）·················· 220
- 陶侃军宜次石头 重有感（唐·李商隐）·················· 221
- 醉乡路稳宜频到 乌夜啼·昨夜风兼雨（五代·李煜）·················· 223
- 风清月白偏宜夜 采桑子·天容水色西湖好（北宋·欧阳修）·················· 225
- 扁舟正与睡相宜 早行（唐·罗隐）·················· 226

附录 "飞花令"中的酒令文化 ·················· 228

雪梅·其一①

南宋·卢梅坡

梅雪争春未肯降②,骚人阁笔费评章③。
梅须逊雪三分白,雪却输梅一段香。

注释

①雪梅:《雪梅》为组诗,共二首,此为其一。②降:认输。③骚人:泛指诗人。阁笔:即搁笔,"阁"同"搁"。

赏析

南宋诗人卢梅坡的存世作品并不多,生卒年与生平事迹亦不详,"梅坡"并非其名,而是他的自号。他因写下以《雪梅》为题的二首七言绝句而留名千古,此为其中一首。

古今许多诗人写雪、梅,多着墨于其高洁、雅致、与众不同的美,或以它们为君子、雅士的化身,赞叹二者的高尚品格。卢梅坡却不落窠臼,从梅雪争春的角度落笔,以朴实而隽永的人生哲理收笔,实在出人意表,新颖别致。

诗的前两句采用拟人手法,写梅与雪都认为自己才是报春使者，互不相让，以至于素来妙笔生花的骚人墨客们（亦可理解为诗人自己）也头痛不已，不知如何分出高下。一个简单的"争"字，仿佛让我们眼前浮现出梅雪争先恐后、各显风姿的情景，紧接着的"不肯降"看似是进一步加强"争"的激烈，实际上却可幻化为大雪纷纷扬扬、梅花盛放枝头的美景，同时也刻画出梅与雪的倔强风骨。

百般思量后，诗人给出了结语：梅与雪各有千秋，梅不如雪之洁白，雪不如梅之清香。这两句中最妙的是两个量词的运用，"三分"表示略有欠缺，相差不多；"一段"则将可闻而不可见的香气具象化，仿佛那萦绕鼻端的香也可以测量比较。

整首诗语言平易，兼备情趣与理趣，借雪梅争春言人之各有长短，意在诗外，耐人寻味。

暗香·旧时月色①

南宋·姜夔

辛亥之冬②，予载雪诣石湖。止既月，授简索句，且征新声。作此两曲，石湖把玩不已，使工妓隶习之③，音节谐婉，乃名之曰《暗香》《疏影》④。

旧时月色，算几番照我，梅边吹笛。唤起玉人，不管清寒与攀摘。何逊而今渐老⑤，都忘却春风词笔。但怪得竹外疏花，香冷入瑶席。

江国，正寂寂。叹寄与路遥，夜雪初积。翠尊易泣，红萼无言耿相忆。长记曾携手处，千树压西湖寒碧。又片片、吹尽也，几时见得。

注释

①暗香：此亦为姜夔自度曲，双阕，九十七字。②辛亥：宋光宗绍熙二年

(1191)。③工妓：乐工和歌伎。④《暗香》《疏影》：二词出自林逋诗"疏影横斜水清浅，暗香浮动月黄昏"。⑤何逊：南朝梁的诗人，曾在扬州做官，极善于咏梅。

赏析

  这首词被誉为前无古人、后无来者的咏梅绝唱。起句云"旧时月色"，本要咏现在的梅花，却偏偏要从"旧时月色"开始，可见词人的心里有着许多过去的哀怨故事。而就在这月色下，他在梅边吹笛，唤起玉人摘梅花，境界清幽。接下来，词人突然又回到了现实中来，"何逊而今渐老"，这正是词人痛心的自问：是否已然忘却了"春风词笔"了呢？这时，笔锋本已转向了词人自己，但他又再次转回到石湖的梅花上来，"但怪得竹外疏花，香冷入瑶席"，可见此处花好，也可引动诗兴。

  下阕又再一次宕开笔致，"叹寄与路遥，夜雪初积"，此句写相思之情，却无可慰藉。而"翠尊易泣，红萼无言"，见尊酒而想到离人之泪，但更可能是因相思之愁苦方去喝酒，而红萼无言也近乎白话，因红萼本来就无言，但如此一说，反觉情致更为深厚与醇美。就在"红萼无言耿相忆"的文脉中，顺理成章地打开了另一扇记忆之门。然而，"长记曾携手处"，竟然是"千树压西湖寒碧"的景象，这种渗透了作者自己情感色彩的景色更为深刻地向我们揭示了词人的内心世界："千树压西湖寒碧"，那是一个纷纭万状的美丽与黯然惊心的凄楚在心灵深处的瞬间融合，也是这首词的感情基调。

沁园春·雪

毛泽东

北国风光①，千里冰封，万里雪飘。
望长城内外，惟余莽莽②；大河上下③，顿失滔滔。

山舞银蛇，原驰蜡象④，欲与天公试比高。
须晴日，看红装素裹，分外妖娆。

江山如此多娇，引无数英雄竞折腰。
惜秦皇汉武，略输文采；唐宗宋祖，稍逊风骚⑤。
一代天骄，成吉思汗，只识弯弓射大雕。
俱往矣⑥，数风流人物，还看今朝。

注释

①北国：通常指我国北方地区。②莽莽：广阔。③大河：指黄河。④原：指秦晋高原。蜡象：白色的象。⑤风骚：原指《诗经·国风》与《离骚》，后泛指文学。⑥俱往矣：全成为过往了。俱，全；矣，古代文言助词，同"了"。

赏析

古往今来，咏雪诗词颇多，但能将雪景描写得如此气势磅礴、意境开阔的豪放作品，可谓首推此作。

作者在词的上阕，重点着墨于"北国风光"，开篇便以"千里冰封，万里雪飘"两句总写展现了祖国山河的宏伟与壮丽。接下来的分写，则以想象中长城、黄河的虚景，进一步凸显北方雪景给人的震撼。长城与黄河是祖国广阔山河的象征，而"莽莽""滔滔"二词的运用，不仅形象贴切，又显得气势雄壮。"山舞银蛇"三句，作者从无边的联想中转回眼前北国的实景，采用比喻手法，用"舞银蛇"和"驰蜡像"六字化静为动，将茫茫白雪覆盖下群山的绵延起伏、高原的雄伟奔放描写得淋漓尽致。上阕的末尾三句，写天晴后红日照射下的艳丽景象，这与前文的雪景形成了鲜明对比，一白一红，形成了视觉上强烈的艺术冲击。

"江山如此多娇，引无数英雄竞折腰"一句承上启下，从上阕的写景自然过渡至下阕的议论和抒怀。作者遣词精妙，"竞""折腰"写出了古今英雄相争、逐鹿天下的激烈，但一个总领全句的"引"字，又令人不由感叹：江山的多娇造就了一代代英雄的崛起。而作者对那些历史上著名的英雄人物的看法，一字概之为"惜"。结合下文，可见这种感情不只是惺惺相惜,也含有惋惜之情。不过,作者并没有对此详尽论述,而是以"俱往矣,数风流人物,还看今朝"作为结束语,既热烈又不失含蓄地表达了自己超越前人、铸就伟业的雄心壮志!

侠客行①

唐·李白

赵客缦胡缨②,吴钩霜雪明③。
银鞍照白马,飒沓如流星④。
十步杀一人,千里不留行⑤。
事了拂衣去,深藏身与名。
闲过信陵饮⑥,脱剑膝前横。
将炙啖朱亥,持觞劝侯嬴⑦。
三杯吐然诺,五岳倒为轻。
眼花耳热后,意气素霓生⑧。
救赵挥金槌,邯郸先震惊⑨。
千秋二壮士,烜赫大梁城⑩。
纵死侠骨香,不惭世上英。
谁能书阁下,白首《太玄经》⑪。

注释

①侠客行:乐府古题,"行"是古代诗歌的体裁之一。②赵客:燕赵的侠客。缦胡缨:指侠客的冠带是少数民族的没有花纹的带子。缦,指没有花纹;胡,古代对北方少数民族的统称;缨,冠帽上的带子。③吴钩:春秋时期的一种弯刀,这里代指宝刀。④飒沓:骏马疾驰的样子。⑤"十步"两句:语出《庄子·说剑》:"臣之剑十步一人,千里不留行。"⑥信陵:即信陵君,

"战国四公子"之一。⑦"将炙"二句：朱亥、侯嬴都是战国侠士，朱原为屠夫，侯原为魏都大梁东门的门官，后来两人成为信陵君的门客。炙，烤肉，这里指烤肉。啖，吃，诗中作动词用，意为让朱亥吃。⑧素霓：白色霓虹。古时，人们认为，如果有不寻常的大事要发生，就会出现不寻常的天象，比如"白虹贯日"。此句的意思是，侠客做出承诺，天下也就要发生大事了。⑨"救赵"二句：引信陵君救赵的故事。当时，秦军围攻赵都邯郸，赵国的平原君向信陵君求救，信陵君于是采用侯嬴的计策，盗取了魏王的兵符，并假传军令令晋鄙领军。晋鄙生疑，朱亥锤杀晋鄙。于是，信陵君率魏军进击秦军以救赵，解了邯郸之围。⑩烜（xuǎn）赫：声名盛大。大梁城：战国时魏国的都城，今河南省开封市西北。⑪太玄经：又称《扬子太玄经》，为汉代扬雄著，后收入《四库全书》时，为避讳康熙皇帝玄烨之名，改为《太元经》。

赏析

这首诗约为唐玄宗天宝三年（744），四十三岁的李白游齐州时所作。在唐代游侠之风盛行的社会背景之下，诗人借乐府古题《侠客行》表达了自己对侠客的赞赏与倾慕，而其内心的豪情也跃然于字里行间。

诗的前四句，诗人从描写侠客的装束、兵器和坐骑来刻画其形象：无花纹的胡缨、锋利的吴钩宝刀、配着银鞍的如同飒飒流星般迅疾的白马。短短二十个字，明为写物，实则写人，将侠客粗犷英武的形象和飒爽奔放的气势都勾勒了出来。

紧接着的四句，则着重渲染侠客的精神：他们具有高超的剑术、利落的身手，但锄强扶弱、斩杀不义之人后，却是拂衣而去，不求回报地"深藏身与名"。

"闲过"四句，在全诗中起着承上启下的过渡作用，诗人引入战国时侯嬴、朱亥和信陵君的典故，自然而然地将侠客与明主联系在一起，同时委婉地表达了自己的政治志向。

接下来的八句诗则顺应上文，详写信陵君借用两位侠客救赵的故事，一来从抽象到具象，进一步刻画了侠客慷慨豪纵、尚义气、重承诺的形象；二来表明了侠客与明主之间的关系：明主须借助侠客的勇武来成就事业，侠客也须得遇明主才能功成名就。最后四句，诗人点明，虽然侠客的目的没有达到，但依然是"纵死侠骨香，不惭世上英"，比起那些在书阁中书写《太玄经》到白头的儒生们，更应为人称颂，流芳后世！

这首诗其实可算是诗人李白的自我写照。李白在少年时便颇受关陇一带"融胡汉为一体，文武不殊途"的风气影响，以至"十五好剑术"（《与韩荆州书》）、"少任侠，手刃数人"（魏颢《李翰林集序》），一生不曾离剑。因此，此诗实为借赞誉侠客以抒发己志。

梅花

北宋·王安石

墙角数枝梅，凌寒独自开①。
遥知不是雪，为有暗香来②。

注释

①凌寒：冒着严寒。②为：因为。

赏析

诗人以诗作画，开篇便点出此梅非彼梅，不是供在案上花瓶里邀宠的那一朵，也不是盛放在梅林中的一树繁花，而是开在"墙角"——这个显得有些冷清、有些寂寥的特殊地点。但就是在这一狭小的空间里"凌寒独自开"的"数枝梅"，给人以无限遐想，似乎每个读者的脑海中都能描绘出一幅独属于自己的由诗句衍生的画面。也许，那是几枝清丽淡雅的梅花，悄然绽放在江南园林的一角，斜斜掠过了墙上的小轩窗，静待佳人的轻嗅；也许，那寥寥几枝梅，清瘦而疏落，却坚持着一种遗世独立的倔强与孤傲，怒放出一种野性的自由……结合此诗的写作背景，可见这也是作者的自况，是当时年过半百、变法之路一再受阻的作者的心境写照。

第三句用雪衬梅，既在画面上为单调的梅增添了一抹情趣，也是对上句中"凌寒"的巧妙诠释。而雪与梅，两者好像已交融为一体，但即使是远远望去,也能清晰分辨——"为有暗香来"。这一句从视觉转为嗅觉,作为诗人的最后一笔,完美收结全篇。似有若无间,那隐约朦胧的"暗香",飘落于纸上与雪花相缠绕,渐飘至墙外,愈来愈远……

好画有留白之美,好诗亦有白描之妙,这首小诗以毫无雕琢、浅白朴素的语言写梅花的高洁素雅,借梅咏志,适于吟诵又意境深远,千百年来,征服了无数读者的心。

贺新郎·别茂嘉十二弟①

南宋·辛弃疾

别茂嘉十二弟。鹈鴂②、杜鹃实两种,见《离骚补注》。

绿树听鹈鴂。更那堪鹧鸪声住,杜鹃声切。啼到春归无寻处,苦恨芳菲都歇。算未抵人间离别。马上琵琶关塞黑③,更长门翠辇辞金阙④。看燕燕,送归妾⑤。

将军百战身名裂⑥。向河梁⑦回头万里,故人长绝⑧。易水萧萧西风冷⑨,满座衣冠似雪。正壮士悲歌未彻。啼鸟还知如许恨⑩,料不啼清泪长啼血。谁共我,醉明月?

注释

①茂嘉十二弟:辛弃疾的族弟。②鹈鴂:也名博劳、伯赵,也有人认为即是子规(杜鹃)。③马上琵琶:用王昭君事,后人认为昭君在出塞时在马上弹琵琶以自遣。④长门:汉时的长门宫,陈阿娇是汉武帝的皇后,"金屋藏娇"的故事即是为她所发,但后来她失了宠,黜居于长门宫。⑤看燕燕、送归妾:《燕燕》是《诗经》中的一首诗,据说是卫庄公的夫人送庄公之妾陈女戴妫归陈国时所作。戴妫的儿子在卫被杀,她迫不得已而归陈。⑥将军百战身名裂:此指汉将李陵,他虽身经百战,但最后投降匈奴身败名裂。⑦河梁:相传李陵

在匈奴送别苏武时有诗送之,其中有"携手上河梁"之句。⑧故人长绝:即指李陵与苏武永远分别。⑨易水萧萧西风冷:指战国时的刺客荆轲刺秦事,荆轲走时在易水与燕太子丹告别,送他的人都穿着白衣,荆轲临别时高唱云:"风萧萧兮易水寒,壮士一去兮不复还。"⑩还知:如果知道。

赏析

  这是作者为送别族弟茂嘉而写的一首送别词。词一开始先描写了三种鸟的悲啼声,同时使用了诗歌中赋和兴的手法。说赋,是因为它铺叙三种鸟的叫声,这三种鸟在现实中都是可闻的,相当于写实;而说兴,是因为鸟的悲啼在中国古代的文化符号里都是象征着凄切与悲哀的,此处则不仅表达了作者的伤春惜时之情(如"啼到春归无寻处,苦恨芳菲都歇"),也映衬了作者和族弟的离别之悲,引出下文这句"算未抵人间离别"。至此处,作者没有具体写自己和族弟的离情,而是立刻引出下边五个人间的痛苦离别:"马上琵琶关塞黑"写昭君别汉元帝;"更长门翠辇辞金阙。"写陈阿娇别汉武帝;"看燕燕,送归妾"语出《诗经·邶风·燕燕》,诗有"燕燕于飞,下上其音。之子于归,远送于南。瞻望弗及,实劳我心"的句子,相传是庄姜别戴妫时所咏;"将军百战身名裂"和"易水萧萧西风冷"句,则分别写李陵别苏武、荆轲别燕子丹。下笔的出人意料,体现出作者的别有寄托。前三种离别写于上阕,透露出女子幽怨愁闷的情怀;而后两种离别则渗透着苍凉悲壮之情,侧重于写男子功败垂成的痛苦。

  这两种典故类型影射的情感各不相同,似乎各有指涉。结合作者所处的时代,靖康之耻后,金国占据北方,南宋偏安一隅的境况。北宋的许多皇子皇妃被幽禁在北方,被迫别离皇家,不正同于昭君、戴妫的离国别家,以及阿娇的被幽禁冷宫吗?而许多像辛弃疾这样的壮士,无法回到北方的家乡,欲报国杀敌也难以实现,这不正和苏武流放他国、荆轲惨死秦国的处境极其相似吗?可见结合作者的时代背景来理解作品的情感,会变得更容易一些。此外,从结构上看,五种离别分布在上、下阕中,使上、下阕在结构上显得没有分别,而是连贯下来的,这在词史上比较少见。结合辛弃疾本人的性格,他豪放洒脱,不拘一格,作词当也是如此,即兴而写,铺陈自然,因表情达意的需要而创新词的体制,当是可以理解的。

  从词作的风格特点上看,这首词与宋代其他词人的送别词,如周紫芝《踏莎行》、田为《江神子慢》，在艺术面貌上均有极大的不同，虽然感情基调还是颇为悲伤的，但其词中却自有一股郁勃清刚之气。"易水萧萧西风冷，满座衣冠似雪"颇显豪迈飘逸的英雄气息，这也是因为辛弃疾是一位曾经驰骋疆场的马上英雄，其英雄豪气体现在词作中，自然会与一般的送别词有所不同。"正壮士悲歌未彻"便是作者这种英雄气概的自我写照。由上阕啼鸟之声引出人间五场离别的悲剧，到下文中作者又以一句"啼鸟还知如许恨，料不啼清泪长啼血"来为这几场悲剧作结，呼应上文，不仅使艺术结构显得十分圆润而和谐，而且进一步点染上文所叙写的离情之苦、之深，极富艺术感染力。结尾一句"谁共我，醉明月"，从语气上像是在对其送别的人抒怀，这就使小序中"别茂嘉十二弟"的交代落到实处，使文章的艺术结构完整。像辛弃疾这样豪迈不羁的马上英雄，在写文章时也能有这样缜密的文思，细腻的笔触，体现作者立功立言皆兢兢业业的精神，足见英雄自有柔肠百转。

词人之冠

辛弃疾一生词作颇丰，现存其作六百余首，堪称南宋词人中著作最丰富之人。更为难能可贵的是辛词艺术风格多样，内容丰富，既有秉承苏轼遗风的豪迈雄奇、沉郁苍凉的豪放之作，比如"千古江山、英雄无觅，孙仲谋处"；也有婉约深情、哀怨动人的婉约名篇，比如"众里寻他千百度，蓦然回首，那人却在，灯火阑珊处"，更是脍炙人口，千古绝唱。正如清代四库馆臣所评价的那样——"其（辛弃疾）词，慷慨纵横，有不可一世之概"。

绝句

唐·杜甫

两个黄鹂鸣翠柳，一行白鹭上青天。
窗含西岭千秋雪①，门泊东吴万里船②。

注释

①西岭：指西岭雪山。②东吴：古时吴国的领地，包括今江苏、湖北、浙江、福建、湖南等省份部分地区。

赏析

杜甫的《绝句》组诗共有四首，此诗是其中的第三首。当时，"安史之乱"得以平定，于前一年避往梓州的杜甫回到了成都的浣花溪草堂。因此，这首即景小诗充盈着作者因重返故地，面对草堂周围明丽春景时的愉悦心情。

本诗一句一景，从不同角度描绘了作者眼前美丽动人、生机勃勃的春天景色。上联两句写草堂周围柳树新绿，成双成对的黄鹂在刚抽出嫩芽的柳枝间欢快鸣唱、跳跃，而澄澈如洗的蓝天上，白鹭自然成行，以优美的姿态振翅高飞。这两句诗有声有色，一个"鸣"字传神地刻画出黄鹂啼声的清脆动听，一个"上"字写出了白鹭越飞越高的奋发姿态，且"黄"与"翠"相衬，"白"与"青"相映，颜色对照极其鲜明。

一、二句里作者的视线由近及远，三、四句则是由远及近。窗前远眺的诗人的目光，随白鹭的飞翔向上延伸，继而转下，望向西岭雪山。眼前景象的自然转折，不仅使得整个画面的空间感更为广远，也是以雪之白衬托早春的绿、以雪之冷衬早春的暖。末句则与开头呼应，再写近景，并用意味深长的"东吴万里船"婉转表达了作者内心的思绪：因叛乱平定，江边才能停泊来自东吴地区的船只，这怎能不令人欣喜？而在欣喜之余，多年在外的作者又怎会不期盼着乘船远行，早日归返故乡呢？

落日忆山中

唐·李白

雨后烟景绿，晴天散余霞。
东风随春归，发我枝上花。
花落时欲暮，见此令人嗟①。
愿游名山去，学道飞丹砂②。

注释

①嗟：表示感叹、忧伤。②丹砂：又名朱砂、辰砂，古时道家为追求长生炼丹的产物。

赏析

这是一首五言古诗，是李白在某个春日的黄昏时分，登山望远，一时心生感触而作。

诗歌的前四句正面写景：原野山色在雨后愈显葱绿，晴空里晚霞绚烂，正与枝头绽放的鲜花相映衬，组成一幅美丽动人的春景图。首句里"烟"字用得极妙，形象传神地向读者传递出雨后初晴时那种湿漉漉、雾蒙蒙、若隐若现的情境。次句中的"散"字，则写出了晚霞漫布天空时聚时散、时浓时淡的动感。"东风随春归，发我枝上花"两句更是动感十足，让人仿佛可见枝头花朵层层绽放的过程，成为描写春景的名句。

然而，这一片春光明媚、鲜花盛放的繁华，却是为了衬托诗人心中对于时光迟暮、花落叶凋、人生苦短的嗟叹，也令他产生了"愿游名山去，学道飞丹砂"的念头。可以说，此诗相对于"诗仙"的诸多瑰丽诗篇而言并不算十分出色，但因着李白遣词炼句的高超功力，平凡的景色亦显现出了不平凡的光彩。

鹧鸪天·十里楼台倚翠微①

北宋·晏几道

十里楼台倚翠微②，百花深处杜鹃啼。殷勤自与行人语③，不似流莺取次飞④。

惊梦觉，弄晴时⑤。声声只道不如归。天涯岂是无归意，争奈归期未可期⑥。

注释

①鹧鸪天：词牌名，又名《醉梅花》《剪朝霞》《思越人》等。②翠微：形容山色青翠，这里指山林幽深处。③行人：离家远行的人。④流莺：黄莺。取次：随意。⑤弄晴时：指杜鹃在天晴时卖弄自己的声音。⑥争奈：无奈。

赏析

杜鹃，又被称为杜宇、子规，因传说中其叫声犹如"不如归去"，因而成为诗词中代表愁闷、思乡的典型代表。

作者在词中通过杜鹃写思归之情、羁旅之愁，以直接的言辞表达曲折的心意，感情真挚热切而不流于伤感消沉，颇具个人特色。

上阕写行人于赶赴旅店的路途中初闻杜鹃啼声。彼时正是春光明媚，山色青翠，行人从山林幽深处行来，但见庭阁楼台连绵，百花盛开，未想正自心情愉悦时，竟听到了杜鹃声声，勾起心中对故乡、对家人的思念。作者用随意飞动的黄莺来反衬杜鹃声的紧紧跟随，极为传神地写出了心中愁意随着杜鹃一声接一声的鸣叫而越来越加深的变化感。

然而，作者并没有顺势在下阕正面渲染这份离愁和思乡情，而是以反跌之笔，从恼怒杜鹃聒噪的角度来感叹人生境遇不由己的无奈。"惊梦觉"三字，初看似乎旨在引出行人梦醒仍然听到杜鹃鸣叫不停时的烦躁，细一琢磨，便令人不由猜想，是什么样的梦使得行人惊觉？可与之前闻杜鹃有关？最后，作者用一句"天涯岂是无归意，争奈归期未可期"的叹息结束词作，留下袅袅余音。

蝶恋花·暖雨晴风初破冻①

南宋·李清照

暖雨晴风初破冻②。柳眼梅腮，已觉春心动。酒意诗情谁与共？泪融残粉花钿重③。

乍试夹衫金缕缝④。山枕斜欹⑤，枕损钗头凤⑥。独抱浓愁无好梦，夜阑犹剪灯花弄⑦。

注释

①蝶恋花：唐教坊曲，后为词牌名，又称为《卷珠帘》《凤栖梧》等。
②雨：一作"日"。晴：一作"和"。③花钿：古代妇女贴在脸上的一种花

饰。④乍：起初。⑤山枕：古代的一种枕头，中间凹陷，两边凸起，形状如山。欹（qī）：歪向一边。⑥钗头凤：古代妇女的一种凤形头钗。⑦夜阑：指夜将尽时。

赏析

这首词写的是别离后的相思与愁闷，题材虽无新意，但李清照以其细腻的笔触、巧妙的构思和用词，酿出了格外醇厚的滋味。

起处三句绘初春美景，笔调轻快，貌似与主旨无关，其实是以之为背景，反衬后文的离愁别思。"柳眼梅腮"曾被评为"易安奇句"之一（沈际飞《草堂诗余正集》卷四），概因其意蕴丰富，既是对于起句写景的补充，将柳树细长的嫩叶比喻为含情脉脉的眼睛，将梅花初绽的粉红花瓣喻为女子的香腮，同时又结合下句，勾勒出了一个闺中思妇的形象。接下来，一句如同呢喃的设问"酒意诗情谁与共"点明题旨，道破了思妇心中的入骨相思。这相思不仅因离别而起，更因精神生活的空白而显得尤为难耐。

词的下阕以试夹衫、欹山枕、剪灯花等思妇生活中的细节，来详解"酒意诗情谁与共"的寂寞。其中，"抱"字用得最为绝妙，使得无形的浓愁似乎化为了有形的可以拥抱的实质存在，且突出了思妇曾经与丈夫好梦共枕，如今却只能独抱浓愁的今昔对比。词的结句"夜阑犹剪灯花弄"亦颇为耐人寻味，思妇夜深难眠、闲剪灯花的情景跃然纸上，而这一消磨时间又饱含期望（传说中灯花是喜事的预兆）的动作比直诉相思更富有感染力。

子夜歌·人生愁恨何能免①

五代·李煜

人生愁恨何能免，销魂独我情何限！故国梦重归，觉来双泪垂。高楼谁与上②，长记秋晴望。往事已成空，还如一梦中。

注释

①子夜歌：原乐府曲名，这里是词牌《菩萨蛮》的别称。②谁与：即与谁。

赏析

南唐后主李煜入宋后被囚于汴梁（今河南开封），这一时期他的作品皆以怀念故国、抒写亡国哀思为主题，其中写梦回故国的有四篇，此为其一。

词人开篇直抒胸臆，言人生在世，愁恨难免，无论是词人自己或众生皆如此。可是，因愁恨而"销魂"者，竟是"独我"，且此情此恨无限！

若是常人言此，也许有强说愁之嫌，而由词人道来，则的确是饱含血泪悲痛。词人昨为一国之君，今为敌国囚虏，如同从云端跌入最底层，如此强烈的反差带来的痛苦、屈辱和悔恨，当然是日日夜夜、无时无刻不在折磨着他！尤其是，昨夜梦回故国，梦中一切如旧时，于是梦醒时分，愈添凄凉……

词人先写梦醒后的悲叹，再写昨夜的梦，最后重归悲叹，这种写法避免了平铺直叙的乏味，为作品增添了曲折之意。而无数梦境、无数记忆中，词人重点提起过去在晴秋登楼、远眺故国江山的情景，是以昔日自由反衬今日的身陷囹圄，以从前为众人簇拥的威风气派反衬如今的孤独凄苦。

词作以歌代哭，句句如脱口而出，风格平白流畅，不加雕琢，但因为融入了词人发自内心的浓厚情感，故而犹显真挚感人。

江楼夕望招客①

唐·白居易

海天东望夕茫茫，山势川形阔复长。

灯火万家城四畔②,星河一道水中央。
风吹古木晴天雨,月照平沙夏夜霜③。
能就江楼消暑否④?比君茅舍较清凉⑤。

注释

①江楼:杭州城东楼,又被称为东楼、望海楼、望潮楼。②四畔:四周。③平沙:平地。④就:靠近。⑤较:一作"校"。

赏析

唐穆宗长庆三年(823)夏季的一天,时任杭州刺史的白居易设宴招待朋友,于江楼上望见杭州城外的景色,一时诗兴大发,创作了这首七言律诗。

诗的前三联写景,描写顺序亦随着诗人的视线由远及近。首联二句写诗人向远处眺望所看到的景色:彼时,暮色将尽,夜晚初临,海天相连,山川壮阔,呈现一片苍茫之感。颔联写杭州城内灯火初现,越来越多,越来越亮,如同闪烁的星河。诗人用"万家""星河"来形容灯火的数量之多和明亮程度,明面写景,实则从侧面体现了杭州城的繁华。

颈联"风吹古木晴天雨,月照平沙夏夜霜",可以说是全诗中最精彩的两句。风吹古木,那树叶的沙沙声,就像是雨声一般,而明亮的月光映照在地上,就犹如铺洒了一层洁白的霜。然而,诗人的用意,并不止步于以雨声形容树叶沙沙的动听,以霜的洁白来衬托月光的皎洁,他出其不意地用了"晴天雨""夏夜霜"两个矛盾的比喻,为夏天的夜晚增添了一抹清凉感。这两种不大可能出现的自然现象,通过诗人的主观想象连接在一起,让人觉得贴切形象之余,更不由赞叹诗人用词的精巧别致。

有了颈联的铺垫,尾联脱离写景而"招客",也就不显得突兀了。事实上,诗人和友人不正是在江楼上消暑吗?所以这两句其实也是以含蓄的笔法写景,将镜头从城外远山到城内灯火到楼外古树,一步步拉近到楼内,令自己和友人的形象自然而然地绘入整首诗的画面中。

雪梅香·景萧索①

北宋·柳永

景萧索,危楼独立面晴空。动悲秋情绪②,当时宋玉应同。渔市孤烟袅寒碧,水村残叶舞愁红。楚天阔,浪浸斜阳,千里溶溶③。

临风。想佳丽,别后愁颜,镇敛眉峰。可惜当年,顿乖雨迹云踪④。雅态妍姿正欢洽,落花流水忽西东。无憀恨、相思意,尽分付征鸿⑤。

注释

①雪梅香:词牌名,作者自度曲。②动悲秋情绪:因宋玉《九辩》的首句为"悲哉,秋之为气也",因此悲秋情绪常与宋玉联系在一起。③溶溶:形容宽广或河水流动的样子。④雨迹云踪:化用朝云暮雨的典故,代指男女情爱或欢会。⑤分付征鸿:分付,即托付;征鸿,即鸿雁,指传递书信。

赏析

柳永以词闻名于世,在当时已是"凡有井水饮处,皆能歌柳词"。然而究其一生,可谓十分落魄,这也令他选择了一种混迹青楼的所谓"诗酒风流"的生活。因此,他的许多诗词都是写给青楼情人的。

在宋仁宗天圣二年(1024),柳永第四次落第后,离开了京都,著名的《雨霖铃·寒蝉凄切》便作于与情人道别时。此后,他由水路南下,以填词为生,渐获盛名。本词便是那一时期的作品。

《雪梅香》一词旨在表达游子的秋愁与相思。上阕写词人登高远望,被眼前萧索苍凉的秋日景色触动了悲秋情绪。渔市、水村、袅袅孤烟、飞舞的残叶、辽阔的江天、坠落的夕阳……词人撷取诸多意象,描绘出一幅萧索的江边秋景,用浓艳的色彩反衬秋的灰暗与悲凉,却又以滚滚波涛将这份忧愁引向更为辽阔、悠远的地方……

下阕写别后相思,"临风。想佳丽,别后愁颜,镇敛眉峰",这里的"别后愁颜""镇敛眉峰"恰与上阕的"愁红""寒碧"相呼应,点明词人触景生情的契机,也可见其暗埋伏笔的写作技巧。而其后的数句相思语,词人采用直抒胸臆的方式,完成了从甜蜜回忆、突然分离到如今形单影只、只能寄托于鸿雁传情的叙写。词人用词的精巧,使得读者在这个并不曲折的过程里也感受到了浓厚的欢愉,以及欢愉后的哀愁。"雨迹云踪"借用典故喻男欢女爱,在点明甜蜜的同时又表明往昔不再、踪迹难寻,以"顿乖"修饰,突出分离的突然。接下来两句七言对句,"雅态妍姿"的"欢洽"对照"落花流水"的东西飘零,更进一步加重抒情的力度。结语"尽分付征鸿",不仅点明了"无憀恨、相思意"的无从排遣,只能将渺茫的希望寄托于鸿雁,也是在画面上对上阕秋景的遥相呼应,达到令无形的相思之情化为有形,随鸿雁越飞越远的延伸效果。

南乡子·送述古①

北宋·苏轼

回首乱山横,不见居人只见城②。谁似临平山上塔③,亭亭,迎客西来送客行。

归路晚风清,一枕初寒梦不成。今夜残灯斜照处,荧荧④,秋雨晴时泪不晴。

注释

①述古:苏轼好友陈襄的字,福建闽侯人。②不见居人只见城:化用自唐代欧阳詹《初发太原途中寄太原所思》中"驱马觉渐远,回头长路尘。高城已不见,况复城中人"的诗句。③临平山:位于杭州东北,山上的塔当时是送

别的标志。④荧荧：形容灯光闪烁的样子，诗中一语双关表示灯光照射泪水的反光。

赏析

宋神宗熙宁四年（1071），苏轼赴任杭州通判，第二年陈襄替任杭州太守，两人交情甚笃。熙宁七年，陈襄调任南都（今河南商丘南），苏轼一路送至临平（今杭州余杭）。依词意看，这首词应是写于两人分手后的当夜。

上阕前两句从作者送别友人后离开临平城时写起，短短十二个字将作者对友人离去的依依不舍，以及再也望不见友人身影的失落体现得淋漓尽致。"乱山横""不见居人只见城"，既是作者按捺不住回首时望见的实景，同时也是其精心选取的诗歌意象，用以加强作品的抒情力度。亘古不变的山与城，恰恰突出了人生的聚散苦匆匆；沉默不语的山与城，也恰与心头那份沉甸甸的、难以言说的感觉相照应。而接下来所写的临平山上的塔，也同样起到了以无知的客观之物衬托主观情绪的作用。

词的下阕转为描写作者于归途中难以成眠的情景，进一步抒发心中对友人的思念。凄清的晚风、寒凉的衾枕、一盏孤灯，本就已令人倍感孤独，更哪堪那荧荧闪烁的微光，好似过往的无数回忆在摇曳，又好似离人的泪眼盈盈……万千思绪，终化作一句"秋雨晴时泪不晴"！将秋雨和泪水联系在一起，在古诗词中并不少见，作者却以两个"晴"字化平凡为神奇，给人耳目一新的感觉。

东坡肉的由来

"乌台诗案"发生后，苏轼被贬到了黄州（今湖北黄冈市）做团练副使。职务下降，工资待遇减少很多，苏轼的生活水平一下子下降不少。苏轼是个标准的"吃货"，大宋主流肉食羊肉他吃不起，就改吃猪肉，而且还因此成就了一道美食——东坡肉。东坡肉色泽红润、肉质酥烂、肥而不腻、回味无穷，当真是一道流传千载的名菜。

寻西山隐者不遇

唐·丘为

绝顶一茅茨①,直上三十里。
扣关无僮仆②,窥室惟案几。
若非巾柴车③,应是钓秋水。
差池不相见,黾勉空仰止④。
草色新雨中,松声晚窗里。
及兹契幽绝⑤,自足荡心耳⑥。
虽无宾主意,颇得清净理。
兴尽方下山⑦,何必待之子。

注释

①茅茨(cí):茅草屋。②扣关:敲门。③巾:覆盖。柴车:破旧的车子。④黾勉(mǐn miǎn):踌躇的样子。⑤契:惬意,满意。⑥荡:舒畅,欢畅。⑦兴尽:语出《世说新语》王子猷雪夜访戴安道的故事,"吾本乘兴而行,兴尽而返,何必见戴?"

赏析

丘为这首诗题为《寻西山隐者不遇》，访隐居的朋友而未能见上，应该是一件很令人感到失望的事，而丘为在诗中却以"兴"字点睛。虽友人未曾谋面，但山中景色令诗人大饱眼福，失望被彻底清除掉了，乘兴而来，兴尽而归，此中别有一番滋味。

诗人是从所要寻访的这位隐者的栖身之所写起的。开首两句写隐者独居于离山下有"三十里"之遥的深山绝顶"茅茨"之中，意在写这位隐者的远离尘嚣之心。三四句，写到寻人不遇，扣关无僮仆应承，窥室只见几案，杳无人踪。紧接着下两句是写寻访者停在户前踟蹰的想象之辞，这里不是正面去写，而是借寻访者的推断写出，比直接对隐者的生活作铺排描写更觉灵活有致。远路相寻，差池不见，失望之心不能没有。随后笔锋一转，荡去寻人不遇的失落感，将眼光放在了西山的风景之上，从怅惘之中推出钦美的味道来。诗人在没有宾主之欢的情况下，仍然感到了心旷神怡。寻人不遇而遇佳景，亦是人生一大快事，兴尽下山，了无牵挂。该诗用语遣词，平实朴质，给人一种新境界和新感受，信笔书来，使读者亦如置身于西山之中。

江城子·乙卯正月二十日夜记梦①

北宋·苏轼

十年生死两茫茫②。不思量，自难忘。千里孤坟，无处话凄凉。纵使相逢应不识，尘满面，鬓如霜。

夜来幽梦忽还乡，小轩窗，正梳妆。相顾无言，惟有泪千行。料得年年肠断处，明月夜，短松冈③。

注释

①乙卯：即宋神宗熙宁八年（1075），当时苏轼知密州（今山东诸城）。②十

年：苏轼的妻子王弗死于1065年，至此时正好十年。③短松冈：这里指王弗之墓。

赏析

苏轼十九岁时，与同郡女子王弗结婚，二人甘苦与共、恩爱情深。可惜造化弄人，王弗二十七岁便病故了。宋神宗熙宁八年（1075），也就是离王氏逝世十年之际，苏轼在密州时梦见了亡妻，他心潮涌动，不能自已，于是写下了这首传诵千古的悼亡词。这首词虽然以"记梦"为引子，但词人一开始并没有直接写梦，而是开门见山，直抒胸臆。"十年生死两茫茫。不思量，自难忘。"写出生离死别的时间虽久，生者与死者虽然幽明永隔，但感情的纽带却结而不解，始终存在。看起来都是平常句，却无不出自肺腑，十分诚挚。"不思量"言平日政事繁忙，似乎无暇顾及，极似无情，"自难忘"则表明虽然看似不曾思量，在内心深处则未尝一日去怀。时光一晃就是十年，但这种早已经融入灵魂的深挚感情，却是时间割不断的。十年忌辰到来之际，往事种种都涌到心头，可这时却是"千里孤坟，无处话凄凉"。感情的闸口此时已经打开，激荡在胸口。然而，就算是此时得以相逢，也可能对面不相识了，因为备受死别痛苦的折磨，词人这时虽然只有四十多岁，但是已经容颜衰老。明明她去世已经十年了，却还要说相逢；纵然能相逢，却又"应不识"，感情之悲恸深沉，就在这一扬一抑中被宣泄得淋漓尽致。

在倾诉了自己的情感之后，词人把笔触转向了梦境描写。在梦里，他又回到了久别的故乡，见到心爱的妻子，"小轩窗，正梳妆"，犹如新婚未久的少妇。这往日熟悉而甜蜜的一幕，却由于人鬼之道殊而令人无限伤神。在梦中，两人"相顾无言，惟有泪千行"，似乎在倾诉生离死别后的无限哀痛。末了三句设想亡妻长眠地下的孤独与哀伤，实际上两心相通，生者对死者的思念更是眷眷不已。全词用语明白如话，却饱含无限深情。

名士与名僧

苏轼一生最好的朋友是位和尚——宋代名僧佛印。这两个"活宝"交往的事迹给后人留下了不少精彩段子，其中最著名的一个要数"一屁过江东"了。一次，苏轼写诗向佛印炫耀，其中有"八风吹不动"之句，佛印偏在下面批了"放屁"两个字。苏轼看到后勃然大怒，就赶去质问佛印。佛印回答说："你不是说'八风吹不动'吗？怎么一个屁就把你吹过来了？"这也成就了一个千古段子。

小重山·昨夜寒蛩不住鸣①

南宋·岳飞

昨夜寒蛩不住鸣②。惊回千里梦,已三更。起来独自绕阶行。人悄悄,帘外月胧明③。

白首为功名④。旧山松竹老⑤,阻归程。欲将心事付瑶琴⑥。知音少,弦断有谁听。

注释

①小重山:词牌名,又名《小重山令》《小冲山》等。②寒蛩(qióng):深秋时节的蟋蟀。③月胧明:月光朦胧不明。④功名:这里指驱逐进兵、收复失地的功业。⑤旧山:指故乡的山。⑥瑶琴:装饰以美玉的琴。

赏析

岳飞的词作存世的有三首,每一首都围绕着他一生的事业"抗金"展开。十九岁的岳飞自北宋末宣和四年(1122)投军,至三十九岁时背负"莫须有"的罪名被杀害,平生志愿便是抗击金军、收复失地。二十年来他"白首为功名",终于争得"撼山易,撼岳家军难"的功绩,无奈宋高宗与秦桧一意议和,于绍兴十年(1140)岳家军大败金军的情况下,仍连发十二道金牌令岳飞班师回朝,彼时岳飞内心的苦闷和愤慨可想而知。这首《小重山》便是这一时期岳飞心境的写照。

因时间地点与心情的改变,此词不同于那首脍炙人口的《满江红》,没有了壮怀激烈、气盖山河的高昂情调,而是充满了壮志难酬的沉郁和凄怆。三更时分,夜凉如水,从收复中原、回到故乡的梦境中惊醒的岳飞,听着寒蛩的鸣叫,独自在阶前徘徊踱步,纠结在他心头的凌乱思绪能说给谁听呢?不可违的皇命与不可改的己愿的冲突,是难以化解的;纵使他力主抗金,终是孤掌难鸣,敌不过朝中上下的一片议和声;收复河山固然是多少人的心愿,可惜"旧山松竹老",多年的战争,已渐渐消磨了他们的斗志,他们不愿再打仗,不愿血流成河……可又有谁愿年年争战?难道为了一时平安就该对敌人一再妥协吗?

词中没有详写这诸般思虑,只以比喻、暗示的手法曲折地表明心事,而岳飞那份忧国忧民的情怀与沉重的悲苦,无不跃然于字里行间,读之令人心生恻然,发出"知音少,弦断有谁听"的慨叹。

西江月·宝髻松松挽就①

北宋·司马光

宝髻松松挽就②,铅华淡淡妆成③。青烟翠雾罩轻盈,飞絮游丝无定。

相见争如不见④,有情何似无情。笙歌散后酒初醒⑤,深院月斜人静。

注释

①西江月:原为唐教坊曲名,后作为词牌名,又名《江月令》《步虚词》等。②宝髻(jì):古代妇女的一种发髻,装饰有精美的头饰。③铅华:古代妇女所用的妆粉。④争如:意为怎么比得上。⑤笙(shēng)歌:指合着笙唱歌,泛指奏乐唱歌。

赏析

司马光以一部《资治通鉴》流芳于世,并未以词作闻名,然其著词功力,仅从这一首《西江月》便可见一斑。

上阕四句描写宴会上遇见的女子:松挽云髻,发饰精美;薄施脂粉,妆容淡雅;体态轻盈,裙裳犹如青烟翠雾笼罩;舞姿动人,就像柳絮游丝一样优美轻柔。作者在这里用了"松松""淡淡"两个叠词，不仅在声律上使得诗词更富有节奏感，同时也令佳人之美显得十分逼真，简直跃然纸上。"松松"予人慵懒随意的印象，但"宝髻"一词表明这份随意中透着精心修饰的妩媚；"淡淡"说明不是浓妆艳抹，凸显女子的心灵手巧、清丽雅致，而随着作者的描述，读者眼前也仿佛浮现出了一个独具魅力的女子形象。

下阕转为写情，一来抒发了席散酒醒后对佳人的相思，二来进一步衬托其不同寻常的魅力。正所谓"窈窕淑女，君子好逑"，因为那位女子是如此的色艺双绝，所以作者在夜阑人静时仍念念难忘，对月追思，甚至发出"相见争如不见，有情何似无情"之叹。然而，这种难以自禁的情思又不同于"求之不得，寤寐思服"的强烈渴望，它恰如佳人的妆容，是淡淡的，却又无法忽视和遗忘，因此作者哪怕已是酒后清醒了，依然伫立于月下，静静地回忆她的袅娜舞姿。

于五松山赠南陵常赞府①

唐·李白

为草当作兰，为木当作松。
兰秋香风远，松寒不改容。
松兰相因依②，萧艾徒丰茸③。
鸡与鸡并食，鸾与鸾同枝。
拣珠去沙砾，但有珠相随。
远客投名贤，真堪写怀抱。
若惜方寸心，待谁可倾倒？
虞卿弃赵相，便与魏齐行④。
海上五百人，同日死田横⑤。

当时不好贤,岂传千古名。
愿君同心人,于我少留情。
寂寂还寂寂,出门迷所适⑥。
长铗归来乎⑦,秋风思归客⑧。

注释

①五松山:位于今安徽省铜陵西北。南陵:县名。常赞府:名常赞,任南陵县丞。②因依:依靠的意思。③萧艾:野蒿,常用来比喻小人。丰茸:丰盛细密。④"虞卿"二句:《史记·范雎传》中记载,秦相范雎的仇人魏齐逃到了赵国,秦昭王逼赵王送上魏齐的头颅,不然就出兵攻赵。赵孝成王于是追捕魏齐,魏齐趁夜约见赵相虞卿,虞卿觉得说服不了赵王,便解下了相印,与魏齐一同出逃。⑤"海上"二句:《史记·田儋传》中记载,刘邦在打败项羽称帝后,田横率领五百人逃到了海中的一个小岛,刘邦便以赦免田横之罪招安他,田横在去洛阳的路上便自杀了,其五百部下听说后,也都跳海自杀。⑥适:到。这句是说出门后迷失方向不知道到哪里去。⑦"长铗"句:见《战国策·齐策四》,齐人冯谖是孟尝君的食客,刚开始不受重视,于是他三次倚着柱子弹剑而歌:"长铗归来乎,食无鱼!""长铗归来乎,出无车!""长铗归来乎,无以为家!"孟尝君一一满足了他的要求,换得了冯谖的竭力报效。铗:剑。⑧"秋风"句:西晋文学家张翰因不愿卷入八王之乱,便以秋风起为借口,说自己思念故乡的菰菜、莼羹、鲈鱼脍,辞官回乡。

赏析

唐玄宗天宝十三年(754),李白在铜陵五松山居住过一段时间,并与当时任南陵县丞的常赞结为好友,故以此五言古诗相赠。

诗歌的前半部分,诗人采用了托物寓意的手法来言明自己的心迹。"为草"至"丰茸"六句,写做人当如兰之幽香、松之耐寒,只要世间存此二君子,则那些像萧艾般的小人再"丰茸"也是徒然。紧接着的八句,诗人继续以鸡与鸡一同进食、鸾鸟和鸾鸟同枝栖息、人们丢弃沙砾而取珍珠与自己相伴,来说明"物以类聚,人以群分"的道理,表示自己这位"远客"来投奔常赞这位名士贤人,是值得他敞开怀抱欢迎的。

诗歌的后十二句,诗人则借用古事典故以抒情,"虞卿弃赵

相""壮士死田横"两个典故,是为了更进一步承接上文,强调贤人好贤,所以才有千古流传的美谈,而"寂寂还寂寂"的自己希望常赞这个同心人能"于我少留情",完成一场"长铗归来乎"的知己之遇。

托物言志和借典抒怀,是这首诗的主要艺术特色,一系列意象的对比、反衬,诸多含义深刻的故事,被诗人巧妙安排在一起,却不显累赘重复,生动形象地将"好贤"品德推崇至极点,完成了对主人的赞美以及自我心事的倾吐。

送钱从叔辞丰州幕归嵩阳旧居

唐·卢纶

白须宗孙侍坐时,愿持寿酒前致词。
鄙词何所拟?请自边城始。
边城贵者李将军①,战鼓遥疑天上闻。
屯田布锦周千里②,牧马攒花溢万群③。
白云本是乔松伴,来绕青营复飞散④。
三声画角咽不通⑤,万里蓬根一时断。
丰州闻说似凉州,沙塞晴明部落稠。
行客已去依独戍,主人犹自在高楼。
梦亲旌旆何由见⑥,每阻清风一回面。
洞里先生那怪迟⑦,人天无路自无期。
砂泉丹井非同味,桂树榆林不并枝。
吾翁致身殊得计,地仙亦是三千岁⑧。
莫着戎衣期上清⑨,东方曼倩逢人轻⑩。

注释

①李将军：指汉代李广。②屯田：古时用士兵开垦荒地以供军需。布锦：形容田园齐整。③攒花：形容马群的颜色纷杂。④白云：这里指送别的那个人。青营：指作者的营寨。⑤画角：古代的一种乐器，这里指军乐。⑥旌旆（jīng pèi）：旗帜，这里代指送别的那人。⑦洞里先生：代指仙人。⑧地仙：这里指告别的人归隐修仙。⑨戎衣：军人的衣服。上清：道家传说中，天帝的住处称上清宫。⑩东方曼倩：即东方朔，字曼倩，传说中后来成为仙人。

赏析

这首诗是卢纶在送别钱从叔辞去丰州幕返回嵩阳时所作，但与一般送别诗词不同，全诗并无依依惜别的留恋之词，只以平淡的口吻一一述来，将心中情绪隐藏在字里行间。

起头四句起过渡作用，言明诗人持酒致词，引出下文关于边城的论述。接下来四句以汉代的飞将军李广为引领，描写了边塞军营的生活：兵士们开荒种田，田园整齐如同锦缎铺陈；万马奔腾，马的颜色纷杂如同攒花。"白云"四句以比喻的方式，写即将远去的人曾经在军中与自己为伴，却又"复飞散"，这使得军中"画角"也凝噎不通，彼此的联系如同"蓬根一时断"。然而，诗人没有一味诉说离别的忧愁，而是笔锋一转，在诗歌的后十四句中祝愿"行客"能如同传说中的东方曼倩一样修成仙人，每日与仙人往来，长寿且乐趣无穷。

沁园春·灵山齐庵赋时筑偃湖未成①

南宋·辛弃疾

叠嶂西驰，万马回旋，众山欲东。正惊湍直下②，跳珠倒溅③；小桥横截，缺月初弓。老合投闲④，天教多事，检校长身十万松⑤。吾庐小，在龙蛇影外⑥，风雨声中。

争先见面重重,看爽气朝来三数峰。似谢家子弟,衣冠磊落;相如庭户,车骑雍容。我觉其间,雄深雅健,如对文章太史公⑦。新堤路,问偃湖何日,烟水濛濛?

注释

①灵山:在江西上饶。齐庵:疑为词中之"吾庐"。②惊湍(tuān):急流,这里指山上的瀑布。③跳珠:瀑布飞泻时溅起的水珠。④合:应该。投闲:这里指过闲散的生活。⑤检校:巡查。长身:即高大。⑥龙蛇影:这里指松树的影子。⑦太史公:司马迁曾任太史令,自称太史公。

赏析

这首词约作于宋宁宗庆元二年(1196),词人落职隐居于江西上饶带湖时。有别于许多上阕写景、下阕抒情的写景词作,作者直接融情入景,将灵山的景色与自己的眼光、感受糅合在一起,同时运用新奇的比喻,使得这首词通篇写景,却绝不重复、空洞,极为传神。

上阕先写远景众山,再写近景惊湍、跳珠、小桥、松树、吾庐,且每一处景都以传神的比喻写出了其特点:"万马回旋",凸显出重峦叠嶂的雄伟气势;"惊湍直下,跳珠倒溅",可见瀑布的湍急,以及溅起的水珠的灵动清凉;"缺月初弓",绘出急流上小桥的形状,在雄伟景色中增添了一抹灵秀之气;"老合投闲"三句,尤为神来之笔,仿佛庐舍前的"十万松"便是千军万马,等待着词人去"检校",这种写法不仅令松林的雄浑刚健呼之欲出,也暗示了投闲置散的词人心中,仍存有建功立业、报效家国的志向。"吾庐小,在龙蛇影外,风雨声中",作为上阕的结语,既为写景,又是承接上文,抒发己志。于此六句中,读者似乎能望见,词人二十二岁时率五十多人袭击数万人驻守的敌营、勇擒叛徒的英武形象。

下阕继续写景,却是用虚笔写灵山之精神,作者连用了三个构思别致的比喻,"似谢家子弟,衣冠磊落;相如庭户,车骑雍容。我觉其间,雄深雅健,如对文章太史公"。在此,人之精神与山之神魂的巧妙融合,顿时将平凡的山川美景提升到不平凡的高度,同时仍是借景言志,体现了作者广阔的胸襟。

添字丑奴儿·窗前谁种芭蕉树①

南宋·李清照

窗前谁种芭蕉树？阴满中庭②。阴满中庭。叶叶心心，舒卷有余情。

伤心枕上三更雨，点滴霖霪③。点滴霖霪。愁损北人④，不惯起来听。

注释

①添字丑奴儿：词牌名，一作《添字采桑子》。《丑奴儿》与《采桑子》同调，异名。唐代教坊有兼备歌舞的大曲《杨下采桑》，而《丑奴儿》是从大曲中截取一遍而作的双调小令。添字，则是在原调的上下阕的第四句各添两字，将原来的七字句，改组成四字、五字两句，同时改变音节与乐句，是为《添字丑奴儿》。②中庭：指庭院里。③霖霪：本指久雨，此处形容雨声连绵不断。④北人：北方被金国占领后，来自北宋故地的人，这里指词人自己。

赏析

这首词作于北宋灭亡之后，其时的李清照不仅远离故土，更兼失恩爱的丈夫赵明诚。作为一位未亡人，飘零异乡，看到满园葱茏的芭蕉叶，不禁升起一片怀乡悼人的满腹愁情。

上阕由视觉入手，"窗前谁种芭蕉树"，看似闲闲一问，便自然引出下文，移情入景。碧绿的芭蕉叶子，几乎遮满了整个庭院，叶片葱茏舒展，蕉心蜷缩有致，这么热烈的生命绽放却不能让词人有所展怀，反而悲从中来，可谓景愈盛而心境愈凄凉。一句"阴满中庭"，道出南方特有的芭蕉庭院，蕉叶似巨掌，如绿扇，张张面面，层层叠叠，将庭院遮盖。而接下来，再一句"阴满中庭"，反复吟咏，使人如临其境，如立窗下，生扯出一丝无奈的苍凉，这苍凉无法排解，无法忘却。"叶叶心心，舒卷有余情"，叠字连用，从听觉到视觉，向人展示蕉叶的舒展之态、蕉心的蜷缩之美。舒舒卷卷皆有余情，什么情？自是对故国的深深怀念，对逝去挚爱的绵绵眷恋，抑或有对当下飘零身世的心灰意冷。万千情思不绝，满怀愁绪不解。

下阕由视觉转入听觉，三更雨，点滴到天明，一怀愁绪由这渐渐沥沥的雨声点缀，又怎能不愁意转浓？雨打芭蕉，声声入耳，伤心人又何能入眠？自古以来，芭蕉配雨声，便常写愁情。王维有"雨打芭蕉叶带愁"，杜牧有"一夜不眠孤客耳，主人窗外有芭蕉"，李煜有"秋风多，雨相和，帘外芭蕉三两窠，夜长人奈何"。可见，当满怀愁绪的人听到雨打芭蕉声，便更觉凄凉。李清照在这里借芭蕉雨写故土之愁，可谓情景交融，入心入髓。"点滴霖霪"，"点滴霖霪"，同样是反复吟咏，雨声连绵不断，渐渐沥沥，凄凄惨惨戚戚。一个爱国爱家的女词人，经历国破家亡，丧夫流离，被这霖霪的雨声，灼痛了那一颗"故乡心"。一介愁人耳，哪"惯起来听"？全词卒然一结，直白轻淡，又余韵袅袅。

行香子·过七里濑①

北宋·苏轼

一叶舟轻，双桨鸿惊。水天清、影湛波平。鱼翻藻鉴②，鹭点烟汀③。过沙溪急，霜溪冷，月溪明。

重重似画，曲曲如屏④。算当年、虚老严陵⑤。君臣一梦，今古空名。但远山长，云山乱，晓山青。

注释

①行香子：词牌名，又名《爇心香》《读书引》。行香，指佛教主斋者亲自周行道场烧香。自南北朝时，朝廷便开始举办行香法会，唐张籍曾有诗云："行香暂出天桥上，巡礼常过禁殿中。"《行香子》，其调名本意便是以小曲的形式歌咏拜佛仪式中的绕行上香，双调六十六字，亦可略加衬字，其音节流美，为词林中之佳调。苏轼曾作数首《行香子》，多用于咏物、写景，感悟人生哲理。七里濑：又名七里滩，在今浙江桐庐县。两岸高山耸立，水急驶如箭，风景优美，其北岸为富春山。濑，沙石上流过的急水。②藻鉴：指背面刻有鱼、水藻等纹饰的铜镜，这里比喻水面如镜。鉴，镜子。③汀：水中或水边的小块平地，也指小洲。④屏：屏风。⑤严陵：即严光，字子陵。严光为东汉名士，曾助刘秀打天下，后功成身退，不肯出仕，隐居富春山，终日钓鱼。世人多认为严光钓鱼是假，"钓名"为真。

赏析

宋神宗熙宁年间，苏轼因反对新法，自求外放，到杭州做通判，这首词便作于他任杭州通判期间。一个美丽的清晨，苏轼游富春江上的七里濑，面对自然美景，不禁抒词赞叹，生发"人生如梦"的感慨，一切荣辱得失，不过过眼云烟。

上阕写江水之美。"一叶舟轻，双桨鸿惊"，一叶小舟分波而来，摇动的双桨如惊起的大雁，飞快地掠过水面。这一点波动，并不影响整个江面的波平如镜。只见"水天清、影湛波平。鱼翻藻鉴，鹭点烟汀"。天空碧蓝如洗，山色天光尽入江中，倒影清晰可见。江水清澈到游鱼亦清晰可数，欢快的鱼儿不时跃出如明镜般的水面，而水边的小沙洲上，几只白鹭点缀其间，悠然自得。这几句动静结合，笔墨简练，却生动描绘出江面上一派生机盎然的风光。接下来，"过沙溪急，霜溪冷，月溪明"，节奏转为轻快，直写三个不同时辰的溪景。沙溪，即白天的溪水，水流湍急，清澈可见沙底；霜溪，即清晨时的溪水，似染了霜意，更显清冽；月溪，即月下的溪水，明月悬空，影落沙底，明亮清澈。简短三句，即言明船之行程，亦点染出一股清寒的意境，引发人生况味，为下阕的感慨做了铺垫。

下阕视觉由近而远，转写夹岸青山。"重重似画，曲曲如屏"，词人用至简的笔法，即写出两岸青山的重峦叠嶂，如面面屏风，如笔下诗画。"算当年,虚老严陵",在词人眼中,严子陵在此隐居,不过是虚度年华,白白终老罢了,未曾真正领略到这里的山水之妙。而世人汲汲追求的功名,也不过转头成空。"君臣一梦,今古空名",君君臣臣,全部如梦一般消逝,徒留空名而已。可谓功名入尘土,不过一梦耳。那么,什么才是真正能流传下来的呢?唯"远山长,云山乱,晓山青",意思是说,只有连绵的远山,缭绕的云山,青翠欲滴的晓山,万古长青。再英雄的人物,再耀眼的功名,都无法与大自然相媲美。下阕以写山起,以写山结,中间夹入议论,衔接自然,结构巧妙。词人对人生的感慨,对历史的沉思,皆融入一片闪烁流动的水光山色之中,韵味悠长。

苏轼之词,贵在看透人生,却不颓败,仍能让人看到生活中、自然中的美好,给人以欢欣和诗情画意般的美感享受。

更漏子·玉炉香[1]

唐·温庭筠

玉炉香,红蜡泪,偏照画堂秋思[2]。眉翠薄,鬓云残[3],夜长衾枕寒[4]。

梧桐树,三更雨,不道离情正苦[5]。一叶叶,一声声,空阶滴到明。

注释

[1]更漏子:词牌名,又名《付金钗》《独倚楼》《翻翠袖》等。其调名本意为咏叹深夜滴漏报更的小曲,多歌咏午夜情事。唐人称夜间为"更漏",诗歌中也多见"更漏"一词,但最早用"更漏子"这一词调名的是温庭筠。温庭筠以此调咏更漏,其中又以《更漏子·玉炉香》为正体,双调共四十六字。[2]画堂:指华丽的内室。[3]鬓云:形容鬓发如云。[4]衾:被子。[5]不道:不管,不理会。

赏析

温庭筠恃才傲物，放荡不羁，与青楼歌妓多有交往，对她们的生活有所了解，对她们的不幸遭遇也深表同情。故此，他笔下的青楼恋歌多感情真挚细腻，并无狎玩的俗态。温庭筠共写了六首内容相近的《更漏子》，尤以本首成就为最。该词描写闺中女子思念良人的缠绵悱恻，意境之萧瑟凄凉，令人叹惋。

上阕写室内情景，华丽的房间里，心有牵挂的思妇情绪低沉，夜不能眠。"玉炉香，红蜡泪"，精致的香炉里飘出袅袅的烟雾，红红的蜡烛燃烧，不断地淌下蜡泪。一个"泪"字，便映射了女子的心境。在她眼里，红烛淌的不是蜡油，而更似思念的泪水。"偏照画堂秋思"，此句紧承上句，摇曳的烛光照在秋思的人儿身上，闪闪烁烁。红烛本无情，却说它"偏照"，似乎是故意晃得思妇睡不着。这一句带着感情的嗔怪，勾勒出女子的愁肠百结，融情入景，逐步深入。"眉翠薄，鬓云残"，眉如远黛发如云，言女子之美。但此刻，如此美丽的女子眉黛已褪色，鬓发也有些凌乱，反映她躺在床上的情态，因为心中思念着良人，辗转反侧，无法入眠。"夜长衾枕寒"，秋夜漫漫，寒意入侵，女子孤单地躺在床上，枕被也愈发显得单薄，不得取暖。衾被是冷的，女子的心更是冷的，凄清之意更浓。

下阕视角由室内转向了室外，从写所见到写所闻。"梧桐树，三更雨，不道离情正苦"，外面院子里种着梧桐树，三更天下起了细雨，淅淅沥沥，淋淋漓漓，此时此刻，离情正苦。思妇本来就愁肠百结，天公亦不作美，让梧桐更兼细雨，更无限放大了这份愁思。"一叶叶，一声声，空阶滴到明"，细雨敲打着梧桐叶子，每片叶上传出的声响，似乎都能听得分明。这雨落在叶上，落在屋前的台阶上，更像打在思妇的心上，一滴一滴，一声一声，浸透了那颗饱受离愁之苦的心。无边的细雨，就如无边的愁绪，淅淅沥沥，无休无止。至天明，思妇一夜无眠，怎一个"愁"字了得？

全词遣词凄艳，又含蓄隽永，上下未着一个"愁"字，却写尽离愁，为后世同类作品之典范。

江南

两汉·佚名

江南可采莲①，莲叶何田田②，鱼戏莲叶间。

鱼戏莲叶东，鱼戏莲叶西，鱼戏莲叶南，鱼戏莲叶北。

注释

①可：这里是适宜、正好的意思。采莲：自古以来，江南吴、楚、越等地水道纵横，遍布池塘，多种植莲藕。每逢夏秋之际，许多少女乘小舟出没莲丛中采摘莲子。古代诗歌中用"莲"字，与"怜"同音，亦表达"怜爱"之意。②何：多么。田田：莲叶茂盛相连的样子。

赏析

  这是一首汉代乐府诗。汉时设有专门采诗制乐的官署，称乐府，掌管郊祀、巡行、朝会、宴飨的音乐，同时也负责采集民间歌谣，以供朝廷了解民情。这些采集来的民歌和其他一些经乐府配曲入乐的诗歌，后世统称为乐府诗。这首采莲歌是一首与劳动相结合的情歌。江南的采莲人大都是青年男女，在采莲过程中，少男少女们轻歌互答、谈情说爱是常有的事。这首采莲歌，大概就是在这种情况下诞生的，它通过描绘莲叶和鱼儿的状态，反映了采莲的光景和采莲的姑娘、小伙们谈情说爱的欢快心情。

  首句"江南可采莲"，一个"可"字便透出讯息，采用比兴、双关手法，言江南是个采莲的好地方，也是个寻求爱情的好地方。采莲人并不独独只为采莲，更为寻爱而来。"莲叶何田田"，写出莲叶的宽大茂盛，片片相接，连成一片，一笔即勾出荷塘的胜景，美不胜收。同时也以田田的莲叶暗指采莲姑娘人数众多，姿态丰美。"鱼戏莲叶间"，既然有水有莲，那自然是少不了鱼儿，鱼儿在干吗？在莲叶间游动嬉戏，活泼跳脱，动静相宜，这幅采莲图有了鱼儿的嬉戏，更加生动起来。后四句"鱼戏莲叶东，鱼戏莲叶西，鱼戏莲叶南，鱼戏莲叶北"，一气呵成，以"东、西、南、北"铺排，却不显呆板，反极为生动，充分体现出反复咏唱的韵味。而诗歌以鱼儿戏水之妙，也暗喻采莲男女之间的谈情说爱，场景欢快、热烈，又广阔，充满了清新甜美的江南风情。

这首诗歌只有七句，明白如话，后四句与第三句看似重复，却尽显其铺排之妙。它把男女求爱的欢快场景写得极为含蓄、委婉，并无轻佻之感，读起来清新隽永，令人如临其境，如见其景，心旷神怡。

送人东游

唐·温庭筠

荒戍落黄叶①，浩然离故关。
高风汉阳渡，初日郢门山②。
江上几人在，天涯孤棹还。
何当重相见，樽酒慰离颜。

注释

①荒戍：废弃的营垒。②郢门山：即荆门山，在今湖北宜都市北、长江南面。

赏析

温庭筠志高才傲，不为人所重，游宦异乡。此诗依内容看可知是温庭筠贬官随县尉以后、离江陵之前所作。

"荒戍落黄叶，浩然离故关"，荒凉的城堡间落满黄叶，寒秋的气象在送行时显得格外冷落，此刻的别怀离绪教人很难掩抑情感，但友人浩然远行，其志可谓大矣，如此起调，高迈绝伦，自是不凡。"高风汉阳渡，初日郢门山"，诗人以互文见义之法概括友人的征程，同时楚山楚水，秋风初日，一览无余，境界雄浑开阔。"江上几人在，天涯孤棹还"，诗人目送归舟，望眼欲穿，谁人伴我，聊慰寂寥。"何当重相见，樽酒慰离颜"，此句才落在"送"字上，此际开怀畅饮，他日重逢，仍须把酒言欢，惜别之情，跃然纸上。此诗不因逢秋而悲秋，不因送别而伤别，意境别出，怀抱独具，情深意切，收放自如，纵横开阖之际，足见温庭筠作诗精于建构，善于经营。

简简吟

唐·白居易

苏家小女名简简，芙蓉花腮柳叶眼。
十一把镜学点妆①，十二抽针能绣裳。
十三行坐事调品②，不肯迷头白地藏③。
玲珑云髻生花样，飘飖风袖蔷薇香④。
殊姿异态不可状，忽忽转动如有光。
二月繁霜杀桃李⑤，明年欲嫁今年死。
丈人阿母勿悲啼，此女不是凡夫妻。
恐是天仙谪人世，只合人间十三岁。
大都好物不坚牢⑥，彩云易散琉璃脆。

注释

①点妆：点额，梳妆。②调品：调丝品竹。指吹弹乐器。③迷头：谓头脑糊涂而分辨不清是非，这里指稀里糊涂。④飘飖：指风吹起的样子，飘荡，飞扬。⑤桃李：桃花与李花。这里借指貌美如花的少女苏简简。⑥坚牢：坚固，结实。

赏析

白居易的诗歌题材相当广泛，且形式多样，这首《简简吟》是一首新乐府，语言上延续了白居易一贯平易通俗的风格。诗中描绘了一位美貌非凡又才情绝佳的少女，但少女却在芳华之年过早夭折，令人不免感叹世事无常，越美好的事物越容易逝去。

首句"苏家小女名简简，芙蓉花腮柳叶眼"，没有任何铺陈，直接入题，写苏家有个叫简简的女儿。这个女儿生得如何？自是"芙蓉花腮柳叶眼"，有着芙蓉花一样娇美的脸和弯弯的柳叶眼，简单一笔，便十分立体地勾勒出少女的形貌，仿佛一个顾盼神飞、灵动活泼的女孩立于读者眼前。

"十一把镜学点妆，十二抽针能绣裳。十三行坐事调品，不肯迷头白地藏"，这几句写少女的自我养成，天生丽质，但不恃貌而骄。十一岁开始对着镜子学梳妆打扮，十二岁便能做一手好女工，十三岁吹弹乐器，行坐不离丝竹，可谓琴棋书画，样样都求精通。这样一个美丽的少女，不断提升自己的技艺，不愿意和普通女孩那样，稀里糊涂地过日子。"玲珑云髻生花样，飘飘风袖蔷薇香。殊姿异态不可状，忽忽转动如有光"，这几句极言少女之美。梳着如云的发髻，微风起，衣袂飘飘，恍若仙子，美得不可名状，一转身，一投足，都好似发着耀人眼目的明艳之光。然物极必反，盛极必衰，这里重笔写少女的美，与下文的夭折形成了鲜明的对比。

"二月繁霜杀桃李，明年欲嫁今年死"，行文急转而下，美好戛然而止。桃李虽艳，但经不住二月里突降的寒霜，这样一个美好的少女，正待字闺中，正期待着未来的美好生活，却突然夭折，离开人世。生命陨于最美好的年华，任谁见了都不免叹息。"丈人阿母勿悲啼，此女不是凡夫妻。恐是天仙谪人世，只合人间十三岁"，接下来，诗人以局外人的口吻劝其父母勿要悲啼，大概这样美好的少女不是凡人，而是天上被贬谪的仙子，只在人间停留到十三岁罢了。这也是通常人们自我安慰的心态，相信少女不是死了，而是回到她原来的仙界。结尾"大都好物不坚牢，彩云易散琉璃脆"，这是诗人对世事无常的无奈感叹，世间越美好的事物越不坚固，就像美丽的彩云容易散去，精美的琉璃容易碎裂。

一句叹息,直抵人心,世事常有左右不了的命数,在死亡与消亡面前,人们常常无能为力。

全诗前半部分写少女之美,后半部分写少女之殇。美与殇结合,对比鲜明,更让人产生对美好事物逝去的叹惋、唏嘘之情。

忆江南·其三①

唐·白居易

江南忆,其次忆吴宫②。吴酒一杯春竹叶③,吴娃双舞醉芙蓉④。早晚复相逢⑤!

注释

①忆江南:唐代教坊曲名,亦名《谢秋娘》,每首五句。至晚唐、五代时期,《忆江南》发展为词牌名。江南,这里主要指长江下游的江浙一带。②吴宫:春秋时吴王夫差为西施修建的馆娃宫,在今江苏苏州的灵岩山上。馆娃宫是中国历史上一座较为完备的早期园林,现园内存有吴王井、梳妆台、玩月池等遗迹。③竹叶:即竹叶青,一种酒名。也泛指美酒。④吴娃:原为吴地美女名,"娃"为美丽的意思,这里泛指吴地美女。醉芙蓉:形容舞伎之美,翩翩起舞如迷人的芙蓉。⑤早晚:几时,何日。这里有不知何时的意思。

赏析

白居易曾担任过杭州刺史和苏州刺史,对江南地区相当了解,也有着很深的感情。他卸任苏州刺史,回到洛阳后,写下了三首《忆江南》。第一首最为著名,其中名句"日出江花胜火,春来江水绿如蓝"也为大众所熟知。第二首忆的是杭州,亦有名句"山寺月中寻桂子,郡亭枕上看潮头"。而这首词是第三首,忆的是苏州。前两首主要写景,这一首则主要写人，写歌舞伎和诗人自己。虽然大多数人认为这首在艺术成就上不及前二首，但从整体看，其意境的变化使三首连章体词更加变化多姿，丰富多彩。

首句"江南忆，其次忆吴宫"，作者最忆的是杭州，这在第二首中有具体描写，所以在这里是其次忆。苏、杭为"江南风光"的最佳代表，作者也通过描绘苏、杭之美，来验证"江南好"。吴宫是什么地方？是当初吴王夫差为美女西施修建的离宫，这里有名胜古迹，有沉淀的历史，作者写吴宫亦为下文写旖旎的苏州风情奠定了基调。

"吴酒一杯春竹叶，吴娃双舞醉芙蓉"，美丽的苏州还有什么呢？有像"竹叶青"这样的美酒佳酿，有俏丽多姿、能歌善舞的吴娃。西施曾被称为"娃"，作者用"吴娃"来代指苏州的美女，是出于对西施这位绝代佳人的联想，亦与"吴宫"相应。古代文人多喜饮酒作诗，白居易大概也不例外。试想品着美酒，观赏着美人如风中醉荷般的舞姿，如何不令人心驰神往？当然，作者写歌舞并非纵情声色，而是对当地歌舞的欣赏。结尾一句"早晚复相逢"，是作者的感叹，那样美的地方不知道何时才能再重游。美好常在怀念中变得更为美好，而不得轻易相逢则更令人怀念，借此，作者对江南的深情表露无遗。

这首词在内容上与前两首相互独立又互为补充，江南的景色美、风物美和女性美，尽显于笔端。而结尾同样以深情之句作结，具有极强的艺术感染力，使人读其词而对江南心生向往。

京城居，不大易

白居易少年时尚未扬名天下，他从老家太原前往长安游历，来到当时有名的文人顾况家中拜访。顾况是南方人，性格诙谐，爱开玩笑，他看到白居易拜帖上的署名，就调侃说："长安物价昂贵，在这里居住可不大容易。"可当他看到白居易呈上的诗卷，看到"离离原上草，一岁一枯荣，野火烧不尽，春风吹又生"一句时，不由得感叹说："有这样的诗句和才华，居天下都不难啊，我前面的话是开玩笑啦。"

羽林郎①

东汉·辛延年

昔有霍家奴②,姓冯名子都。
依倚将军势,调笑酒家胡③。
胡姬年十五,春日独当垆④。
长裾连理带,广袖合欢襦⑤。
头上蓝田玉,耳后大秦珠⑥。
两鬟何窈窕⑦,一世良所无。
一鬟五百万,两鬟千万余。
不意金吾子⑧,娉婷过我庐。
银鞍何煜爚⑨,翠盖空踟蹰⑩。
就我求清酒,丝绳提玉壶。
就我求珍肴,金盘脍鲤鱼⑪。
贻我青铜镜⑫,结我红罗裾。
不惜红罗裂⑬,何论轻贱躯。
男儿爱后妇,女子重前夫。
人生有新旧,贵贱不相逾⑭。
多谢金吾子,私爱徒区区⑮。

注释

①羽林郎：禁军官名。汉时初设此官，掌管宿卫、侍从。②霍家奴：霍家的豪奴。霍家，指西汉大将军霍光家。③酒家胡：酒家当垆侍酒的胡姬。也泛指酒家侍者或卖酒的女子。④独当垆：独自当垆卖酒。垆，古时酒店里安放酒瓮的土台子，也指酒家。⑤合欢襦：绣着对称花纹的短衣，一般罩在单衣外面。⑥大秦珠：大秦国产的宝珠，也指远方异域所产的宝珠。大秦，汉时对罗马帝国的称呼。⑦窈窕：女子文静美好的样子。⑧金吾子：指前文的豪奴冯子都。金吾，指执金吾，掌官中及京城日夜巡查警戒，随皇帝出行等。这里称调戏胡姬的豪奴为金吾子，虚敬实贬。⑨煜爚（yù yuè）：光辉灿烂的样子。⑩翠盖：装饰着翠羽的车盖，形容华贵。⑪脍：细切的肉、鱼。⑫贻：赠送。⑬裂：裁剪，古人把满一匹的布帛从织机上剪下来称"裂"。这里指豪奴裁剪了红罗赠给胡姬。⑭逾：超越。⑮区区：指拳拳之心，恳挚的情义。

赏析

这是一首反抗强暴凌辱的赞歌，描写了一位美丽的卖酒胡姬，拒绝权贵家的豪奴调戏欺辱的故事。诗中写霍家家奴冯子都，实为借古讽今，以前朝事影射当下权贵家的爪牙狗仗人势，恃强凌弱。而诗以"羽林郎"为题，大概是以乐府旧题咏新事。所谓的羽林郎，并非朝廷官员，不过是豪门恶奴而已。

首四句介绍了故事的梗概，简单明了地交代了起矛盾冲突的正反面人物。"昔有霍家奴，姓冯名子都。依倚将军势，调笑酒家胡。"一语戳穿打着权贵旗号的，不过是权贵家的恶奴，倚仗着主人的威风，就敢调戏酒家的胡姬，实在是可恶至极。接下来的十句，暂撇开矛盾冲突，从环境、服饰、发髻等方面极写胡姬的美貌俏丽，行文先缓后急，为后文胡姬反抗调戏做了铺垫。"胡姬年十五，春日独当垆。长裾连理带，广袖合欢襦。头上蓝田玉，耳后大秦珠。两鬟何窈窕，一世良所无。一鬟五百万，两鬟千万余。"这位美丽的胡姬年方十五，在明媚的春光下独自守垆卖酒，多么娇艳动人。她穿的是长襟衣衫，系的是连理罗带，罩的是合欢短袄。头上戴着蓝田美玉做的头饰，发簪上挂着两串大秦宝珠，直垂到耳后，这通身的气派，可谓流光溢彩，又具有胡人的民族特色。接下来，作者更不惜笔墨，描绘胡姬所梳的发髻之美，简直世间罕有，价值千万有余。这些

夸张的手法，烘托出胡姬的美丽，以华丽的服饰装扮，言明少女的品质高洁，神圣不可侵犯。而偏偏有恶奴觊觎，厚颜无耻地上前调戏，那么被拒绝就是必然的。

"不意金吾子，娉婷过我庐"，改以胡姬为第一人称，写事件的开端。少女好端端在店中卖酒，不料却招来登徒子的欺凌。他装模作样，假意奉承来调戏胡姬。"银鞍何煜爚，翠盖空踟蹰"，写这位豪门家奴派头十足，驾着华车高马而来，马鞍闪着银光，连车盖都装饰着华丽的翠羽。"就我求清酒，丝绳提玉壶。就我求珍肴，金盘脍鲤鱼。贻我青铜镜，结我红罗裾。"豪奴进了酒店，先是大摆阔气，要美酒要佳肴，借机亲近胡姬，后来干脆拿出一面铜镜，系到胡姬的红罗裾上，公然调戏。一开始，胡姬还能有理有节地招待豪奴，"丝绳提玉壶""金盘脍鲤鱼"，即提玉壶给他倒酒，用金盘装了细细切好的鱼肉端给他。但面对调戏，胡姬做出了反击。"不惜红罗裂，何论轻贱躯"，仍以胡姬的口吻，从容地说："您不惜裁下红罗来与我交好，我又如何能计较自己这轻贱之躯呢？"胡姬故意捧高对方，贬低自己，实是欲抑先扬，为下面的抨击反驳做准备。接下来，话锋一转，"男儿爱后妇，女子重前夫。人生有新旧，贵贱不相逾"，胡姬说，你们男人都喜新厌旧，但我们女子更看重旧情，不论人生有多少新旧变故，也不管对方多有权有势，都要坚持从一而终，绝不以新易故。这番话绵里藏针，义正词严，表达了自己的志向，绝不屈就任何权贵。"多谢金吾子，私爱徒区区"，再次斩钉截铁地回绝了对方，多谢对方的厚爱，但我不能接受。"多谢"一词，一语双关，语含嘲讽。意思是，我胡姬虽是一名普通的卖酒女，但也不是任人轻薄，自有灵魂的高贵，不是你这等豪奴可以染指的。

这首诗在立意和描写手法上，与《陌上桑》有异曲同工之妙，都极言女子之美，不卑不亢地反抗强暴，结尾又以戏剧性的冲突戛然而止，收到令人回味无穷的效果。

诗人辛延年

辛延年，生卒年不详，东汉时期的诗人，作品存《羽林郎》一首，为汉诗中的优秀之作。此诗始见于《玉台新咏》，《乐府诗集》将它归入《杂曲歌辞》，与《陌上桑》相提并论，誉为"诗家之正则，学者所当揣摩"。

对雪

唐·许浑

飞舞北风凉①,玉人歌玉堂②。
帘帷增曙色③,珠翠发寒光。
柳重絮微湿,梅繁花未香。
兹辰贺丰岁④,箫鼓宴梁王⑤。

注释

①飞舞:飞翔飘舞,形容雪花漫天盘旋飘飞的样子。②玉人:指容貌美丽的女子。③帘帷:帘幕。曙色:拂晓时的天色。④兹辰:这个清晨。兹,现在,这个。辰,在这里同"晨",清早。⑤箫鼓:箫与鼓。泛指奏乐。

赏析

古人咏雪的诗作颇多,雪在人们眼中,有着丰富的情怀与意义。自古以来,雪便是丰年的使者,对于以农耕为主的国人来说,雪所带来的往往是来年的丰收与喜悦。许浑这首《对雪》,咏的便是下雪时节,达官贵人们歌舞不休、赏雪庆贺丰年的情景。

首句"飞舞北风凉,玉人歌玉堂",北风夹裹着寒意吹来,雪花漫天飞舞,华丽的楼堂里歌舞升平,貌美如玉的歌姬在唱着清丽婉转的歌曲,达官贵人的享乐奢华之感扑面而来。紧接着,"帘帷增曙色,珠翠发寒光",歌舞从晚上一直唱到、跳到了天亮,这时候,宽大的帘幕已经透出黎明的曙色,而歌姬、舞姬们头上的珠翠反射出冰凉的光芒。"柳重絮微湿,梅繁花未香",视觉从室内又转向了室外,楼堂里歌舞未休,外面又是一番什么光景呢?柳树上压了积雪,柳絮被雪沫打湿,梅树上已有了无数花苞,但花还未盛开,还没散发出香气。从这两句可以看出,时令是早春。春寒料峭,春雪纷至,虽然天气尚寒,但人们庆祝丰年的热情却丝毫不减。结句"兹辰贺丰岁,箫鼓宴梁王",这个清晨歌舞不歇,箫鼓不绝,原来庆的是丰年,宴请的客人是尊贵的梁王。

全诗描绘的是贵族们在下雪时节的宴饮活动,诗人以旁观的角度来叙述,有几分热闹,也有几分清冷;有几分奢华,也带着几分闲适懒散。虽然没有太高的思想境界,但读来令人如临其境,如闻其声,如见其景。

咏画障①

唐·上官仪

芳晨丽日桃花浦,珠帘翠帐凤凰楼②。
蔡女菱歌移锦缆③,燕姬春望上琼钩④。
新妆漏影浮轻扇⑤,冶袖飘香入浅流⑥。
未减行雨荆台下⑦,自比凌波洛浦游⑧。

注释

①画障:画屏。②桃花浦、凤凰楼:在这里都泛指美丽的景色。③蔡女:原指蔡国(今河南上蔡、汝南一带)的女子。这里泛指中原地区采菱的女子。④燕姬:燕地的美女,也泛指妃嫔、姬妾。同"蔡女"用法相同。琼钩:帘钩。琼,形容帘钩之精美。⑤漏影:尤指美人的身影投射于水中。⑥冶袖:华丽的衣袖。这里指美人的衣袖。⑦荆台:指古楚国的著名高台。故址在今湖北省监利县北。汉代边让的《章华赋》中曾写:"楚灵王既游云梦之泽,息於荆台之上……顾谓左史倚相曰:'盛哉斯乐,可以遗老而忘死也!'"⑧凌波:比喻美人步履轻盈,仿若乘碧波而行。曹植《洛神赋》中有"凌波微步,罗袜生尘"。洛浦:指洛水之滨。洛水,古水名,今河南省境内的洛河。在神话传说中,伏羲的女儿宓妃因迷恋洛河的景色,降临人间,被称为洛神。曹植的《洛神赋》,便是描写洛神的千古名篇。在这里,作者言美人自比洛神。

赏析

唐初统治者对待文化发展都比较宽容，又常引天下文士吟诗作赋，编纂书籍，以炫耀大唐治世气象，故此出现了宫廷文人集团。上官仪便是其中代表，他也是宫廷诗的大力推介者，将宫廷诗推到了极高的地位。宫廷诗的内容，不外乎歌功颂德、宫苑游宴，难以深入抒发情思，但贵在雅正，维持了一种艺术风气，为唐代诗歌进入全盛时期奠定了基础。这首《咏画障》便是宫廷诗的代表，它描绘了屏风上的一幅美丽仕女图，行文流畅，辞藻绮丽，令人浮想联翩。

首句直接入题，描绘画屏上的风景。"芳晨丽日桃花浦，珠帘翠帐凤凰楼"，弥漫着芳草清香的早晨，明媚的阳光照耀在桃花浦上，水边有一座华丽的楼阁，里面挂着精美的珠帘和翠绿的罗帐。有这样美丽的风景，自然就要有佳人。接下来，"蔡女菱歌移锦缆，燕姬春望上琼钩"，远处有采菱女子在拉动小船的缆绳，画面瞬间灵动起来。而近处的楼阁里，美貌的女子卷起帘钩，凝望着外面醉人的春色。在这里，燕姬犹言女子美丽，或为天香国色的宫妃。而接下来的两句，诗人更加细致地刻画女子的美貌，"新妆漏影浮轻扇，冶袖飘香入浅流"，美人刚刚画好精致的妆容，手执宫扇立于楼上，美丽的倩影恰好倒映入水中，随着水波的荡漾，那扇子也在水中浮动，好似美人拿着羽扇翩翩起舞一般，而她那华丽的衣袖也散发着幽香，好像也随着舞动飘散入清浅的溪流中。这两句辞藻华丽婉媚，既有实景，又有想象，动静相宜，灵动活泼，给人一种绮丽生香、妩媚风流之感。"未减行雨荆台下，自比凌波洛浦游"，诗人继续展开联想，以传说中的巫山神女和洛神来形容佳人之美。宋玉在《高唐赋》中曾写巫山神女与楚怀王相会之情事，怀王游高唐，梦一女子前来相会，临别时曰："妾在巫山之阳，高丘之阻，旦为朝云，暮为行雨。朝朝暮暮，阳台之下。"后世常以行雨讲男女情事，或形容美女。而"凌波"一词，则是曹植用来形容洛神的，洛神之美也因他一篇《洛神赋》而名扬天下。在这里，诗人形容屏风上的美人好似荆台下行云布雨的巫山神女，气韵超凡脱俗，又想象她自比洛水边的洛神，凌波微步，惊鸿照影，是何等令人意醉神迷？全诗以想象的比拟结尾，一个美到如梦如幻的美人即立于读者眼前，不免让人展开无尽的遐想。

少年行

唐·刘长卿

射飞夸侍猎①，行乐爱联镳②。
荐枕青蛾艳③，鸣鞭白马骄。
曲房珠翠合④，深巷管弦调⑤。
日晚春风里，衣香满路飘。

注释

①射飞：射杀飞禽。在这里形容少年箭术高超。侍猎：陪同一起打猎的人。②联镳：联辔而行。镳，指铁的马嚼头。③荐枕：荐枕席，犹言侍寝，多指婢女对主人。青蛾：貌美的女子。这里与"荐枕"联用，指侍奉少年的少女。④曲房：内室、密室。汉代辞赋家枚乘的赋作《七发》中有："往来游醮，纵恣于曲房隐间之中。"⑤管弦调：即调弄管弦。指奏起乐曲。

赏析

《少年行》为乐府杂曲歌辞名，本为《结客少年场行》，南朝鲍照、北周庾信皆有此题作，多吟咏少年之任狭、轻生重义等，后人常作《少年行》，或冠以地名，如《长安少年行》等。较为著名的，有王维的《少年行四首》，从不同侧面描写了一群急人之难、豪侠任气的少年英雄。而刘长卿这首《少年行》，则描写了一位鲜衣怒马、意气风发的行猎少年，比之孟郊的"春风得意马蹄疾"，更洋溢着自由奔放、神采飞扬的青春气息。

首句"射飞夸侍猎，行乐爱联镳"，即展现了一个恣意奔放、纵马驰骋的少年形象。少年喜欢打猎，一箭便射中了飞禽，引得随同狩猎的同伴交口称赞。"夸侍猎"，实际也有少年志得意满的自夸之意。他出门行乐，喜欢与人并骑而行，一句"行乐爱联镳"，便白描出少年与同伴并头骑行、纵马扬鞭的场面，画面感极强。少年如此意气风发，那么他出行的"标配"也绝不会差，所以接下来，诗人转而描写少年的陪行侍女和所骑的白马,从侧面烘托少年的高贵张扬。"荐枕青蛾艳,鸣鞭白马骄",随侍在少年身侧的少女是那样娇媚多姿,而少年骑在白马上,手里挥响了马鞭。那马儿奋蹄昂首,似乎也同主人一样骄傲。

"曲房珠翠合,深巷管弦调",这两句描写周围的环境。少年骑着白马奔驰在街上,两旁的密室里珠帘合拢,长长的巷道里传来管弦奏出的乐曲。诗人留意这些,而少年可能并不会太在意,他只会继续前行,将那些房屋与乐声都抛到身后,所以这里描写的环境终将成为少年纵马的背景色。"日晚春风里,衣香满路飘",天近傍晚,春风醉人,少年意兴未减,一路奔驰在风里,他衣服上的香味也随之飘散在路上。此处不写夕阳,而写春风,表现了少年的蓬勃朝气、意气风发。

一剪梅·咏柳①

明·夏完淳

无限伤心夕照中,故国凄凉,剩粉余红。金沟御水自西东②,昨岁陈宫③,今岁隋宫。

往事思量一晌空④,飞絮无情,依旧烟笼。长条短叶翠濛濛⑤,才过西风,又过东风。

注释

①一剪梅:词牌名,又名《腊梅香》《玉簟秋》等,名字取自周邦彦词"一剪梅花万样娇"。宋人称一枝为一剪,一剪梅也就是一枝梅花的意思。古时候,相隔两地的人往往通过赠梅花来表达相思。词牌《一剪梅》也是取此意而生。②金沟:即御沟、御河。这里指京都宫墙内流淌的河水。③陈宫:南朝

陈的官殿，后陈被隋所灭。这里以前朝的兴亡更替来代指当下的明、清王朝的交替。④一晌：一转眼。⑤翠濛濛：形容柳枝翠绿茂盛。

赏析

　　夏完淳出生于风雨飘摇的明末时代，少年老成，思想敏锐，十四岁便随父抗清。他的作品大多是表现民族气节的爱国诗篇，或书写兴亡之恨，或歌颂英烈，祷念师友，或慷慨悲壮，或清新明朗。这首《一剪梅》便是他借描写柳树，借陈亡隋兴的朝代更替来表达亡国之恨与复国大业无法完成的无奈、悲伤之情。

　　上阕起句"无限伤心夕照中"，以夕照引出兴替，明朝的败亡就如这即将下山的夕阳，已无挽回的可能，作为一个爱国的忠义之士，又怎能不伤心？所以无限伤心、无限愤懑尽在这残阳如血的夕照之中。紧接着，"故国凄凉，剩粉余红"，直言故国零落，山河破碎，只剩下残粉余香，让人触景伤情，不胜凄凉。作者生逢末世，纵有报国之心，然无力回天，那种无奈与凄楚倾注笔端，难以排解。"金沟御水自西东，昨岁陈宫，今岁隋宫"，借古言今，以历史兴亡写当下明、清政权的更替。国虽亡了，但那护城河的水仍由西向东自顾自地流淌着。那华丽的宫殿，以前是陈宫殿，现在又成了隋宫殿。朝代更迭，物是人非，眼看着家国如"昨岁陈宫，今岁隋宫"一般倾塌而去，作为故国子民，想守住故国情怀，却无以依托。

　　下阕正式描写柳树，以柳之无情点染亡国之恨。"往事思量一晌空"，那些往日的报国之心、救国之志全都转头成空，国家败亡已成定局，只留余恨悠悠。而那一行行烟柳呢？不过年年发出新绿，无关兴亡。所以，作者写"飞絮无情，依旧烟笼"，柳絮依然自顾飘飞，烟笼着这不堪的山河。草木无情年年绿，而人何能无情？以无情写有情，其痛更甚。"长条短叶翠濛濛，才过西风，又过东风"，结句仍写无情之柳，年复一年逢春而发，长长的枝条、短短的新叶，都那样翠绿着，茂盛着，才经历了西风，又迎接东风。然年年柳相似，今岁国不同。国之不再，人何存焉？人在痛苦着，柳却又绿了，所以柳在作者眼中成了无情之物。

　　全词从人、事、物三者来观照家国之亡。物是无情柳，事是故国似水东流，而人是苦情人，空有报国心，难抻救国志。全篇除开头言"伤心"字样，其余纯以意象抒情，又连用叠句"昨岁""今岁""才过""又过",承上启下,似断而续,意境绵深悠长。作者善于融情入景,用典用事,皆有特色,使这首词具有极强的艺术感染力。

西宫秋怨

唐·王昌龄

芙蓉不及美人妆,水殿风来珠翠香①。
谁分含啼掩秋扇②,空悬明月待君王③。

注释

①水殿:指邻水的宫殿。②谁分含啼:一作"却恨含情"。谁分,谁料。秋扇:暗用汉成帝妃子班婕妤作《怨歌行》之典故。班婕妤在诗中自比团扇,团扇夏天被用来乘凉,秋天就被搁置一边,言受到君王冷落。③"空悬"句:化用司马相如《长门赋》中语句:"悬明月以自照兮,徂清夜于洞房。"相传,汉武帝原皇后陈阿娇失宠,居于长门,终日以泪洗面,后求司马相如作《长门赋》,武帝阅后深受感动,阿娇复宠。

赏析

王昌龄以边塞诗著称于世,与王之涣、高适、岑参等齐名。其实,除了边塞诗,他的送别诗和闺情宫怨诗也相当出色,可与李白争胜。王昌龄以同情、怜悯的眼光看待那些幽闭深宫的女子,以细腻独到的笔触多方面展现了她们的生活和情感世界,写尽她们的悲情哀怨,也在一定程度上批判了封建制度对女性的摧残。这首《西宫秋怨》便是他宫怨诗的代表,诗中描写了一位比芙蓉花更美的宫妃却只能空守岁月,等待君王恩宠的寂寞情怀。

"芙蓉不及美人妆",首句描写女子之美,言美人之容貌气质出于天然，比娇艳的芙蓉花还要美丽。次句"水殿风来珠翠香"，说美人住在临水的宫殿里，通身珠围翠绕，无比华丽，清风吹来，散发着幽幽的香气。环境如此清凉优雅，生活如此锦衣玉食，却透出美人百无聊赖之感。诗人通过水殿、珠翠、香气三个意象，从触觉、视觉和嗅觉上描绘美人所处的环境，更反衬出她的寂寞。这两句都是为下文做铺垫，人美、境美、衣饰美，然一切都那么空洞，女子内心的荒凉远不是这些表面的浮华所能满足的。

"谁分含啼掩秋扇"，美人有着如花容颜，住着华丽的宫殿，穿着绫罗绸缎，谁能料到她含悲饮泣，终日以秋扇遮面呢？这句用了班婕妤的典故。班婕妤初入宫时，以才貌深得汉成帝宠幸，后成帝有了赵飞燕、赵合德姐妹，就冷落了她。班婕妤自请去侍奉太后，然清冷的深宫生活终让她自哀自怜，写下《怨歌行》，自比被丢弃一旁的团扇。在这里，诗人以班婕妤的遭遇来比照这位美人的境况。她同班婕妤一样，独守深宫，如花美眷，都空付岁月流年。"空悬明月待君王"，这句依然用典，借司马相如之《长门赋》，言美人如陈阿娇一般，夜夜空站在皎洁的明月下，期待着君王的恩宠。这种无尽的等待可能无止无休，直至容颜老去，再无获得恩宠的可能。一句"空悬"，写尽对美好生命的摧残，读来令人不胜唏嘘。

从外表看，宫廷生活绮丽迷人，但诗人看到了这些华丽背后的辛酸。深宫女子内心的痛苦、对幸福的憧憬和渴望幸福而不得的失望与希望的交替，都在他笔下描摹得那样鲜活，其语言之凝练，情韵之深刻，后人能及者寡也。

石榴树

唐·白居易

可怜颜色好阴凉①，叶翦红笺花扑霜②。
伞盖低垂金翡翠，熏笼乱搭绣衣裳③。

春芽细炷千灯焰④,夏蕊浓焚百和香⑤。
见说上林无此树⑥,只教桃柳占年芳。

注释

①可怜：可爱。②叶翎：形容叶子像初生羽毛一样整齐。翎，谓初生的羽毛，整齐状。红笺：原指用以题写诗词或作名片用的红色笺纸。这里用来比喻石榴花的花萼或花瓣。③熏笼：古时放在炭盆上的竹罩笼，用来烘烤和取暖，可熏香、熏衣、熏被等。这里用来比喻石榴树的树冠如熏笼一般，上面点缀树叶繁花，如乱搭着一件件漂亮的绣花衣裳。④千灯焰：春日里，石榴树的新芽呈紫红色，如灯焰一般。⑤百和香：由各种香料合成的香。⑥上林：即上林苑，汉代皇家园林，由汉武帝扩建，苑内山水咸备，林木繁茂。这里代指唐王朝皇家园林。

赏析

据考证，这首诗大概作于白居易被贬到江州做司马之时。白居易因上书言事，得罪权贵，被贬为江州司马，一时远离了朝堂政治中心。这件事对白居易的打击颇大，他来到江州山野，看到蓬勃生长的野石榴树，有感而发，遂作此诗。相比于名花争艳的长安，江州固然偏僻，但也有石榴树这样美好的山野之树，令人心生喜爱，自有一番田园之乐。

"可怜颜色好阴凉，叶翎红笺花扑霜"，首联即以拟人手法，讲述石榴树的生命力茂盛，热烈而美好。翠绿绿的树冠，红艳艳的花朵，其颜色占尽风光，为人们带来一树荫凉。这树是多么可爱啊！白居易惯用"可怜"一词来写可爱，另如"可怜九月如三月"。写石榴树可爱，其中赋予了诗人对此树的喜爱之情。第二句，"叶翎红笺花扑霜"，细描石榴树的树叶和花朵。叶子整整齐齐如初生羽毛一般缀于枝条，精巧的花萼裂片如红色的笺纸，花儿散发着高雅的芬芳。比喻手法自然天成，写出石榴树生命的绽放。"伞盖低垂金翡翠，熏笼乱搭绣衣裳"，颔联写石榴树的远观形貌，对仗工整，比喻贴切，且富有新意。远远看去，石榴树亭亭如盖，如垂着流苏罗帐的伞盖，树冠枝叶交错，繁花点缀其间，又如熏衣服的竹笼，上面似乱搭着漂亮的绣花衣裳。这两句文辞典雅，情景交融，对仗形成音律之美，读来一张一弛，给人美的享受。

紧接着，"春芽细炷千灯焰，夏蕊浓焚百和香"，颈联依然采用工整的对仗、形象的比喻来写石榴树的春芽与夏花，真谓新颖别致，色彩鲜明，生动逼真。春天，石榴树上的嫩芽初发，紫红的细炷如千盏灯焰一般。夏日，石榴花开，火红的花朵如炉中焚烧的百和香一样，光彩通红，浓烈馥郁。春之叶、夏之蕊，都在诗人笔下尽显其生机勃勃，皆妍丽明媚。尾联"见说上林无此树，只教桃柳占年芳"，听说皇家园林里没有石榴树，所以才只叫桃树和柳树在那里争奇斗芳。这句话表面上仍写石榴树的清奇不俗，如果上林苑里也有此树，那就不会让桃柳占尽芳华了。实际上，作者在这里也暗发了政治感慨。朝廷精英荟萃，如名花云集的上林苑，然未必真值得艳美。所谓精英，也鱼龙混杂，有溜须拍马的佞臣，也有心怀叵测的阴谋家，他们汲汲于朝堂，搬弄是非。莫不如这寂寞山野的石榴树，虽不名贵，但自有风流。若有如石榴树这样的能臣居于朝堂，也不会让那些奸佞为所欲为。同时，诗人在这里也表达了田园之乐。如果不是离开京城，来到这山村乡野，又如何能看到如此奔放的石榴树？如何从中体会人生百味？在这里，诗人大概已放下被贬斥的心中块垒，自得于这眼前的山野美景吧。

文章垂千古

白居易在文学上的成就主要是诗歌，他的文章因为诗歌太过著名而被掩盖，但其实白居易的直言极谏和抒情述志的文字同样具有很高的价值。比如他的《论制科人状》《江州司马厅记》《草堂记》《与微之书》《与元九书》都是为后人传咏的经典之作。

陇西行①

唐·王维

十里一走马②,五里一扬鞭。
都护军书至③,匈奴围酒泉④。
关山正飞雪⑤,烽火断无烟⑥。

注释

①陇西行:乐府古题名之一。陇西,指陇山之西,在今甘肃省陇西县以东。自古这里便为"四塞之国",兵家兵争之地。②走马:跑马,骑马奔驰。③都护:驻守西域地区的最高长官。汉时在西域设置西域都护府,唐时设置六大都护府,以统辖西域诸国。④酒泉:汉代河西四郡之一,在今甘肃省陇西县以东。酒泉以"城下有泉、其水若酒"而得名,自古便是中原通往西域的交通要塞,是丝绸之路上的重镇。⑤关山:古称陇山,自古为关中屏障、军防重地,也是历史上有名的难越之山。这里泛指边关的山岳原野。⑥烽火:一作"烽戍",指烽火台和守边的营垒。

赏析

这首诗大概作于唐玄宗开元二十五年(737)前后,当时王维奉旨出塞,以监察御史的身份,出参河西节度使幕府。他截取军使送书这一片段，以乐府旧题创作了这首五言诗，诗中表现了敌兵入侵、边防告急的情景。虽无正面描写战争，但关山飞雪的远戍之景，军情紧急的紧张气氛，皆描画逼真，渲染热烈。从体裁上看，它属于古体诗；而从题材上，它属于边塞诗。

"十里一走马，五里一扬鞭"，诗一开头，便渲染了军情告急的紧张气氛，"一走马""一扬鞭"，语句简洁凝练，但画面感极强，走马扬鞭，瞬息之间，军使已风驰电掣而过，十里、五里的路程都抛到马蹄之后，诗人以夸张的语言塑造了人与马鲜明而飞动的形象，十万火急的紧张气氛，亦喷薄而出。"都护军书至，匈奴围酒泉"，这两句进一步点明了骑马者的身份和如此情急的事由。原来，他是都护派来传递军情的使者，匈奴兵马已经围困了军事重镇酒泉，一个"围"字表现了军情形势之严重，而幸好军使纵马扬鞭，一路疾驰，及时将军书送到。这里的"匈奴"，并非确指，而是泛指当时北部和西部的游牧民族。"关山正飞雪，烽火断无烟"，最后两句，补充说明为何军情紧急未看到烽火的原因。古时边塞都以烽火示警，白天举烟为"燧"，夜晚举火为"烽"，人们看到烽烟滚滚，便知有紧急军情。按理，应先见烽火，后见军书，但此刻不见烽火，是因为关山大雪纷飞，早遮断了烽烟，这更突出了飞马传书刻不容缓的重要性。全诗到这里戛然而止，结得干净利落，不拖泥带水，给读者留下想象的空间。尽管军情紧急，形势严峻，但诗人传达的情绪却是热烈、镇定，充满了破敌的自信，给人一种尽在掌握之感。

这首诗，在选材上很有特色。既然是描写战争，但既不写边关如何被围困，也不写军书送到后援军如何出动解围，仅单选军使送书的一个片段来着力描写，至于其他，都留给读者自己去想象补充，独到而新颖。全诗节奏短促，一气呵成，读来快意于胸。

情义无价

王维是一个重情重义、忠孝两全的诗人。母亲去世时，王维悲痛欲绝，《新唐书》上说他"柴毁骨立"，可见他对亡母是一种什么样的感情。后来王维唯一的弟弟王缙出任蜀州刺史，当时的蜀州地处偏远，王维不愿让弟弟孤身远行，就给皇帝上表说："我弟弟和我相比有五大优点，现在他出任远方，我却恬居高位，这让我心中不安。希望陛下把我的弟弟调回京城任职，而我本人愿意弃官不做，归隐田园。"按说王维这种私心应该受到其他官员的弹劾，可世人感动于他的兄弟之情，都很理解他的行为。

关雎

《诗经·周南》

关关雎鸠①，在河之洲。窈窕淑女②，君子好逑③。
参差荇菜④，左右流之⑤。窈窕淑女，寤寐求之。
求之不得，寤寐思服⑥。悠哉悠哉⑦，辗转反侧⑧。
参差荇菜，左右采之。窈窕淑女，琴瑟友之⑨。
参差荇菜，左右芼之⑩。窈窕淑女，钟鼓乐之。

注释

①关关：水鸟鸣叫声，象声词。雎鸠（jū jiū）：一种水鸟名。相传这种鸟雌雄情意专一，一生只有一个配偶。②窈窕（yǎo tiǎo）：容貌美好，叠韵词。淑：善、好，即品德贤良。③君子：《诗经》中男子的通称。逑：配偶。④参差（cēn cī）：长短不齐的样子，双声词。荇（xìng）菜：一种水中植物，嫩叶可以吃。⑤左右：指采荇菜女子的双手。流：摘取。⑥寤：睡醒；寐：睡着；寤寐在这里的意思为日日夜夜。思：思念。服：语气助词。⑦悠哉：思念深长的样子。⑧辗转反侧：翻来覆去，不能安眠。⑨琴瑟：古代乐器名，琴多七弦，瑟多为二十五弦，常用于比喻夫妻恩爱和美。友：亲近。⑩芼（mào）：拔取。"流""采""芼"皆指采取，但动作与感情的程度呈递进。

赏析

都说爱情是文学永恒的主题，看来是不错的。《关雎》作为《国风》的第一篇，也是中国最早的一部诗歌总集的第一篇，便是描写爱情的。古人将其放在三百篇之首，足见对其评价之高。这从一个侧面也确证了爱情是文学永恒的主题。我们就来细细品味这《诗经》的开篇之作。

从全诗来看，诗中的抒情主人公应该是一位纯情的少年。一次偶然的邂逅，看到了一位美丽贤淑的乡村少女，从此动了情思，一发而不可收。由于种种原因主人公无法向自己的心上人表白，只好把思念藏在心里，日日夜夜都在思念。诗歌以雎鸠鸟的和鸣声起兴，听着一对两情相悦的鸟儿的和鸣，使主人公想起了自己的心上人。诗歌没有正面描写姑娘生得如何漂亮温柔，只是主人公一次次地称之为"窈窕淑女"，能让一位少年如此动情的必定是一位美丽漂亮而又温柔贤淑的好姑娘。心中的思念就像水中的荇菜一样不绝如缕，难以排遣。在痛苦的相思中，主人公又想到了自己应当主动向梦中情人表白，甚至想到有朝一日能够与自己的心上人结成恩爱的夫妻。

孔子对《关雎》评价颇高，他说《关雎》"乐而不淫，哀而不伤"。这正是儒家所肯定的一种艺术风格，所以孔子在删定《诗经》时将其放在第一篇。全诗始于兴，由雎鸠的和鸣而促发了对那位"窈窕淑女"的思念，接着写了思念的情状。未言其如何痛苦，只以"寤寐思服"和"辗转反侧"的细节来描绘，可谓是"哀而不伤"了。诗末言主人公求而得之的喜悦。"琴瑟友之""钟鼓乐之"，都是既得之后的情景。"琴瑟"暗喻男主人公想与女主人公结为夫妻，钟鼓又暗喻婚礼之喜庆。与曰"友"，曰"乐"，用字自有轻重、深浅不同；极写快兴满意而又不流于侈靡，所谓"乐而不淫"。全诗表情极为含蓄，含蓄中又有深意。

《诗》有六义：风、雅、颂、赋、比、兴。这首诗的主要表现手法是比兴，"比"和"兴"在古代是不同的，但是在有的作品中它们又是混合的，"比"中有"兴"，"兴"中有"比"。《关雎》中以兴为主，但"兴"中带"比"。如此诗起兴，但兴中又以雎鸠之"挚而有别"来"比"淑女应配君子；以荇菜流动无方起兴，兴中又暗指淑女之难求。这种手法的优点在于寄托深远，含蓄隽永，能产生文已尽而意有余的效果。

这首诗还富有音乐美，诗中采用了一些双声叠韵的联绵字，以增强诗歌音调的和谐美，同时还增强了描写的生动性。如"窈窕"是叠韵；"参差"是双声；"辗转"既是双声又是叠韵。这些用词增加了诗歌的韵律美，读之铿锵有力，歌之音韵和谐。用这类词修饰动作，如"辗转反侧"；模拟形象，如"窈窕淑女"，声情并茂；描写景物，如"参差荇菜"，活泼逼真。为了加强这种音乐效果，本诗还采用了叠章的艺术手法。本诗的第一、二句和四、五句都采用了叠章的手法，句式都极为相近，只有个别词不同。这样反复咏唱就产生了一唱三叹的效果，在层层反复中深化了主题，加强了感情渲染效果。

安公子·远岸收残雨①

北宋·柳永

远岸收残雨,雨残稍觉江天暮②。拾翠汀洲人寂静③,立双双鸥鹭。望几点、渔灯隐映蒹葭浦。停画桡④、两两舟人语。道去程今夜,遥指前村烟树。

游宦成羁旅⑤,短樯吟倚闲凝伫⑥。万水千山迷远近,想乡关何处?自别后、风亭月榭孤欢聚⑦。刚断肠、惹得离情苦。听杜宇声声⑧,劝人不如归去。

注释

①安公子:词牌名,又名《安公子近》《安公子慢》。唐教坊大曲名,后用作词调名。正体为中吕调,双调八十字,以柳永《安公子·长川波潋滟》为代表。而这首《安公子·远岸收残雨》是一种变体,为般涉调,双调一百零六字。②稍觉:渐渐感觉到。③拾翠:原指女子出游时拾取翡翠鸟的羽毛作为首饰。后多指女子春游。④画桡(ráo):彩绘的桨,泛指船桨。⑤游宦:即宦游,指古代士人为谋取一官半职,离开家乡拜谒权贵、广交朋友的旅游。羁旅:长期寄居他乡。也指客居异乡的人。⑥短樯:短的桅杆。⑦榭:多指建在高土台上或水上的房屋。⑧杜宇:即杜鹃鸟。相传,杜宇为古蜀国(即今四川一带)开国君主,号曰望帝。杜宇在位期间,发展生产,带人民走出了茹毛饮血的时代,开创蜀地文明,受到百姓爱戴。后杜宇隐居西山,含冤而死,死后灵魂化为杜鹃,哀声啼叫。

赏析

柳永生性放荡不羁,早年好作艳词,为当朝统治者不喜,故多次科举不第,暮年才做过几任小官。为了生计,他不得不到处宦游,拜谒贵人,以求谋得一官半职。柳永一生都在追求、挫折、矛盾、苦闷、失意中度过,故写了不少羁旅行役之词,自抒宦游沉浮、浪迹江湖的切身感受,其意境苍凉阔大,真切感人。这首《安公子·远岸收残雨》大概写于柳永晚年,改官投诉无果、久困他乡之时。词中通过对宦游思归的描写,反映了柳永自己长年落魄、官场失意的萧索情怀。

上阕主要写景,远山、残雨、天暮,虽是春日光景,但透露出的却是秋日的萧索。首句"远岸收残雨,雨残稍觉江天暮",时间是某个下午,词人搭船要去某处,结果因雨滞行,只得蛰居舟中。远远的江岸一带,雨点稀稀疏疏,快要停了。"收残雨",实际上是"残雨收",这里用了倒装。雨快下不了,词人才觉出江天渐晚,说明这场雨已经下了很长时间。孤舟旅人,暮色沉沉,更透出词人抑郁无聊的心境。"拾翠汀洲人寂静,立双双鸥鹭",此时,那江中小洲上早已没有了拾翠佳人,显得格外寂静,而鸥鹭成双成对,更显得词人是那样孤单寂寥。用"双双"来形容"鸥鹭",进一步展现了作者的心理活动,景中有情。"望几点、渔灯隐映蒹葭浦",时间由日暮转为夜晚,词人举目四望,几点渔火掩映在远处的芦苇荡里,忽明忽暗。进一步渲染寂寥的气氛,远处的渔火,或可带来一点亮光,但无法驱走人内心的阴霾,反而更显人的孤寂。"停画桡、两两舟人语。道去程今夜,遥指前村烟树",目光从远处转到身边,船早就停止了划桨,两个船家在私下里谈话,他们指着前面远处的烟村朦胧处,说今夜的行程就是去那里。这两句,虚实结合,将船家对路程的安排,以及远处隐约可见的江村都勾勒出来,简练生动。且点点渔火,舟人偶语,都触动着词人敏感的心,自然引出下文之抒情。

下阕主要抒情,词人由今夜的去程而想到长年漂泊在外的艰辛,遂发出"游宦成羁旅"的慨叹。这句是全词焦点,点明主旨,也是词人正面倾吐旅愁。"短樯吟倚闲凝伫",词序颠倒,实为"吟倚短樯",短短七字,道出词人伫立舟中的百无聊赖。原来,上阕那些远远近近的景物都是词人"凝伫"而得,承上启下。"万水千山迷远近,想乡关何处",由于长久远眺,所见是"万水千山",而所思皆"乡关何处"。眼前一片万水千山,茫茫无际,而词人的内心却茫然凄惶,思念着家乡。"迷远近",不只是目迷,更有心迷。"自别后、风亭月榭孤欢聚",忆往昔,叹今夕。昔日良辰美景,胜地欢游,而今只有孤舟一人,郁郁思乡。亭榭风月依旧,然人不能欢聚,辜负了那月、那亭台,离愁更浓。"刚断肠、惹得离情苦。听杜宇声声,劝人不如归去",在离情正苦、已觉断肠之时,又听得杜鹃声声,似劝人归去,更觉凄凉不堪。杜鹃无心，劝人归返，然人不能归，徒乱人意耳。词人以听杜宇哀鸣收尾，更显深情婉转，凄恻动人，读来浸人心腑。

鹧鸪天·送人①

南宋·辛弃疾

唱彻《阳关》泪未干②，功名余事且加餐③。浮天水送无穷树，带雨云埋一半山。

今古恨，几千般，只应离合是悲欢④？江头未是风波恶⑤，别有人间行路难⑥。

注释

①鹧鸪天：词牌名，又名《思佳客》《思越人》《醉梅花》《半死梧》《剪朝霞》等。此调双调五十五字，前段四句三平韵，后段五句三平韵，无变体。唐人郑嵎有诗"春游鸡鹿塞，家在鹧鸪天"，调名即取于此。鹧鸪，形似母鸡，头如鹑，其鸣声听起来像"行不得也哥哥"。②《阳关》：指琴歌《阳关三叠》。唐王维诗《送元二使安西》："渭城朝雨浥轻尘，客舍青青柳色新。劝君更尽一杯酒，西出阳关无故人。"后来，这首诗编入乐府，名《渭城曲》，别名《阳关》，为送别之曲。③加餐：多吃饭。《后汉书·桓荣传》中有："愿君慎疾加餐，重爱玉体。"唐杜甫《垂老别》诗："此去必不归，还闻劝加餐。"④只应：只以为。⑤未是：还不是。⑥行路难：化用白居易《太行路》中诗句："行路难，不在水，不在山，只在人情反复间。"

赏析

辛弃疾是豪放派词人代表，一生以恢复中原为志，以功业自诩，然命运多舛，在官场备受排挤，壮志难酬。但他恢复中原的爱国信念始终没有动摇，把自己满腔的报国热情和对国家兴亡的关切、忧虑，都寄寓在词作之中。自古别离诗，多"黯然销魂者"，满篇哀怨凄婉、缠绵悱恻。而辛弃疾的这首送别词，立意不俗，超出常境，虽有激愤，却不拘泥于小情小爱，而是放眼于家国，具大家气度。

上阕开篇即诉离情，"唱彻《阳关》泪未干，功名余事且加餐"，送友离开，唱完了《阳关》曲泪却未干，视功名为身外余事，劝对方努力加餐。在这里，词人说功名不过身外之事，实是表达对朝廷向金屈膝求和的不满，自己报国壮志难酬，被迫隐退，方有这消极愤激之词。"且加餐"，化用《古诗十九首·行行重行行》中"弃捐勿复道，努力加餐饭"，亦是愤激之语。"浮天水送无穷树，带雨云埋一半山"，这两句写送别时遥望之景，用笔雄浑而生动。天边的流水远送着无穷的树色，雨中阴云遮埋了一半的青山，眼前之景还可让人联想到朝中正直之士被奸人遮蔽、压制，抒情含蓄不露。

下阕主抒情，然不以"离愁别恨"为主调。"今古恨，几千般，只应离合是悲欢"，上阕写送别，所以离合悲欢是人之常恨，但词人笔锋一转，不主诉离恨，说今古恨事有几千般，岂止离别这一件事是堪悲的？以反问的语气言离愁别恨并不是唯一可悲可叹的事，可见词人思想境界开阔，非比寻常。紧接着，词人道出心声："江头未是风波恶，别有人间行路难。"行人踏上旅途，江湖多风波，或会遇到船翻落水的凶险，但词人认为人生更险恶的并不在此，而是在于人世间的道路，人与人之间的无形斗争，其险恶更甚。唐刘禹锡《竹枝词》中亦有："长恨人心不如水，等闲平地起波澜。"所言也为此意。辛弃疾一心恢复中原，积极筹款练兵，但多次遭到弹劾罢官，人世行路难的慨叹，都是来自他的亲身体会，所以饱含了他的伤心与无奈。人可以斗得过江头的风浪，但常常斗不过险恶的人心。结句之悲愤，淋漓尽致。

这首小令，篇幅虽短，但包含了深厚的思想感情，用笔深沉含蓄，不落期期艾艾的离情俗套，彰显了大家气度。

咏苎萝山①

唐·李白

西施越溪女②，出自苎萝山③。

秀色掩今古，荷花羞玉颜。

浣纱弄碧水④，自与清波闲。

皓齿信难开，沉吟碧云间。

勾践徵绝艳⑤，扬蛾入吴关⑥。

提携馆娃宫⑦，杳渺讵可攀⑧。

一破夫差国⑨，千秋竟不还。

注释

①题又作"西施"。②西施：本名施夷光，春秋时期越国人，古代四大美人之一。时值越国对吴国称臣，越王勾践谋求复国，使用美人计献西施、郑旦给吴王夫差，忍辱负重，扰乱吴国朝政，后来越国得以覆灭吴国。③苎萝山：在今浙江诸暨市南。相传为春秋时越国美女西施、郑旦出生之地。④浣纱：洗衣服。这里指西施在溪边浣纱。西施因浣纱于若耶溪时，鱼羞而沉底，故有沉鱼之说。范蠡寻访越中美人时，正是在这溪边发现了浣纱的西施。⑤勾践：姒姓，又名鸠浅、菼执，越王允常之子，春秋末年越国国君。越王勾践三年(前494)，被吴军败于夫椒，被迫向吴求和。三年后被释放回越国，返国后重用范蠡、文种，卧薪尝胆使越国国力渐渐恢复起来。徵：公开寻求。⑥扬蛾：指美女扬起蛾眉的娇态。⑦馆娃宫：春秋时期，吴王夫差为宠幸西施而兴建，位于今江苏苏州的灵岩山上。⑧杳渺：悠远、渺茫的样子。讵：岂，怎。⑨夫差：姬姓，春秋时期吴国末代国君，阖闾之子，公元前495年至前473年在位。公元前494年于夫椒之战大败越国，攻破越都，使越国屈服。

赏析

这首诗是吟咏春秋时期越国人西施的，诗人从出生、容颜、事迹等多方面来刻画西施形象，颂扬其可贵的无畏献身精神。字里行间，隐约感到诗人内心的失落。

开篇"西施越溪女，出自苎萝山"便直奔主题，交代吟咏的对象。西施是越国溪边的一个女子，出生在苎萝山这个地方。平铺直叙，无多手法，直接写出西施的身世。接着"秀色掩今古，荷花羞玉颜"两句承接上文，对西施的容貌进行描写。西施天生丽质，古今多少女子和她的容貌比起来都要逊色，就连红艳的荷花见了她都会羞愧不如。西施作为古代四大美人之一，自然有天然姣好的容貌。诗人在这里运用对比和拟人的手法，用古今女子的容貌来与西施做比较，用拟人的手法写出荷花羞愧，都意在衬托西施倾国倾城的"羞花"容颜。

　　五、六句"浣纱弄碧水，自与清波闲"运用西施溪水浣纱的活动来刻画其娇美的情态。西施在溪边洗衣服，摆弄碧绿的溪水，无忧无虑，就像水波一样悠闲自由。有着姣好容颜的西施冰清玉洁、天真烂漫。一个"弄"字表现了一个女儿家戏水的娇柔姿态；一个"闲"字写出西施自由的生活状态，闲情逸致，不在话下。诗人在这里选用几个特写镜头，恰到好处地表现了西施的情韵。而此时的"闲"也与其将来的命运形成对比。"皓齿信难开，沉吟碧云间"两句继续对浣纱溪边的西施进行刻画。明眸皓齿乃是美人的标志，西施微微一笑，不露皓齿，对着水中的碧云低声沉吟。"碧云"一词表示是碧水中云彩的倒影，暗示西施正在欣赏着水中的自己。这一静态的顾影自怜，与上文的浣纱弄水对比，表现了西施含蓄的美。此时的西施仿佛有心事，她在向碧云诉说什么？至此，诗人用六句话细致地刻画了西施的形象，这是一个集美貌、情韵、含蓄于一身的绝代女子。

　　七、八两句"勾践徵绝艳，扬蛾入吴关"诗意陡转，一笔写出西施从浣纱溪的平凡女子，转变成吴王夫差的妃子的命运转折。"绝艳""扬蛾"二词是对西施容貌的再次刻画，暗含一种美人义无反顾的悲壮之美。"提携馆娃宫，杳渺讵可攀"写西施入吴宫后的生活。西施被勾践献给吴王夫差之后，备受吴王宠爱，在馆娃宫里享乐，地位高贵岂是常人可以达到的。西施有美貌，诗人有才情，也当如西施一样有"讵可攀"之功业。

　　最后两句"一破夫差国，千秋竟不还"慷慨悲壮，西施深明大义，不忘复国，用尽手段败落吴国，功成名就之后再也没了音信。这两句表面写西施，实际上是自比。表现诗人想要用自身的才华建功立业、名留千古的志向。

　　纵观全诗，西施的命运有一种悲壮之美，她用自己的美貌助勾践复国，千古流芳。而诗人有着绝世才华，却不能实现"一破夫差国"的抱负，令人唏嘘。纵观全诗，写人、写事、写情浑然一体，透着一种悲壮之感。

琵琶仙·双桨来时①

南宋·姜夔

《吴都赋》云："户藏烟浦，家具画船。"唯吴兴为然。春游之盛，西湖未能过也。己酉岁②，予与萧时父载酒南郭，感遇成歌。

双桨来时，有人似、旧曲桃根桃叶③。歌扇轻约飞花④，蛾眉正奇绝。春渐远，汀洲自绿，更添了、几声啼鴂。十里扬州，三生杜牧⑤，前事休说。

又还是、官烛分烟⑥，奈愁里、匆匆换时节。都把一襟芳思，与空阶榆荚。千万缕、藏鸦细柳，为玉尊、起舞回雪。想见西出阳关⑦，故人初别。

注释

①琵琶仙：此为姜夔自己创制的词调，是为怀念合肥的女子所作，而其情人善弹琵琶，所以叫《琵琶仙》。双调，一百字。②己酉：宋孝宗淳熙十六年（1189）。③旧曲：曲，即坊曲，旧曲即旧游之地。桃根桃叶：晋代书法家王献之的妾叫桃叶，献之曾为她作歌赠别，其妹名桃根。宋词中即常用桃根桃叶来代指歌女姊妹。④约：即接。⑤十里扬州：杜牧诗云"春风十里扬州路，卷上珠帘总不如"。三生杜牧：黄庭坚诗云"春风十里珠帘卷，仿佛三生杜牧之"。⑥官烛分烟：唐韩翃诗云"日暮汉宫传蜡烛，轻烟散入五侯家"，此言到了寒食节。⑦西出阳关：王维诗云"劝君更尽一杯酒，西出阳关无故人"。

赏析

此词写自己游玩之时的感遇之情，但开端即破空而来，笔势陡健，此中之"似"字，可见他错认了划桨而来的人为其以前的旧游欢好了，只此一字，见人之喜，误认之悲，俱表露无遗。而他是怎么看到、认错的呢，是那位女子在用歌扇去接飞花时看到了她的容貌，"蛾眉正奇绝"，由这位歌女的美艳绝伦也可以想见他的情人是多么美。于是在啼的哀鸣声中，他想到了"十里扬州"，这是旧游欢畅，而"三生杜牧"，这又是旧游的空幻。下阕的换头先说了时节，一个"又"字，便已见得许多的感慨，于是，回忆与现实，春景与哀愁，在词人笔下交织在一起，惝恍迷离。

塞上曲·其二①

唐·戴叔伦

汉家旌帜满阴山②，不遣胡儿匹马还③。
愿得此身长报国，何须生入玉门关④。

注释

①塞上曲：新乐府辞，由汉横吹曲辞演化而来。②旌（jīng）帜：旗帜。③胡儿：指胡人，为蔑称。④生入玉门关：化用班超诗句"臣不敢望到九泉郡，但愿生入玉门关。"

赏析

这首七言绝句是借古写今的边塞诗,其诗风符合一贯的边塞诗的特色,诗歌语言慷慨激昂,表达了诗人愿舍身报国的万丈豪情。

前两句"汉家旌帜满阴山,不遣胡儿匹马还"便有磅礴的凌人气势,展现壮士高昂的情态。大唐的旗帜遍布阴山的关口之上,势不让敌人有可乘之机。这种激昂豪放的语气表现出诗人此时内心的炽热情感,他为国家的强大边防感到由衷的骄傲。在"满"和"匹马"这样具有张力的对比中,显示出镇守边疆、击退来犯之敌的雄心。

后两句"愿得此身长报国,何须生入玉门关"直抒胸臆,诗人在此既是言说自己的情感,也是代戍守边疆的战士而说。愿意一生都可以用来报效国家,不需要活着回到玉门关之内。这里诗人化用班超的典故。史载班超出使西域三十多年,为国家、民族鞠躬尽瘁,老时思归乡里,上书言"臣不敢望到九泉郡,但愿生入玉门关"。这里诗人驳斥了班超的想法,提出大丈夫当一心为国,马革裹尸还,不必再回到家乡。诗人这一无情之言正是其义无反顾的报国志向的写照。

纵观全诗,洋溢着一种热烈奔腾的情感氛围,诗人慷慨表达壮士一去不复还的志向,虽显无情,但足以看到诗人杀身报国的大气魄。

多产诗人

戴叔伦的诗种类丰富,题材多样,既有反映战乱时期社会现实的,也有揭露封建统治下社会黑暗一面的;有同情底层百姓生活困苦,也有描写田园风光和边塞生活的……这些诗从正面和侧面反映了封建社会中下层劳动者的苦难生活,语言平实,感情真挚,因此极具艺术价值。更为难能可贵的是,戴叔伦还总结了诗歌创作的理论,提出了诗歌当如"蓝田日暖,良玉生烟,可望而不可置于眉睫之前也"的创作理论。

菩萨蛮·平林漠漠烟如织①

唐·李白

平林漠漠烟如织②,寒山一带伤心碧③。暝色入高楼④,有人楼上愁。

玉阶空伫立⑤,宿鸟归飞急⑥。何处是归程?长亭更短亭⑦。

注释

①菩萨蛮:词牌名,唐教坊曲名,又名《菩萨鬘》《重叠金》《花间意》等。②平林:平原上的树林。漠漠:朦朦胧胧的样子。③伤心:十分,非常。④暝(míng)色:夜色。⑤玉阶:玉石砌成的台阶,这里形容台阶华美。⑥宿鸟:归巢栖息的鸟。归:一作"回"。⑦长亭:秦制三十里一传,十里一长亭,五里一短亭,指在驿站路上设置的负责给驿传信使提供馆舍、给养等服务的设施。

赏析

这首圆润成熟的词作所写的是秋冬之交一个傍晚的景色,关于其作者是否是李白,学术界尚有争议,但这并不妨碍我们走进这浸染着离愁的暮色之中。

上阕开篇"平林漠漠烟如织,寒山一带伤心碧"便采用一种广阔的视角来写秋景。诗人选择了这样一个时间节点——秋冬之交的一个傍晚。这个时节的景色是令人伤感的，那平原之上烟雾缭绕，林木朦朦胧胧，若隐若现；而远处的山色甚是碧绿，显出一种阴森的浓绿。这样开阔的远景渲染出清冷的氛围，笼罩着全篇。空旷凄清的原野，如织的烟雾牵扯不断，墨色的青山，给人的视觉体验显然是悲凉的。诗人在这里已经把自己的情绪融入这景色中，感伤的基调已经奠定。

接着"瞑色入高楼，有人楼上愁"进行了视角转换，由远及近，将抒情主人公凸显出来。夜色降临到高楼之上，有一个人在楼上愁容满面。一个"入"字体现了视角转换的动态过程，近距离来观察这个楼上的"人"。这是谁？我们不得而知，或许是思念夫君的夫人，或许是心事重重的少女，抑或是漂泊在外的士人。不论是谁，在看到眼前的暮色之后，这个人在楼上发愁。悲景感染了主人公的思绪。"愁"字把诗歌的情感直接统括起来，也为下文的抒情做好了铺垫。

下阕写情，将抒情主人公的"愁"因表达了出来。"玉阶空伫立，宿鸟归飞急"是一种特写：主人公在那洁净的台阶上久久站立，只觉得心里空落落的；那归巢栖息的鸟儿急匆匆地，盼望着早些儿回去。"空"字是此时主人公的心理状态，同样也是上阕中暮色的状态，这样一来，情与景相互杂糅，相互交融。而急飞的鸟儿又与空站的主人公形成强烈的对比，以鸟儿有归处来反衬主人公的孤独无依，又以鸟儿"急"的状态来激起主人公空落落的内心。此情此景，主人公心生波澜，因何而愁也明确了。一个急飞的宿鸟将主人公的思绪也带到了远方。

最后"何处是归程？长亭更短亭"直接将主人公内心的情感表达了出来。哪里是回家的路呢？只有那长亭连着短亭。主人公看到鸟儿急着回家，不禁发问：哪里是自己的归宿？这也就是主人公发愁的原因。但这一疑问是没有答案的，归程只是一个远方的幻想，从而也表达了词人在现实中找不到归宿的无限惆怅。

纵观全词，写景颇有意境，感伤之情贯穿其中。哀景衬哀情，更觉情之悲凉。结尾句只有遥远的归程，但无明确的归处，意味无穷，透着词人深深的思归之情。

佳人

唐·杜甫

绝代有佳人①,幽居在空谷。
自云良家子,零落依草木。
关中昔丧败,兄弟遭杀戮。
官高何足论,不得收骨肉。
世情恶衰歇,万事随转烛②。
夫婿轻薄儿,新人已如玉。
合昏尚知时③,鸳鸯不独宿④。
但见新人笑,那闻旧人哭。
在山泉水清,出山泉水浊。
侍婢卖珠回,牵萝补茅屋。
摘花不插发,采柏动盈掬⑤。
天寒翠袖薄,日暮倚修竹⑥。

注释

①绝代有佳人:此句即化用汉代李延年所写诗句"北方有佳人,绝世而独立"。②转烛:形容世事变化无常。③昏:通"婚"。④鸳鸯:水鸟,雌雄相依,未尝分离,常用来比喻新婚夫妇。⑤掬(jū):两手捧取为掬。⑥修:长。

赏析

本诗的主人公是一个战乱时被遗弃的女子。诗一开头,便引出这位幽居空谷的绝代佳人,接着以"自云"引出佳人身世遭遇,令人感慨。她出身于高门府第,但生不逢时;兄弟虽居高位,却惨死于乱军之中。在这世态炎凉的社会里,命运对她格外残酷。由于娘家人亡势去,轻薄夫婿无情地抛弃了她,在她的痛哭声中与新人寻欢作乐去了……女主人公的长篇独白边叙述、边议论,倾诉个人的不幸,慨叹世情的冷酷,言辞之中充溢着悲愤不平。尤其是"但见新人笑,那闻旧人哭"的对照,使人感受到她声泪俱下的痛苦神情。但是,主人公没有被不幸压倒,没有向命运屈服,她吞下生活的苦果,独向深山而与草木为邻。茅屋需补,翠袖称薄,卖珠饰以度日,采柏子而为食;首不加饰,发不簪花,天寒日暮之际,倚修竹而临风,形容憔悴,内心哀怨。佳人境遇,苦不堪言。命运是悲惨的,情操是高洁的,这是佳人形象的两个侧面。

诗人叙述佳人命运,语气率直酣畅;赞美佳人品格,笔调含蓄蕴藉。全诗率直酣畅,所以感人肺腑,触发读者的共鸣;含蓄蕴藉,所以耐人寻味,给读者留下想象的余地。

赠王侍御①

唐·韦应物

心同野鹤与尘远②,诗似冰壶见底清③。
府县同趋昨日事,升沉不改故人情。
上阳秋晚萧萧雨④,洛水寒来夜夜声⑤。
自叹犹为折腰吏⑥,可怜骢马路傍行⑦。

注释

①侍御:唐代称殿中侍御史、监察御史为侍御;也可指侍奉君王的人。②野鹤:野生的仙鹤,常用来比喻品性孤高、居于山林的隐士。③冰壶:盛冰的玉壶,喻人的品德清白廉洁。④上阳:指上阳宫,唐代大型宫殿建筑群,为唐高宗李治迁都洛阳时修建,地处洛阳皇城西南,与洛水相邻。⑤洛水:黄河下游南岸大支流,位于河南省西部。⑥折腰:出自《晋书·陶潜传》:"吾不能为五斗米折腰,拳拳事乡里小人邪!"形容屈身事奉权贵。⑦骢(cōng)马:青白色相间的马,这里指御史所乘之马。

赏析

这首七言律诗是诗人写给在远方做官的友人的，既有对友人的赞美，又有对友人的关心，表达了诗人对友人的深深思念之情。

前两句"心同野鹤与尘远，诗似冰壶见底清"便用两个高贵的意象："野鹤"和"冰壶"来对友人的人格和诗品进行评价。友人的心性如同野鹤一样孤高，远离尘世的凡俗；友人的诗歌就像盛着冰的玉壶一样清爽透亮。"野鹤""冰壶"都直指高洁的特点，所谓人如其诗，诗似其人。友人的人品与诗品达到了统一，其人生境界令人赞叹。

三、四句"府县同趋昨日事，升沉不改故人情"承接上文，用具体的事例来印证友人高贵的品行。友人身居御史之位，依然和府县一级官员回忆往事；不论是官居高位还是遭遇贬谪都不会改变和故人的交情。友人是虚怀若谷的人，尽管职位高升，也不会改变其待人做事的态度。友人是有情有义的人，不会因为贵贱的变化而改变情谊，这也是友人与诗人之间车笠之交的印证。这样一来，友人的形象愈加丰满：心性孤高，诗风清亮，坦然待人，重情重义。友人这样完美的人，成为诗人至交好友也是自然之理。

五、六句"上阳秋晚萧萧雨，洛水寒来夜夜声"从赞美之辞转入对自身境遇的描写。上阳宫的秋夜里萧萧雨声，而那洛水奔流的水声彻夜不息，寒意袭人。这是一种互文的写法，亦是借景抒情。诗人通过写萧萧秋雨、洛河寒水来营造孤寂清冷的秋夜图景，表达了诗人在难眠的深夜对友人的思念，亦有一种为官不得解脱的苦闷。但这又似友人心境的写照，友人在远方也是孑然一人啊，在这深夜，他会不会思念着诗人呢？

最后两句"自叹犹为折腰吏，可怜骢马路傍行"以对友人的刻画来结尾。友人常常谦虚地称自己还是一个折腰的小官，虽然已经骑着骢马，但还是会靠着路边行走。诗人在这里对友人形象的刻画是一贯的，一个清正廉洁的官吏形象与其符合。

纵观全诗，言语朴实，无多技法，但一字一句皆是自然流露，拳拳真情，跃然纸上。

献钱尚父①

唐·贯休

贵逼人来不自由，龙骧凤翥势难收②。
满堂花醉三千客，一剑霜寒十四州。
鼓角揭天嘉气冷③，风涛动地海山秋。
东南永作金天柱，谁羡当时万户侯④。

注释

①钱尚父：钱镠（liú），五代十国时期吴越国创建者。②龙骧（xiāng）凤翥（zhù）：即凤翥龙骧，形容奋发有为。③嘉气：瑞气。④谁：一作"岂"。万户侯：食邑万户以上的侯爵，泛指社会地位高的贵族。

赏析

这首诗是晚唐诗僧贯休所作，时值唐末乱世，诗人为躲避黄巢之乱居住在灵隐寺。钱镠在江浙一带割据称王，诗人为求觐见，作贺诗一首当作敲门砖。诗人向权贵献诗，自然多溢美之词，此诗诗风华丽大气，当与作诗的目的密切相关。

开篇"贵逼人来不自由，龙骧凤翥势难收"便直奔主题，赞美钱镠现在显赫的地位。钱镠身居高位，手握重拳，缺少些自由也是正常；正是奋发有为的时候，力拔千钧，势不可挡。诗人在这里突出了钱镠的权势。

颔联"满堂花醉三千客，一剑霜寒十四州"当是此诗中最出彩的地方。钱镠带领三千兵甲便能攻城略地，庆功宴时时满堂皆醉；钱镠气势逼人，带兵英勇，仗剑安定十四州。这是对钱镠的过往事迹的描写，借此衬托他的君王气概。关于此句，有这样一个典故：钱镠见此诗时心中大悦，但觉"一剑霜寒十四州"一句不够气势，没法体现他称帝的野心，让贯休改"十四州"为"四十州"，才考虑见他。贯休听说后吟诗四句"不美荣华不惧威，添州改字总难依。闲云野鹤无常住，何处江天不可飞？"作为回应，吟罢飘然入蜀，杳无音讯。这一个小插曲也表明诗人独立的人格,绝非趋炎附势之辈。

颈联"鼓角揭天嘉气冷,风涛动地海山秋"还是对钱镠带兵作战时的景象的刻画。军队作战时鼓角声音连天,瑞气环绕;士兵气势如虹,震天动地。"冷"和"秋"形象的变现出钱镠带领的军队所具有的令人生寒的气势。

尾联"东南永作金天柱,谁羡当时万户侯"对钱镠做一总结性评价。诗人祝愿钱镠可以在东南江浙一带永葆权贵,身处高位连万户侯都看不上。这样,诗人就把钱镠的地位推崇到了极高的位置。

纵观全诗,皆是赞美之词,诗人极尽赞美之能事。尽管诗歌思想不甚深刻,但也属于干谒诗中少有的佳作。

于易水送人①

唐·骆宾王

此地别燕丹②,壮发上冲冠③。
昔时人已没④,今日水犹寒⑤。

注释

①易水:河流名,位于今河北省西部的易县境内,在战国时期作为燕国的南界,燕国太子丹送别荆轲的地点。②此地:指易水河边。燕丹:战国时燕国太子丹。③壮发上冲冠:形容人极度愤怒,头发直立,顶起帽子。④昔时:往昔,从前。⑤犹:仍然。

赏析

本诗以古人送别之典为依托,千百年后的江水依旧滔滔东流,奔赴向海,而故人易逝,今人犹离别于此,言语之间,别离之凄凉与人事易变的感慨交织,与寥寥二十字中即展现了出来,力透纸背。首二句即

用典暗中交代了诗人与友人的别离之处：我们别离的地方，正是易水河边，战国时燕国太子丹率众送别壮士荆轲刺秦之处；正是这里，壮士怒发冲冠，誓将为国家争取一线生机；也正是这里，高渐离击筑，作"风萧萧兮易水寒，壮士一去兮不复还"慷慨悲壮之辞，只可惜昔日人已经逝去，世世代代，因循更替不休。末句之中，诗人一句"今日水犹寒"之语，道尽无限悲凉沧桑之意，纵然昔日之人逝去，世事更迭至今，可那易水河依旧是滔滔向东，依旧是无限寒凉。简简单单五个字，送别友人之悲凉、人事易逝、世事之苍凉皆蕴于其中，为这五字平添了千钧之重。

　　本诗作为五言绝句，可谓是短小精悍，可麻雀虽小而五脏俱全，由眼前之送别穿过千百年的时空隧道，追忆当年荆轲之易水壮行，又由过去之人事回想至今日之人事，其间更迭不尽，唯水东流。古与今之回溯往返、人事更迭与江山难改之两相对比，在此二十字中造成了一个极为阔大的时间与空间范畴，令人为送别而伤、为今古之异而悲的同时，亦为这样的阔大的境地而震撼不已。

诗人的后来

　　史书记载，骆宾王跟随徐敬业起兵讨伐武则天，事败后不知所踪。《唐才子传》却记录了另外一个故事。武则天当政后期，诗人宋之问被贬官钱塘，他夜游灵隐寺，偶得诗句"鹫岭郁岧峣，龙宫隐寂寥"，却始终得不出下句。这时寺中一位老僧为他接上了"楼观沧海日，门对浙江潮"。宋之问叹其精妙，第二天再去拜访老僧，已经找不到其人，据说老僧就是兵败隐居的骆宾王。

王思道碑堂下作①

唐·刘禹锡

苍苍宰树起寒烟②,尚有威名海内传③。
四府旧闻多故吏④,几人垂泪拜碑前。

注释

①王思道：未详何人也，据《新唐书·王忠嗣传》，忠嗣原名训，意者"思道"其字也，此疑为借用。忠嗣，河西陇右节度使，后卒于贬所，疑不复返葬，又无谥，故刘禹锡得过其所，且称其字。②宰树：用典，典出《秋公羊传注疏》，汉朝何修解诂："宰，冢也。"宰树，即坟墓上的树木。③尚有威名传海内：用典，王思政，西魏名将，于东魏战于颍州，据其一生，亦足当"威名传海内之语"。④四府：王思政曾为朔方河东节度使，佩四将印，所谓四府故吏。

赏析

本诗为诗人触景生情怀古之作，诗人途经王思道碑，由眼前所见苍茫之景追思先人，思及情至处，不仅潸然而泪下。诗人首句起笔即用"宰树"之典，点明此时身处之地以照应标题的同时，也为全诗笼上了一层灰色的暗沉色彩，只见那王思道墓前的树木如今已是葱茏苍翠，暮色沉沉、日薄西山，大地上一层薄烟缓缓升起，将一切都融入了其中，影影绰绰。树木的生机勃勃与此处墓碑的冷硬两相对比之下，更现此时此景之清冷萧瑟。二句由墓前之景转向了于墓中之人的追思缅怀，此处诗人为衬托之手法，以曾于东魏战于颍州的西魏名将王思政如今尚有威名传于四海之内为衬托，诗人于此处将王思道与其相提并论，更是表现了王思道曾经之为人所拥戴，将其捧上了一个极高的位置。而三四句中，却是笔锋一转，急转直下，作苍凉悲叹：长久以来就能听说四府之故吏甚多，而王思道又曾为朔方河东节度使，配四将印，可是现如今又有多少人能够在他的碑前为他的逝去而默哀凭吊呢？此一问是追思，追思王思道般曾为人所拥戴的故去官吏；是自嘲，自嘲曾为百姓拥戴至此之人如今尚无人凭吊，遑论自己；是感慨，感慨是非成败，转头即空，不论你生前如何，去后不过一抔黄土，消散于天地之间。此一反诘之中，诗人的复杂情绪尽现于此。

本诗由景而起，由情而结，本为凭吊古人，追思先贤，而思绪转至今日，其自伤之意，成败皆空之慨叹，尽现于心头言语之中。虽是简单二十字，其间过去与现实之交织、怀古与伤今之情绪交错，却是韵味丰厚，淋漓尽致。

长相思二首①

唐·李白

其一

长相思，在长安。
络纬秋啼金井阑②，微霜凄凄簟色寒③。
孤灯不明思欲绝，卷帷望月空长叹④。
美人如花隔云端。
上有青冥之高天⑤，下有渌水之波澜⑥。
天长路远魂飞苦，梦魂不到关山难⑦。
长相思，摧心肝⑧。

其二

日色欲尽花含烟，月明欲素愁不眠⑨。
赵瑟初停凤凰柱⑩，蜀琴欲奏鸳鸯弦⑪。
此曲有意无人传，愿随春风寄燕然⑫。
忆君迢迢隔青天，昔时横波目⑬，今作流泪泉。
不信妾断肠，归来看取明镜前。

注释

①长相思：属乐府《杂曲歌辞》旧题。②络纬：昆虫名，也名莎鸡，俗称"纺织娘"。金井阑：精美华贵的井栏。③微霜：薄霜。簟色寒：谓竹席透着凉意。④帷：指窗帘。⑤青冥：形容天的高远。⑥渌水：清澈的水。⑦关山难：道路险阻。⑧摧：伤。⑨素：指白色的绢。⑩赵瑟：瑟，弦乐器。相传古代赵国人善鼓瑟。凤凰柱：雕饰有凤凰的瑟柱。⑪蜀琴：古人诗中常以蜀琴喻佳琴。鸳鸯弦：与凤凰柱对仗。⑫燕然：山名。即今蒙古国境内之杭爱山。⑬横波：形容眼神流动。

赏析

乐府《杂曲歌辞》有"上言长相思，下言久别离"。这两首诗同咏相思之苦，虽非同时之作，但编选者大多还是把它们排在一起。第一首用象征手法，主要通过景物描写烘托感情。如描写秋虫啼号，秋霜清寒，孤灯不明，长天冥冥，绿水滔滔，这些景物描写渲染了凄清的气氛，突出了相思之苦。结句短促有力，给人以执着之感，虽悲恸，却无萎靡之态。

第二首虽也有情景结合的描写，但更多的是直接描写思妇的形象，如写思妇弹琴鼓瑟，借传情，直抒胸臆。特别是"归来看取明镜前"，一句写出了思妇深恐容颜衰老，美人迟暮，把缠绵悱恻的情思表现得淋漓尽致。

诗人之死

宝应元年（762），李白去世，享年六十二岁。然而，李白的死亡原因一直颇有争议，历史上曾有病死、醉死和溺死三种说法。按照《旧唐书》的记载，李白晚年依附在当涂令李阳冰家中，后来唐代宗即位，准备召李白任左拾遗，而李白已经病死，这是病死说的史料依据。而《新唐书》则说李白"以饮酒过度，醉死于宣城"，这是醉死说的史料依据。元代辛文房在《唐才子传》中则记载："白晚节好黄老，度牛渚矶，乘酒捉月，沉水中，初悦谢家青山，今墓在焉。"这又支持了所谓的溺死说。李白的死因究竟为何，已经成了一段历史谜团。

剑客①

唐·贾岛

十年磨一剑,霜刃未曾试②。
今日把示君③,谁有不平事④?

注释

①剑客:行侠仗义的人。②霜刃:刀刃颜色如霜雪,形容剑锋十分锋利,寒光闪闪。③把示君:拿给您看。④不平事:心意难平之事。

赏析

本诗开头即为不平语,"十年磨一剑",开篇即以锻造时日之长展现出此剑的非同一般。传言道良工锻炼几年,铸得宝剑名"龙泉",而此剑为十年精心锻造而成,侧面展现的剑器之锋利与精致即可从言语中窥见。二句紧承上句,是对于宝剑的正面描写:此剑刀刃锋利,在阳光下反射着寒凉的光芒,如同剑的利刃上被镀上了一层霜雪,可就是这样的宝剑,却从来未被人尝试使用过。诗人言语之间,是喜爱,是骄傲,更是跃跃欲试,相信此剑一出,定当为人所惊艳赞叹!极致的自信倾泻而出之后,诗人更是万丈豪情地道出:今天,我就把这剑拿出来与你们共享,谁有心意难平之事,此剑定当以雷霆万钧之势,横扫千军如卷席，为君一平心中郁结！诗人心中之豪气于诗末可谓喷涌而出，大有畅快淋漓之感。本诗明处写宝剑，写宝剑久经磨砺而未曾被使用，写宝剑如今更将为众人荡平心中之愤懑；实则写自己，诗中诗人以宝剑自喻，写的是宝剑，更是自己。首二句看似是对于宝剑的骄傲，跃跃欲试，而细细品味，却能发现，诗人写的正是自己！诗人寒窗苦读十载，才高八斗、学富五车，可这又有什么用处呢，空有满腹经纶与一腔抱负，还不是至今都未能为慧眼识人的君主所用，至今都隐藏与刀鞘之中而不能崭露锋芒？此中抑郁难平之气，由此可见。所谓高山流水，知音难觅，诗人就如同那抱宝玉而无人能识的和氏一样，直至今日遇君，方得知贤善任的知音，又怎能不有剑鸣于匣，呼之欲出，一展锋芒的渴望呢？此中豪情壮志跃然纸上。

本诗中以十年磨砺的宝剑自喻，将自己的政治抱负寓于鲜明的形象之中，有知音难遇、怀才不遇的痛苦，但更多流露出的，是渴望一展锋芒、大展拳脚的凌云壮志。全诗语言平易近人，体量短小精悍，风格洒脱而奔放，情感热烈而富有张力，将一位干练豪爽、向往着兴利除弊、有着远大的政治抱负的诗人形象展现得淋漓尽致。

彭蠡湖中望庐山①

唐·孟浩然

太虚生月晕②，舟子知天风③。
挂席候明发④，渺漫平湖中。
中流见匡阜⑤，势压九江雄⑥。
黯黮凝黛色⑦，峥嵘当曙空⑧。
香炉初上日⑨，瀑水喷成虹。
久欲追尚子⑩，况兹怀远公⑪。
我来限于役⑫，未暇息微躬⑬。

淮海途将半，星霜岁欲穷⑭。
寄言岩栖者⑮，毕趣当来同⑯。

注释

①彭蠡湖：今鄱阳湖；庐山，今江西省九江市西南。②太虚生月晕：古语云"月晕而风，础润而雨"。太虚，古时称天为太虚；月晕，月亮周围的一圈光气。③知天风：古语"月晕而风"，舟子故知将起风。④挂席：即悬挂起船帆，谓开船。明发：天亮。⑤匡阜：庐山别名，庐山古名南障山，又名匡山。⑥九江：即浔阳江。⑦黤黕（yǎn dǎn）：颜色，即深黑不明。凝黛：又作"容霁"。⑧峥嵘：形容山高。曙空：天空明朗。⑨香炉：庐山北峰状似香炉，故名"香炉峰"。⑩尚子：即尚长，东汉时隐士。⑪远公：即慧远，晋代著名诗人，隐居于庐山。⑫于役：有事远行。⑬微躬：自谦辞，即自己的身体。⑭星霜：代指一年；星，一年循环一次；霜，每年因时而降。⑮岩栖者：代指隐者。⑯毕趣：穷尽隐居之乐；毕，尽，穷尽；趣，本诗中即隐逸之趣。

赏析

本诗为诗人漫游至鄱阳湖时所作，诗人泛舟江上，天风将至，仰望庐山，作清淡隐逸之语。全诗格调雄浑、气势磅礴，颇有盛唐大气之意象，正所谓"兴相华妙"。本诗中前五句为写景句，前二句开篇即交代了诗人所处的位置与此时的境况，将江上景色写得格调雄浑而气势磅礴：天上的月亮之上一圈光晕环绕，有经验的船工看到那月晕便知江上将要升起大风了，于是张帆静待天明，泊船于浩渺湖泊之中，颇有烟波浩渺，羽化而登仙之感。第三句作承上启下语，将视角由俯视转向仰视：俯视那湍急的江水，忽见水中那耸立起的庐山，仿佛在俯视江水，气势磅礴。四五句便诗人便将关注点转向了庐山。黎明破晓之际，在黯淡的光线之下，山体的颜色深黑不明，宛若凝成黛色的墨，峥嵘屹立于曙空之中；在山上的香炉之中缓缓升起的一轮红日，瀑布落下溅起的水珠在阳光之下折射出水晶般的七彩的光华。正如《唐贤三昧集笺注》中所言"大湖中见高山，真成活画"，此五句诗，将浩浩汤汤的湖水与高耸峥嵘的山体描绘地大气恢宏、颇为壮阔。后四句为诗人借景抒怀之语,眼前碧湖青山、秀丽阔大之景,本该使人流连忘返,却是勾起了诗人缅怀闲散之思,渴望隐逸漫游的念想:我本是早就想要追随尚子,静心闲隐的,更何况至于此浩渺阔大之景中,想到了那隐居的慧远高僧呢?诗人心中于隐逸之渴望更甚,同时,诗人对于此二位摆脱世俗的隐士高僧的敬佩向往之意亦无须多言。下二句是为本句的轻微转折——我虽是极其向往那隐逸于山林的生活的,可现如今,却是行役匆忙,不得有片刻得以休憩于山林草木之间,去往淮海的路途还不及一半,斗转星移,霜降又至,一年的时光又是转瞬即逝。此处"星霜岁欲穷"语极妙,说年关将近,一年的时光又将要流逝,诗人并未直言其实,反倒是另辟蹊径,从星宿的变换与节气的循环入手,将时间的流逝都是写得空灵阔大、意境满满。而尾句两句之间,又是对于上二句的反转之语,虽然此时经过庐山自己不能久留,亦不能像那隐士一般隐居山中享受闲适的生活,但将来漫游结束之时,自己自当是归隐于山林,享受自然隐逸之乐,将诗人对于庐山的神往与隐逸生活的向往展露无遗。

孟诗多作"冲淡中有壮逸"之语,本诗亦是如此。未至百字之间,便以工整自然的对偶句,将那湖水浩渺如烟、庐山黛色如墨的景色描绘得淋漓尽致,并将自己的隐逸山林、乐享安闲的志向由景而展露出来,言语自然而声调优美,着实令人惊艳。读本诗,读出了对高山大川壮阔之意的慨叹与赞美,读出了对尚子慧远隐逸之士的崇敬与赞叹,更读出了对己行役后归隐之路的憧憬与向往。

独不见①

唐·李白

白马谁家子,黄龙边塞儿②。
天山三丈雪③,岂是远行时。
春蕙忽秋草④,莎鸡鸣西池⑤。

风摧寒棕响⑥，月入霜闺悲⑦。
忆与君别年，种桃齐蛾眉。
桃今百余尺，花落成枯枝。
终然独不见，流泪空自知。

注释

①独不见：乐府《杂曲歌辞》旧题。②黄龙：古代城池名，又名龙城，今辽宁朝阳，此处泛指边塞地区。③天山：唐时称伊州至西州以北一带山脉为天山。④蕙：即蕙兰，兰花的一种。⑤莎鸡：虫名，又名络纬，俗称纺织娘。⑥寒棕：即织布梭，形容家境贫寒，天冷犹织，故得此称。⑦霜闺：即秋天深居闺中的女子。

赏析

本诗为一首闺怨诗，以思妇于过去的回忆与想象起；以如今的空守家中、行人未归结。词句简单明朗，理解阅读带来的结果，便是人们对于这位闺中少妇仿佛还带着复杂而哀伤的情感更为深切的体悟，与更为设身处地的慨叹，使全诗简单平实的笔触，平添了更为触动人心弦的感染力。首二句是女子之想象，时光已逝，独守闺中的少妇只得一边一遍一遍地数着郎君犹在的为数不多的回忆度日，一边暗自懊悔，那骑在白马上俊朗的翩翩少年，正是那要在龙城边塞戍边立功的热血男儿呢！只可惜，如今的天山天寒地冻，积雪三丈之深，哪里是适合远行的时候呢？回忆的，是丈夫多年未归导致的对当年送君戍边的无尽懊悔，更显女子思之深、爱之切。

三句是时光之逝，更是时令之暗指，转眼之间，春日的兰花已变成了秋风里枯黄的草木，又是一年的春去秋来，时光荏苒，曾经的美人已是朱颜不再，已至迟暮。四句更是用深秋霜月之景，与上句呼应，尽显女子境况之伤悲寒凉，一代女中豪杰都曾叹"秋风秋雨愁煞人"，更何况此一弱女子！冷肃的秋风吹起梭子猎猎作响，可吹凉的又何止是那一只梭子，怕是那一颗日夜期盼行人归乡的心，也是已经在那年复一年的秋风中被吹得千疮百孔，甚是寒凉了吧，至此清晰地勾勒出了闺中女子的无尽伤悲。若说此二句以清冷之环境衬人物凄清之心境已是足以令人心脏钝痛，那么下二句中仿佛事不关己的，只是简简单单的对过去与现在进行对比的笔触,再加上尾句中泪空流之语,便是一只大手,轻缓地、猝不及防地,触动了人心中柔软的地方,令人感受到眼中的温热了。遥想离别那年,你我种下的桃树才到我眉眼处,可如今,花开花落几十年,枝条一年年地抽出了新芽又枯萎,那曾经与我一同栽树的人啊,你究竟身在何处?可这样的低语,恐怕唯有那桃树听到了吧,便只得留那凄伤的眼泪暗自流淌。其间压抑着不为人所知的心酸凄苦,由此可见。

  本诗题材较为常见,是诗人们较常作的闺怨诗,然而本诗却用简单明朗的笔触,采用想象、对比等手法,将一位独守闺中几十载,郎君杳无音信而不知何时还归的思妇形象展现得极为丰满。而后三句中过去与现实的闪现,颇有归有光"庭有枇杷树,吾妻死之年所手植,今已亭亭如盖矣"的哀伤、无奈与悲凉之感,令人唏嘘不已。

杜陵叟①

唐·白居易

杜陵叟,杜陵居,岁种薄田一顷余。
三月无雨旱风起,麦苗不秀多黄死②。
九月降霜秋早寒,禾穗未熟皆青干③。
长吏明知不申破④,急敛暴征求考课⑤。
典桑卖地纳官租,明年衣食将何如⑥?
剥我身上帛,夺我口中粟。
虐人害物即豺狼,何必钩爪锯牙食人肉⑦?
不知何人奏皇帝,帝心恻隐知人弊。
白麻纸上书德音⑧,京畿尽放今年税⑨。
昨日里胥方到门⑩,手持敕牒榜乡村⑪。
十家租税九家毕,虚受吾君蠲免恩⑫。

注释

①杜陵：地名，即汉宣帝陵，今陕西省西安市东南少陵原上。叟：老翁。②秀：植物抽穗开花。③青干：谓庄稼的籽实未长饱就干浆了。④长吏：上级长官，本诗中为杜陵的地方官。申破：即申报，上报说明。⑤考课：古代考察官员政绩，并以此作为升降的标准。⑥明年：第二年。⑦钩爪锯牙：即鸟兽尖曲锋利的爪牙，此处喻官吏之残暴。⑧书德音：宣布恩诏，此处为减免赋税的诏令；德音，帝王诏书，唐宋诏敕之外别有德音一体，用作施恩宽恤之事。⑨京畿：古时称国都及其行政官署所辖地，杜陵所在地属国都长安的郊区。⑩里胥：古代地方上的一里之长，为低级官吏。⑪敕牒：传达诏令的文书。⑫蠲：免去，免除。

赏析

本诗以文辞之烈，言语之大胆，将农民在天灾人祸、横征暴敛之下的困苦生活展现了出来，言语之间，尽是对于百般阻挠皇上赈灾诏书落地实施的官员们的愤懑不平，《唐贤小三昧集》中"此风至今为烈，读之使人心恻"之评价，实非夸大其词。

本诗主要分为两个层次。第一层，为开篇四句，讲述了农夫"足蒸暑土气，背灼炎天光"，点明辛苦种出一顷薄田却依旧生活艰难的原因——在这杜陵之上居住的老翁啊，一年只有那一顷的薄田可为耕种，每日披星戴月、勤勤恳恳，可又怎么能抵得过那天灾呢？三月的天气不仅无雨，反倒是干燥的风呼啸而过，那麦苗尚未开花，就干黄枯萎了；那九月的霜降如此之早，寒意尤甚，三月幸存的麦子，籽实还未长熟，便已经干浆了。此为农民们处境艰难的自然原因，但是更让人心寒的，是那些官吏们，为求升迁，甚至不顾百姓死活，明知收成不好，却不仅不上报皇上，反而粮食税收照收不误，此为农民困顿的第二原因，而这样的人祸，相比于天灾给人的影响，更让人心寒。因而在第五句中，诗人呼喊出了农民的心声，典当桑园、变卖土地来东拼西凑总算是交齐了赋税，可这又与临泽而渔有何异呢？今年暂且无事，可明年的衣食又将何处着落呢？此间辛酸之意，让人眼眶酸涩不已。

后六句，则是站在农民的视角之上，对于官员横征暴敛、巧取豪夺的丑态与官僚制度的黑暗腐败做直接揭露、激愤抨击与强烈讽刺。那些强征税收的官员们，他们夺去的，是我身上穿的衣服；他们抢走的，是我口中的食物啊！那夺人衣食、虐人害物的本是豺狼，何必爪牙像钩子一样、牙齿像锯子一样地吃人肉呢！所幸不知是谁上奏了皇帝，使得皇帝心生恻隐之心而下诏施恩宽恤，免除京城附近的赋税。就在昨天，里长才到门口来，拿着公文张贴在村中，可这又有什么用呢？十家的租税九家已经收完，到底是受了君王免除租税的恩典了吗？言辞之间的辛辣讽刺，不言而明。

本诗并未像其他揭露时弊的诗词一般采用"春秋笔法"，言辞隐晦，而是毫不避嫌地将对于农民的极大同情、对于无视百姓疾苦的官员的愤恨、对于吃人不吐骨头的黑暗制度的厌恶在叙事抒情、直言讥讽之中展露无遗。其文风之烈，令人心神激荡不已的同时，感慨"从古及今，善政之不能及民者多矣，一结慨然思深，可谓太息"（《唐宋诗醇》）。

南乡子·归梦寄吴樯①

南宋·陆游

归梦寄吴樯②，水驿江程去路长。想见芳洲初系缆③，斜阳，烟树参差认武昌④。

愁鬓点新霜⑤，曾是朝衣染御香⑥。重到故乡交旧少⑦，凄凉，却恐他乡胜故乡。

注释

①南乡子：词牌名，又名《好离乡》《蕉叶怨》，原为唐朝教坊名曲。②吴樯：归吴的船只。③芳洲：即鹦鹉洲，今武昌东北江中。④武昌：即今湖北武昌。⑤新霜：此处喻新增的白发。⑥朝衣染御香：谓在朝中做官；朝衣，上朝拜见皇帝的官服。⑦交旧：即故交，老朋友。

赏析

本词作于词人于蜀地东归江行之时，一语作双关之意，虽是语言简洁明朗，却是言简意赅，言少而意丰。其中情感，无论是乡情，抑或是旧交之情、爱国之情，温和内敛，虽未锋芒毕露，却是让人感觉到了隐而不发背后的静默感伤之意。

首句起笔即写归乡路途，在归乡的船只上承载着自己思乡的梦，江水茫茫，浩浩汤汤，更觉归路渺渺，路途遥遥，其间略微夸张的语句，展现了词人对于归乡的渴望。次句紧承，运用想象，以想象家乡将近之时的情景，凸显了自己对于家乡的思念之意。虽说是现在距乡里犹远，可是到达鹦鹉洲之时刚刚俯下身来系好缆绳，抬头便在残阳西照、暮霭沉沉、树木葱茏之中看到武昌城的场景就是已经在脑海中想象了千万遍了。人在对于一件事情有着极大的期望之时，便会一遍遍地想象未来可能遇见的情形，词人对于回乡之渴望，由此可见一斑，将全词中返乡的欣喜与急切之情推至顶端。

下阕笔锋一转，一改上阕的欢欣渴望，情绪急转直下，尽现心中复杂的返乡愁思。下阕首句"愁鬓点新霜"词人即是直抒心中之抑郁。多年奔波他乡，再归来时，已是双鬓愁白，点点霜华。下一句中"曾是"一语道尽心中无限意，言有尽而意无穷。次句是心酸，是回忆，是悲凉，更是年华逝去的感伤。想当年，自己也是于朝堂之上，一身官服，也是曾为那宫中独有的御用香料所浸染。此二字之间，便已是道尽心酸之意。而今返乡，却是之间那高堂之上浮云蔽日、长安不见，其间痛彻心扉之意，不言而明。末尾三句，最是凄凉。本想回到家乡，旧景故人，可让人颇为放松，可到底是忘记了，此去经年，此番重回故乡，故交之少，怕是连他乡都不如了吧！淡淡的言辞之间，"怀旧空吟闻笛赋，到乡翻似烂柯人"般于故乡的恍若隔世之感不言而明。

本词虽寥寥数笔，却在勾勒出返乡图景的同时，将词人思乡心切、渴望返乡的心境；年华易逝、英雄易老的黯淡；故乡依旧，旧人不再的恍惚；"近乡情更怯"的渴望与悲伤，层层叠叠地铺陈开来，令人能够沉浸在这首词所

塑造的那样一个寒凉而低沉的世界里，闭上眼睛就能感受到与作者相同的复杂心境，久久不能释怀。

纵笔·其一

北宋·苏轼

寂寂东坡一病翁①，白须萧散满霜风②。
小儿误喜朱颜在③，一笑那知是酒红④。

注释

①病翁：生病的老翁。②须：一作"头"。③小儿：即诗人三子苏过，随诗人到岭南。④酒红：即诗人的脸因醉酒而染上了红晕。

赏析

本诗全篇采用白描手法，笔触朴实无华，语言晓畅明白，恬适闲远，言语之间，是回忆，是自嘲，是人老伤时，更是乐观旷达，读来虽未见其人，而觉甚是清爽，其间旷达闲远意更是令人神往不已。

首句起，似有低沉压抑之意味：在东坡之上，有一老翁，病弱无力，寂寂无言，风烛残年，独处于病榻之上，读来着实令人有心酸之意，不免感慨东坡生平，谪居乔迁之困顿境况。首句似是于艰苦状渲染不够，二句紧承，用白霜作喻，将诗人年华已老的现状展现得淋漓尽致。在风的吹拂之下，眼见着自己的白须飘起，宛若那秋风乍起，寒气凛冽，于地面之上形成的一层白霜。此处双关之意，是诗人胡须白若寒霜，更是诗人已是历经磨难，饱经风霜，更显此处凄凉困顿之境况。白描手法的应用，将一位生平多磨砺、晚景凄凉、孤独多病的老翁形象浅笔勾勒了出来。

前两句中的压抑之势在第三句中达到了极致，然而却正是在此时，诗人又将笔锋一转，一扫前两句中的颓唐之势，以轻松之笔调自嘲，与前二句相衬之下，更显豁达。家里的小孩看到我脸上的红晕，只道是我仍旧年轻，并为之欣喜不已，被孩子的欣喜之情而感染，自己也不禁笑道，这哪里是自己容颜依旧呢，分明是因饮酒而生出的红润之色罢了。欢欣之景衬哀伤之情，诗人年老之容颜与孩子的天真烂漫形成的极为强烈的反差，将诗人衰老之意更加凸显，于此情此境之下犹能自嘲，更显从前处境之磨砺与诗人心境之旷达，让人不禁动容。

王文诰曾经评价道："平淡之极，却又无限作用，未易以情景论也。"本诗用白描手法，叙写平淡质朴，娓娓道来；情感不露锋芒，温和内敛。作为自我解嘲的叹老之作，本诗将诗人的不满与旷达悉数呈现出来，因为不满，而心中仍有所求；因为旷达，更显多年生活之打磨。虽作旷达调笑之语，不为凄苦悲凉之情，可读来却是为人更添心酸意味。

瘦马行

唐·杜甫

东郊瘦马使我伤，骨骼硉兀如堵墙①。
绊之欲动转欹侧②，此岂有意仍腾骧③。
细看六印带官字④，众道三军遗路旁。
皮干剥落杂泥滓，毛暗萧条连雪霜。
去岁奔波逐余寇⑤，骅骝不惯不得将⑥。
士卒多骑内厩马⑦，惆怅恐是病乘黄⑧。
当时历块误一蹶⑨，委弃非汝能周防。
见人惨澹若哀诉，失主错莫无晶光⑩。
天寒远放雁为伴，日暮不收乌啄疮⑪。
谁家且养愿终惠，更试明年春草长。

注释

①碑兀：形容马瘦，骨出如石。②绊之：用马缰绊动马足。欹侧：歪歪倒倒。③腾骧：飞跃。④六印带官字：即马身上有六个印子，其中有一个官字印。《唐六典》："诸牧监，凡在牧之马，皆印印。"⑤去岁：至德二载旧历九月收复长安，十月收复洛阳，去岁句指此。余寇：残余的敌寇。⑥骅骝：周穆王八骏之一，赤红色的"骏马"，此处代指骏马。⑦内厩：犹御厩、天厩，天子马厩。⑧乘黄：古良马名，本处指瘦马。⑨误一蹶：失足跌倒，杜甫上疏救房琯，触怒肃宗，一跌不起，犹如此马。⑩错莫：落寞、萧索。⑪不收乌啄疮：皮干脱落，转动无力，故乌啄其疮，极言瘦马之可哀。

赏析

本诗作于诗人谪迁华州司空时，写实与抒情兼备，虽说本诗经常被人们认为是"自伤贬官而作"，而其中诗人也的的确确一语双关，以老马自喻；但本诗之写马状物，也是正如《杜诗镜铨》中张云所言"虽是借题写意，而写病马寂寞狼狈光景亦尽"，将此老马困顿之态展现得淋漓尽致。

本诗前四句开口即尽极致嗟叹之形容：东郊的那匹马啊，让我伤心不已，它那瘦弱而致突出的马骨，就像那墙头上深处的坚硬石头一般，绊动马足，它却只能走得歪歪斜斜，这哪里是要飞跃的本领呢？只两句，便将路边弃马的枯瘦潦倒整体上展现了出来。五六句开始，便对于老马进行了细节上的描写，三句首先交代了老马的来历，仔细看这马身上的六个印子，其中一个正是官印，就连众人都说，这是军队遗留在路边的马呢！后六句紧承上文，是对于老马的外表上的细节描写，将老马昔日之飒爽英姿与今日的凄凉处境对比，更是将老马今日的境况展现得更为困苦凄凉。看这老马身上，皮毛干涩灰暗已是不复往日鲜亮，甚至有几处夹杂着泥水污渍片片剥落，甚至已经有部分的皮肤裸露在了空气之中，就连身上仅存的毛发也已经沾满了冰霜。可就是在去年，它还驰骋于沙场之上，追逐敌寇，若说它不是良驹，又怎能被选作战马呢？那军中将士所骑的，大概都是天子马厩内的良马，甚至可与那传说中古代的乘黄宝驹相媲美，而如今眼前的这匹马，恐怕只是病了的缘故吧！想象中昔日南征北战之恣意张狂与如今眼前现实中的病寒相接，对比之鲜明，更是展现了当今境况之艰难。

同时,此处明写老马,实则诗人以老马的艰难处境,暗喻自身遭贬谪而面临的窘迫处境,其间悲苦意味,不言而明。

紧接着的下四句,是由老马似通人性的表现而作的安慰之语:在疆场上渴望载着主人奋力杀敌立功,却是不小心摔倒,这也实在是你难以预防的啊!你见到来人即发出凄惨悲鸣,就像是你心中悲哀的倾诉,主人已不在身边,你的眼睛亦是黯淡了下来,没有了亮光。此处诗人同情那希望助主人一臂之力却在受伤之后被残忍抛弃的老马,又何尝不是在同情自己呢?自己于君王国家,老马于曾经的主人,此番境况,又是何其相近!此间诗人心中被贬的抑郁凄苦之意,皆寓于此处对于老马的同情之句中,读来悲凉无奈之意尤甚。在本诗的最后二句之中,诗人以想象的手法,展现了老马若是无人收养,天寒地冻之间,为主人放逐,只能与雁为伴,恐怕在日落时分,就要逃不开为乌鸦啄食的命运;并基于此提出建议,若是有谁家愿意收养这匹老马,在来年草长莺飞之时,必当令众人刮目相看!

本诗将杜诗的沉郁顿挫之格调展露无遗,由开篇的极尽嗟叹到老马之来历,再到老马今昔处境之对比,诗人用低沉压抑的笔触,写出了老马此前的经历,可这又何尝不是诗人自己的经历呢?本渴望一展宏图,却迁谪而困顿至此,此间艰辛,怎能为常人所道!尾句是诗人对众人的建议、对老马的期许,更是对于自己的承诺:虽是如今被贬黜至此境地,可待到明年春天,且重新崭露锋芒,亦是不迟!

杜工部的由来

唐肃宗乾元二年(759)年底,颠沛流离的杜甫一家终于来到了成都。一开始,杜甫一家寄居在成都西郊的草堂寺,靠着"故人供禄米,邻舍与园蔬"为生。第二年春天,杜甫在距离草堂寺不远的浣花溪边修筑了一间草堂,自食其力,以耕种为生。同年十二月,杜甫的好友严武出任东西两川节度使,他不但在经济上资助杜甫,还与杜甫作诗唱和,交往得非常愉快。上元三年(762),严武被召入朝为官,杜甫也只得带着家属从成都迁往了梓州,准备奔赴洛阳。广德元年(763),严武再次入蜀担任节度使,喜出望外的杜甫也赶快回到了成都与老友见面。杜甫刚一回到成都,严武表荐杜甫为节度参谋、检校工部员外郎,这是杜甫一生中得到的最高官阶(从六品上)。

菩萨蛮·回文秋闺怨①

北宋·苏轼

井桐双照新妆冷②，冷妆新照双桐井。羞对井花愁③，愁花井对羞。

影孤怜夜永，永夜怜孤影④。楼上不宜秋⑤，秋宜不上楼。

注释

①菩萨蛮：又名《菩萨篁》《重叠金》《梅花句》等，本唐教坊名曲，后为词牌，也用作曲牌。回文：诗词的一种形式，因回环往复均能成颂而得名，相传起于苏伯玉妻《盘中诗》，一说起于温峤、苏蕙。②照：看。新：初次。冷：淡色。③对：望。④永夜：长夜。⑤不宜：不适应，谓此时楼上已有凉意。

赏析

回文诗虽说是苏伯玉之妻《盘中诗》为最早，但广为流传、成为一段佳话的却是苏若兰的《璇玑图》。相传若兰《璇玑图》是为向其丈夫表明心意而作，词句、制作皆是精妙，除去这块八寸见方的五色锦缎中间的"心"广为人知之外，此图八百多字，反读、横读、斜读、交叉读、退一字读、迭一字读，皆可成诗，尽显织者的悲欢忧乐，其精致奇巧可见一斑。

本词采用了后世发展而来的"双句回文",即下句为上句的回读,加之以笼罩全词的凄凉悲伤氛围,读来令人称妙,感慨不已。本词上阕借景抒情,同时又融情于景,情景交融。"井桐双照新妆冷,冷妆新照双桐井",美人新妆本为幸事,令人眼前一亮,但诗人以拟人手法塑造出的井栏旁的清冷梧桐在秋日清凉如水的夜里与美人遥相对望,萧索凄凉之感由此中可沁人发肤,若有切身之感。而下句的"井花"又与"井桐"照应,井花低垂,美人领首,相顾无言,虽是一言不发,却是此时无声胜有声,于美人、秋桐、井花间萦绕着的凄清悲凉、清冷寂寥的气氛立现,同时以景衬情,衬托了少妇此时春心消融,感慨秋色衰败,愁丝绵绵的感伤之意。

如果说上阕为委婉含蓄、因景而生凄婉之情,那么下阕便是悲情外露、直抒心中所伤了。由"影孤"到"孤影",由"夜永"到"永夜",时间流逝,长夜漫漫,少妇茕茕孑立之味不言自明,加之一"怜"字贯穿始末,便将少妇的凄凉境味勾勒出来,与读者一同体味。下句"楼"与"秋"的回环更是进一步展现了少妇秋夜思君的心境:楼已横秋,人凭栏眺望更是悲从中来,楼上清冷秋色不值得远望,难道那远处的郎君又是值得思念的吗?

本词是悲秋伤时,是思君未归,更是满心思念却不知归附何处的自嘲。全词无清冷字,读来却让人感到彻骨寒意,秋景凄寒,妆容清冷,人心更是寒凉,象征、寄寓、双关、回文,精妙的词句下隐藏的却是彻骨之寒,令人读之为之心碎,唏嘘不已。

凤凰台上忆吹箫·香冷金猊①

南宋·李清照

香冷金猊②,被翻红浪,起来慵自梳头。任宝奁尘满,日上帘钩。生怕离怀别苦,多少事、欲说还休。新来瘦,非干病酒,不是悲秋。

休休！这回去也，千万遍《阳关》③，也则难留。念武陵人远④，烟锁秦楼⑤。惟有楼前流水，应念我、终日凝眸。凝眸处，从今又添，一段新愁。

注释

①凤凰台上忆吹箫：此词调名当来自秦穆公之女弄玉与箫史之故事。双阕，九十七字。②金猊：猊是狮子，此指兽形的香炉。③阳关：王维诗云"劝君更尽一杯酒，西出阳关无故人"，后此诗入曲，名为《阳关三叠》，成为送别之曲。④武陵人远：陶渊明《桃花源记》说有武陵一渔人进入了桃花源。⑤秦楼：用秦穆公女儿弄玉与箫史在秦楼吹箫事。

赏析

此词抒写离情别绪，深情婉曲，词意新奇而深挚。首句还未看到人，便先看到了词人的卧室："香冷金猊，被翻红浪"，从这两个着色富丽的描绘便可看出，主人公有其难以消泯的心事，看她"慵自梳头"，且"任宝奁尘满，日上帘钩"。她如此慵懒，究竟为何呢？下句便说"生怕离怀别苦，多少事、欲说还休"，点出离情相思之苦。至此，词人还要再深一步，"新来瘦"三字颇有耸动之力，然而，她再次说"非干病酒，不是悲秋"。上阕把她的离愁欲言又止地说了多遍，下阕自当铺叙离情别苦了，可词人却用"休休"二字掩盖并容纳了许多的往事与酸楚。而"这回去也"，才是她最为迫近的哀愁之源，所以她说"千万遍《阳关》，也则难留"。此词至此，词意也还平平，但结句却陡起波澜，"念武陵人远"是说离去的人，而"烟锁秦楼"是说自己，在她的想象中，丈夫所去的地方因有了他的存在而成了桃花源，而自己的居所却整日被愁苦的烟雾所笼罩。这时，词人长为感喟"惟有楼前流水，应念我、终日凝眸"，"惟有"二字，触目凄然，而"楼前流水"又给词人以无限欢欣与痛苦的提示与暗示，在这个永远流动的暗示中，词人便以"终日凝眸"的面影隐现在流水中，也定格于词的艺术世界中。

自嘲

鲁迅

运交华盖欲何求①，未敢翻身已碰头。
破帽遮颜过闹市②，漏船载酒泛中流③。
横眉冷对千夫指④，俯首甘为孺子牛⑤。
躲进小楼成一统，管他冬夏与春秋。

注释

①华盖：星座名，共十六星，五帝座上，今属仙后座。旧时迷信，认为人命中犯华盖星，运气不好。②破帽：一作"旧帽"。③漏船载酒：用《晋书·毕卓传》中"得酒满数百斛……浮酒船中，便足了一生矣"之典。中流：河中。④横眉：怒目而视的样子。⑤孺子牛：用春秋时期齐景公与幼子嬉戏，扮作牛状，让幼子骑于背上的典故。这里喻为人民大众服务，同时指小孩子，鲁迅将希望寄托在小孩子身上，实现未来的社会理想。

赏析

本诗为诗人由时代背景而产生的热烈的情感抒发，作本诗之时，正值20世纪30年代国民党对左翼作家进行残酷迫害时期，鲁迅先生正是于此险恶环境之中作此诗，一抒心中愤懑不平之气。

首联交代的是时代背景，更是诗人自己的艰难处境：自己命犯华盖，生于这纷扰烦乱的时代，风雨飘摇、豺狼当道的社会，实在是大不幸啊！本想是于"众人皆醉我独醒"之时摆脱这困境，却仅仅是一翻身就被现实碰得头破血流。"欲何求""未敢"皆作反语，是有所求，是诗人对于国民党政权的讽刺与蔑视，更是哪怕在当时的政治环境下与那密封得如同罐头一样的黑暗社会斗争的无畏。颔联用双关意，"闹市""泛中"看似是形容繁华盛景、水流湍急，实则为诗人一语双关，极言形势之险恶严峻，可就是在这样的严酷环境之下，诗人却是保持着自己的乐观精神——闹市又有何可怕，不过是一顶破帽遮住了容颜便可出门；泛中水急又有何值得畏惧，即便是漏船，也要在上面载酒欢饮。言语之间，一位面对艰险情景却是依旧顽强机智、甚至是诙谐幽默的诗人形象跃然纸上。颈联是全诗的精髓所在，亦是广为世人所知的一句：面对敌人则横眉冷对，绝不心慈手软；面对人们则鞠躬尽瘁，甘做人民公仆。其间诗人于敌人的强烈憎恨、于人民的热烈爱护之情溢于言表，是诗人内心深处世界观的集中体现，更是诗人心中一心为民、渴望使人民得到救赎的强烈情感的外露，将全诗的情感推至了高潮。而尾句，则是将前三句层层堆叠积累的强烈情感重新收为内敛，归于平寂。在现在的情况下，我就躲进自己的小楼里暂时安宁下来，管他外边是四季更迭、人事变化呢！此处诗人是作豁达语，更是对国民党统治者下达的战书：休道今日如何，过些时日，我们重新来战。那时就不知是何番境况了！寥寥数语，便将一位乐观旷达、不屈不挠、誓与国民党反动势力战斗到底的战士形象展现了出来。

本诗寓庄于谐，虽说是诗人于现实政治困境中深受迫害，四处碰壁而作愤懑之语，揭露了当时社会的黑暗血腥，却依旧不失诙谐乐观本色，将一位充满着革命乐观主义与大无畏精神、捍卫民主自由的诗人形象展现出来。

题菊花

唐·黄巢

飒飒西风满院栽①，蕊寒香冷蝶难来②。
他年我若为青帝③，报与桃花一处开④。

注释

①飒飒：形容风声。②蕊寒香冷：形容天寒花瓣将凋零之状。③青帝：传说中五天帝之一，住在东方，为司春之神。④报：告诉，此处意为命令。

赏析

菊花无论是在屈原"朝饮木兰之坠露兮，夕餐秋菊之落英"，还是在陶渊明"采菊东篱下，悠然见南山"之中，皆为孤傲高洁的形象，可以说，菊花几乎成为高人隐士的代名词，然而在本诗中，作者却未落入窠臼，而是展现了另一种全新的艺术风格。

首句开篇即交代时令：秋日西风飒飒，吹来寒意，平添萧索凄凉之意，而那满园的菊花却迎风傲立，颇有不畏于严寒的风骨。"满园"一词极妙，尽言菊花之多，更显菊花于秋风中盛放之热烈，此间风骨尽现。然而在下句中，诗人却是笔锋一转，尽管那菊花正迎寒怒放，可天气转凉，在这萧瑟的寒气之中，菊花那清幽香气却也难将蝴蝶引来翩翩起舞了，其孤芳自赏之意不言而喻，诗人言语间尽是惋惜感伤之意。只此一句，就将上句因菊花迎寒而放而产生的欢欣之意冲淡消散，将全诗的情感压抑到最低点。三、四句紧承，情感猛地反弹而上，大张大合之间，豪壮之气显露无遗。若是有一天，我能做了那住在东方的司春之神，自己定将那菊花与桃花一样，在春日绽放，让蜂蝶环绕，尽态极妍。这一充满了极强的浪漫主义幻想的诗句间，展现的是诗人心中创造一片新天地的宏伟政治抱负与朴素梦想。

本诗看似是写景状物，实际上却是诗人的政治理想的展现。诗人由菊花盛放于秋风而生发，表现的不仅仅是对菊花所象征的人才无人赏识的叹息，以及各花皆平等的梦想，更是作为一位农民起义领导者用自己的力量掌握命运，实现人才皆尽其用的朴素理想。最后二句，是"王侯将相宁有种乎"的豪气，是推翻唐朝的决心，更是夺权必定成功的霸气。本诗虽为唐代农民起义将领所作，但胜在真情实意，生发于心，其冲天之豪气未有作假，粗犷而不粗俗，令一些文人作品比较之下黯然失色。

浣溪沙·残雪凝辉冷画屏①

清·纳兰性德

残雪凝辉冷画屏②,落梅横笛已三更③,更无人处月胧明④。
我是人间惆怅客⑤,知君何事泪纵横,断肠声里忆平生。

注释

①浣溪沙:唐朝教坊名曲,因春秋时期西施浣纱于箬叶溪而得名,后用作词牌名,又名《浣溪纱》《小庭花》。②残雪:尚未化尽的雪。画屏:有彩画的屏风。③落梅横笛:《梅花落》,古乐曲名,以横笛吹奏。④月胧明:形容月色朦胧之状。⑤客:过客,自嘲之辞。

赏析

  本词采用先写景后抒情的词的传统写法,在章法结构上虽说是无特别之处,但却是胜在景真情切,最后盛世悲凉之感慨与营造出的大片留白,让人顿有世事苍茫、人生凄迷之感。

  词人上阕首句即状物写景,残雪未消,月色朦胧,映射在雪地上,在画屏上投射出冷冷的光华,明明室内当是火炉正盛,词人却是触目皆为冷意,残雪、凝辉的意象,在词人的笔下,仅仅是简单地组合在一起,就形成了一幅凄清萧索的冬夜残雪图。本已是萧条之意深重,偏偏此时笛声响起,正是那著名的《梅花落》的曲调,听来让人愈发心有戚戚焉。短笛吹奏的《梅花落》,向来被称为清绝之音,甚至有动人魂魄之感,直到明清,仍是江南酒肆歌坊流行的曲目,可想见,纳兰随康熙帝南巡时,在桨声灯影中是听过这首歌的吧!而如今却是三更断漏,横笛声起,更是平添凄凉境味。词人于笛声中独起望月,无人处竟是月色朦胧,有大夜弥天的苍茫之感,此处情景上的留白,将词人的清冷独立之姿展现得淋漓尽致,颇有"众人皆醉我独醒"的感慨之意。凡人尚且于心中有郁结之气,只是渴望有所倾诉,更何况如此这般至情至性的纳兰呢?

  词人在下阕中由景而生,因笛声而起关乎理想、关乎身世的近乎自

言自语的低声呢喃喟叹：我还不是与众人一样，皆为人间过客，我当然知道你因为什么事情而泪水斑驳纵横，不过是忆起平生之事，便是顿觉肝肠寸断矣！纳兰一生仕途于外人看来可谓顺遂，"日睹龙颜之近，时亲天语之温，臣子之光荣，于斯至矣"，天子之恩泽，恐怕无尽于此了吧！可只有纳兰自己知道，这样平稳到无趣的仕途，绝非是有着"经济之才，堂构之志"的自己所想要得到的。无奈如他，也只是能沦为父亲与皇帝政治角逐的牺牲品，成为人间漂泊之客，成为无处落脚的旅人。

正如当代学者田萍所评："全词残雪冷，画屏冷，月光冷，心更冷。"尾句"断肠声里忆平生"便是心冷到了极处，可以说是将词人压抑着的情绪于哽咽之中展现得更加催人泪下，饶是见惯了哀而不伤，看多了隐而不发，读至此处，却依旧能够体会到心中隐隐泛着的钝痛，就像是用着钝刀子割肉，明明生疼，却偏偏情无所倾斜，更觉悲凉。

念奴娇·赋白牡丹和范廓之韵①

南宋·辛弃疾

对花何似，似吴宫初教②，翠围红阵。欲笑还愁羞不语，惟有倾城娇韵。翠盖风流③，牙签名字④，旧赏那堪省。天香染露，晓来衣润谁整⑤。

最爱弄玉团酥⑥，就中一朵，曾入扬州咏⑦。华屋金盘人未醒⑧，燕子飞来春尽。最忆当年，沈香亭北，无限春风恨⑨。醉中休问，夜深花睡香冷。

注释

①念奴娇：词牌名，又名《湘月》《百字令》《酹江月》《大江东去》，得名于唐朝天宝年间的一位名为念奴的歌伎。范

廊之：即编次《稼轩词甲集》的范开，为稼轩之门人。②似吴宫初教：化用《史记·孙子列传》中孙子以兵法见于吴王，吴王命宫中女子以试之的典故。③翠盖：帝王代称，帝王的乘舆有翠羽为饰的华盖，此处喻白牡丹之叶。④牙签：象牙制的图书标签，牙轴为钿白色，此处喻白牡丹的花枝。⑤晓来衣润谁整：化用唐人李正封《牡丹诗》"国色朝酣酒，天香夜染衣"写牡丹之语。⑥弄玉团酥：为两种牡丹的名称。⑦曾入扬州咏：用唐吴楚狂生崔涯作诗讽"黑妓"李端端，后受李之请求改作"一朵能行白牡丹"，将李又喻作白牡丹之典。⑧华屋金盘：出自苏轼《寓居定惠院之东杂花满山有海棠一株土人不知贵也》中"自然富贵出天姿，不待金盘荐华屋"之语；华屋，华美的房屋。⑨无限春风恨：化用李白《清平调》中"解释春风无限恨，沉香亭北倚阑干"中牡丹华美语之典。

赏析

本词采用作词中常用的手法，上阕写景，状牡丹之风韵光华；下阕由所见之景，融之于情，极言牡丹之华美的同时，展现了词人对于牡丹的喜爱赞叹之情，虽说是多用典故，言辞颇为华美，却依旧言语灵动而不见斧凿痕迹，着实令人敬佩。

上阕开篇即以一石破天惊的疑问起笔，宛若平地一声惊雷，将读者的注意力瞬间拉向了文本：这明艳的白牡丹，应当以何言辞形容呢？此为开篇起笔，更是暗示牡丹之美艳动人。下四句紧承上文之疑问，将白牡丹之卓绝风姿以用典、比喻、拟人、反问之手法极尽铺陈之能事。首句回答，即用吴王命宫妇试孙子兵法之典，将那花开正盛的白牡丹比作宫中之美妇，娇美的花朵与翠绿的枝叶相掩映，更是突显其美好；第二句回答同样以美人作喻：那牡丹的白色花朵在枝叶的遮挡下若隐若现，宛若那女儿家欲笑还羞，低眉垂目，眼波流转间，一顾倾人城，再顾倾人国，将牡丹女儿般的娇憨之态描绘得极为传神；三句用比喻对比之手法：牡丹其叶青翠欲滴颇有帝王翠羽华盖之风流韵味，其花枝细白颇长几与那象牙制的图书标签相媲美，既见此景，往昔所见美景又哪堪回想呢？反问其间于白牡丹赞赏之意，不言而明；末句为牡丹的侧面之描写，花的香气沁染着露水打湿了人们的衣衫，而在天色破晓之时，又有哪位爱花之人细心整理着那还散发着花香的衣衫呢？以人之表现收尾，侧面表现了牡丹之花香怡人。

下阕多用典化用，更多地展现了词人内心之感受，是对于牡丹的侧面描写的同时，亦是词人发自内心的于牡丹的喜爱与赞叹：最爱的便是那清透莹白的弄玉与团酥了，其中的一朵，竟是能入了那平素尽是张狂的崔涯之眼以喻美人，足见这牡丹之明艳动人至于斯也，着实令人惊叹。下阕二、三句化用苏轼、李白之言辞，极尽烘托之能事：华屋金盘白牡丹，金碧辉煌之房屋器具，与富丽华美之牡丹，二者交相辉映，更是衬托出了牡丹之华美，即便是那华丽器物，亦不能掩其光华，就连那当年沈香亭北的春风都要妒恨如此美艳的花朵了吧！最末句暗用典，《太真外传》曾载，贵妃酒醉未醒，鬓乱钗横，玄宗故将其比作春睡未足之海棠，人面牡丹，明暗相映，尽显娇媚慵懒之态，更现花之美好，词人喜爱之情，溢于言表。

通观全文，词人引经据典，通引各家典故，诗词歌赋，经子百家，初读不知其所言，只觉佶屈聱牙，倘若通透其中典故辞章，顺之以文意，便觉又觉别有洞天，言辞灵活而富于变化，难见雕琢之痕迹，将牡丹之华美艳丽与自己内心于牡丹之喜爱尽数展现出来，给人以细腻精微的审美体验。

晚秋夜

唐·白居易

碧空溶溶月华静①，月里愁人吊孤影②。
花开残菊傍疏篱③，叶下衰桐落寒井。
塞鸿飞急觉秋尽，邻鸡鸣迟知夜永④。
凝情不语空所思⑤，风吹白露衣裳冷。

①溶溶：状夜空澄澈之语。②吊孤影：状人之孤独之语。③傍：倚靠，此处谓在篱笆的旁边。④夜永：黑夜变长，暗示冬日之将至。⑤空：唯，只。

赏析

本诗作写晚秋之夜景，寥寥数语之间，便将秋夜清冷空明、澄澈孤寂、衰败萧索、鸿雁南飞、露水寒凉的典型特点描绘了出来，而言辞颇为平淡冲和、清新隽永，白描手法浅笔勾勒之间，便作引人入胜之语，实为精妙至极。

首句开篇，并未明确交代时令，却是字里行间都透露着秋日的清朗空明、孤寂凄凉之感。诗人抬首望天，天高云稀，碧空澄澈，月光灼灼，光华静静地铺陈于大地之上，月下的人影更显得孤独寂寥，茕茕孑立，似是唯有与影子相互慰藉。此一句渲染了凄凉萧瑟的气氛，委婉含蓄地交代了节令，暗扣诗题的同时，奠定了本诗寒凉清淡的气氛。颔联由仰视转换为俯视视角，由澄明月空转向了脚下篱旁井边的景色。此时已是深秋，原本不畏严寒，于脚下篱笆旁边盛开的菊花，也已经是衰残枯萎，梧桐也似是受不住这样的严寒，树叶在空中打着转，飘零而下，坠入了寒凉的枯井之中。此一联的描写，仿佛是为此情此景加上了一层灰色的滤镜，仿佛电视上仍旧在播放着的黑白默片，隔着屏幕，似乎都能闻到空气中潮湿的味道，镜头晦涩不明，将其中的景物都渲染成了一片黯淡衰败的色彩。

颈联由眼前之植物而向外扩大至绝非今日所见的动物，它们似乎也在用自己的行为，暗示着深秋的即将到来。那塞上的鸿雁似是得知冬天的寒冷即将到来而感到慌乱，而于此时，看到鸿雁南飞的匆忙身影，诗人才忽然感觉到，秋天已是将近尾声了！邻家清早的鸡鸣声似是愈发得迟了，看来秋日将逝，冬日将来，夜晚也变得更加的漫长寒冷了。此三句，虽是皆为白描，不事修饰之语，却是轻巧挥笔之间，就将秋日"凄凄惨惨戚戚"的画面呈现在了读者的面前，虽不加之华丽辞藻，却让人在这三句勾勒出的图画之中，看到了深秋的寂寥与萧索寒凉。尾联诗人由秋景而生悲戚之感。刘禹锡曾道"自古逢秋悲寂寥"，诗人正是如此，于此秋景之中凝神远望，寂寥悲凉之感自心头油然而生，向外蔓延，竟至于无话可说，唯有湿冷的秋风夹杂着露水，似是吹透了衣裳，凉意彻骨。

白居易的文字风格在本诗中尽现无疑，本诗可谓极清、极淡、极雅，在这清浅的文字与微凉的语调之中，略用几处典型景物，便有一阵秋意袭来。

诉衷情·当年万里觅封侯①

南宋·陆游

当年万里觅封侯，匹马戍梁州②。关河梦断何处③？尘暗旧貂裘④。

胡未灭⑤，鬓先秋⑥，泪空流。此生谁料，心在天山⑦，身老沧洲⑧。

注释

①诉衷情：词牌名，唐教坊曲，又称《忆当年》，唐温庭筠化用《离骚》中"众不可户说兮，孰云察余之中情"创制此调。封侯：封拜侯爵，形容建功立业。②戍：守卫边疆。梁州：今陕西汉中。③关河：关塞河川。梦断：从梦中醒来。④尘暗旧貂裘：貂皮衣服上尽是灰尘，颜色显得暗淡。⑤胡：中国古代称北边的或者西域的民族为胡。⑥秋：秋霜颜色，喻指鬓角斑白。⑦天山：借指南宋与金国相持的西北前线。⑧沧洲：犹言江湖，比喻隐遁之地。

赏析

这首词是词人晚年隐居山阴时所作，他在词中追忆当年戍守梁州时驰骋疆场，欲求建功立业的戎马生涯。但现实中词人已到耄耋之年，今非昔比，这巨大的反差表达出词人壮志难酬的愤恨之情。

开篇两句"当年万里觅封侯,匹马戍梁州"直接把读者带到词人最意气风发的一段岁月。当年词人被派到抗金前线,戍守梁州,戎马疆场,一心想要建功立业来报效国家。"万里"与"匹马"形成一个强烈的视觉反差,描摹出一个大丈夫横刀立马在苍凉荒漠的形象,这就是词人当年的英雄气魄。接着,"关河梦断何处?尘暗旧貂裘"两句写出词人早已离开那万里疆场,只能一次次在梦中追寻。梦醒之时,茫然不知自己身在何处;房间里挂着当年的貂皮衣服,多年不曾床上,早已落满灰尘变得暗淡无光。"暗"字是时光流逝在衣服上留下的痕迹,也对应着词人离开万里疆场后没有光芒的生活。

上阕一虚一实,前后落差明显,情感基调也由激昂转向悲凉,表现出词人现实生活的暗淡,对当年戎马生活充满无限的怀恋。

下阕"胡未灭,鬓先秋,泪空流"语调连贯急促,写出英雄迟暮之感。词人一生想要杀敌报国,人生将尽之时,敌人还未被消灭;但年华不再,词人已双鬓斑白,壮志难酬,值得白白流下这伤心泪。"未""先"二字表现了词人对现实的无奈和酸楚,而"空"字表达了词人志向落空后的痛苦。

最后词人以"此生谁料,心在天山,身老沧洲"来回顾自己的一生,谁也不会想到,词人的一生竟会在身心分离的苦痛中度过,这一报效国家的大志向穷尽一生也没有实现。词人在多年的归隐中已看清了现实,这是感慨,也是无奈。只有这被生活狠狠折磨的人,才会发出这悲凉而有力的呼号。

全词以虚梦开篇,以慷慨激昂起调,又以实情结句,以悲凉无奈收尾。词人一心为国、赤胆忠心,却是终生郁郁不得志,只能写下这沉郁悲愤的词作流芳千古。烈士暮年,壮心不已,说的就是词人吧。

钗头凤·世情薄①

南宋·唐婉

世情薄，人情恶，雨送黄昏花易落。晓风干，泪痕残。欲笺心事②，独语斜阑③。难，难，难！

人成各，今非昨，病魂常似秋千索④。角声寒，夜阑珊⑤。怕人寻问，咽泪装欢。瞒，瞒，瞒！

注释

①钗头凤：词牌名，原名《撷芳词》，又名《折红英》《惜分钗》等。②笺：书写。③斜阑：栏杆。④秋千索：摇荡的秋千。⑤阑珊：消减，衰残。

赏析

这首词是词人唐婉与陆游被迫分离后相遇于沈园，陆游写下《钗头凤·红酥手》表达自己的一片痴情，唐婉遂作此词以和陆游。满篇凄然，哀婉动人。

词的开篇"世情薄，人情恶，雨送黄昏花易落"便有凄凉之意。词人直接抒发对世俗礼教戕害真爱的愤恨之情，世间的情感淡薄，人与人之间尽是恶意，在这雨天的黄昏中，花儿经不起摧残。"薄""恶"两字对世情、人情的刻画可谓真实，而导致这一切的就是罪恶的封建礼教，词人作为受害之人，以雨中黄昏的花儿自喻，哀叹自己身世悲戚。

"晓风干，泪痕残"写出了词人内心极强烈的痛苦。雨后黄昏的落花，历经整夜的摧残，天明时风一吹便干了；但是词人的泪水啊，却怎么也擦不干，脸上依然残留着泪水的痕迹。这里以雨水比喻泪水，以雨水易干来反衬泪痕犹在，烘托出词人心中悲痛万分，以泪洗面。

"欲笺心事，独语斜阑。难，难，难！"词人想要写下心中的苦痛，却终于没有寄出。只能在这栏杆处独自言语：难，难，难！三个"难"层叠说出，这是词人对世情、人情的最痛彻的领悟。爱情已经不可能了，把心中的苦痛给对方诉说又能有什么作用呢？千般苦痛和仇恨，都化为这三声无力的反抗，读至此处，未免痛上心头。

下阕"人成各,今非昨,病魂常似秋千索"描写现在两人的情况,今非昔比的巨大鸿沟就出现在词人与有情人之间,词人整日消沉,疾病缠身,仿佛失了魂,无精打采像一个摇摆的秋千。词人回想昔日两人婚姻美满恩恩爱爱,而一朝棒打鸳鸯,分隔两地。这现实的打击击倒了词人的精神,只如一个没有灵魂的秋千一样摇摆。"角声寒,夜阑珊"写出词人在每一个难以入眠的夜晚,听着窗外凄凉的角声,漫漫长夜一点一点衰残。"寒"字亦是词人内心的真实写照,她已经感受不到这世间的温暖。

　　"怕人寻问,咽泪装欢。瞒,瞒,瞒!"写出了词人另嫁他人后的凄惨处境,心中的悲伤不敢表露,无人理解。彻夜难眠之后,还要把泪水埋藏在心中,强颜欢笑,这生活只剩一个"瞒"字,毫无真实可言。但"瞒"的越深,也意味着这感情越真切。

　　词人直抒胸臆,把她的思念和苦痛全部倾诉了出来,让人感受到一种真切的爱和真实的痛。

怨情①

唐·李白

美人卷珠帘②,深坐颦蛾眉③。
但见泪痕湿,不知心恨谁④。

注释

①怨情:幽怨的情愫。②卷珠帘:卷开珠串的帘子。③深坐:长久的坐着。颦:一作"蹙",皱眉。蛾眉:蚕蛾触须细长而弯曲,比喻女子美丽的眉毛。④恨:怨恨。

赏析

这首五言绝句描摹了一位闺中女子幽怨的情愫,无多言语,只用情态动作和面部表情就足以使人感受到一种莫大的思念之怨,情感含蓄缠绵,令人心伤。

诗歌前两句"美人卷珠帘,深坐颦蛾眉",直接刻画出一位幽怨的女子形象。一位品性淑良、面容姣好的女子卷起珠串的帘子,长久地坐着,望向外面,微微蹙着蛾眉,不觉走了神。这里的"美人"便是怨情的主角,她住在深闺之中,卷开阻隔房内与房外的珠帘,深情而久久地望着。"颦蛾眉"表明这位女子不单单是望着,还有思考,她微蹙眉毛是在想什么?想她那远方的离人何时归来,或是在担心她的有情人是否平安,一切都不得而知。"颦"字既能看出女子深深的情愫,又能凸显女子娇美的姿态。

后两句"但见泪痕湿,不知心恨谁"直接点出了"怨情"。微蹙蛾眉的女子出神地望着外面,不自觉地流下了眼泪,连她自己都没有体察到;只见到女子脸上的泪痕,谁能知道她心中想念的是谁呢?"泪痕湿"写出女子落泪时情到深处、情不自已的状态,纵有千言万语,也不敌"泪"字。而"恨"字则体现了一种爱到极致的效果,这有情人离开的太久了,不能常伴女子左右,心生怨恨也是在情理之中。

纵观全诗,从"卷珠帘",到"深坐",到"颦",再到"泪痕湿",最后结句直接写"怨情"。用一连串的动作来表现女子的内心活动,而这动作又是寂寥无声的,它是幽怨之情的直接体现。一首绝句让一个孤独的思念情人的女子形象呼之欲出。

题诗后

唐·贾岛

二句三年得①,一吟双泪流。
知音如不赏②,归卧故山秋③。

注释

①得：得到，想出诗句。②赏：赏识。③归卧故山秋：在秋天回到以前的山中故居中睡下。

赏析

这首诗名为"题诗后"，是诗人在写下《送无可上人》一诗之后有感而发的"随笔"，既是表明自身作诗追求精益求精的境界，也暗含着对从弟无可上人离去的深切思念。《题诗后》并非无端空写，而应和《送无可上人》联系在一起读。

前两句"二句三年得，一吟双泪流"凸显了诗人作诗不易，精妙的诗句必然蕴含动人心魄的力量。两句诗要经过三年才能想出来，诗成之后只要读一下，便被感动地流下眼泪。这里"两句"与"三年"形成强烈的对比，在这成果极少与用时极多之间的张力中，表现了诗人作诗并非总是才思泉涌。"一吟"和"双泪"也形成对比，读至此处，便能感受到诗句产生的震撼力量。几个数词的连用，也使得诗句别具一格。当然，诗句采用了夸张的艺术手法，但又在情理之中。诗人写诗有一种"推敲"的精神，在作诗中追求完美的境界，渴望写下思想与艺术统一的诗句。正如《送无可上人》中"独行潭底影，数息树边身"便是三年而得，形象地表现出从弟无可上人离开后诗人莫大的孤独和憔悴。

后两句"知音如不赏，归卧故山秋"承接上文，花费巨大的时间来作诗是为了什么？诗人回答是为了知音。诗人倾注时间和感情写下的诗句，如果知音无法欣赏和感受到诗句中的深情，那还是回到空山之中，聊度残年，再不写诗了。可谓有写诗人，有赏诗人，在作者与知音的互动中，诗的意义才能最终完成。无可上人便是诗人的知音，他懂得诗人的情谊，也必将不负诗人心意。短短四句二十字，让我们了解了诗人作诗的过程艰辛，也体会到诗所存在的意义。所谓"诗言情""诗言志"也大抵如此，须得有心人来体会。

纵观全诗，基本体现了诗人贾岛作诗锤字炼句精益求精，布局谋篇煞费苦心的风格。这首诗就是他视艺术为生命，执着追求完美境界的精神风貌的真实写照，有着撼动心灵的力量。

蜀相①

唐·杜甫

丞相祠堂何处寻②,锦官城外柏森森③。
映阶碧草自春色④,隔叶黄鹂空好音⑤。
三顾频烦天下计⑥,两朝开济老臣心⑦。
出师未捷身先死,长使英雄泪满襟⑧。

注释

①蜀相:指三国时蜀国丞相诸葛亮。②丞相祠堂:指成都城南的武侯祠,供奉诸葛亮的庙宇。③锦官城:古代成都的别称。柏森森:柏树长得高大而茂密。④自春色:自为春色,空自形成一派春天的景象。⑤黄鹂:黄莺。空好音:空作好音,指黄莺白白歌唱,却无心倾听。⑥三顾:诸葛亮隐居隆中(今湖北襄阳西)时,刘备曾三次登门拜访他,问以天下大计,并请其出山辅佐自己。⑦两朝:指蜀先主刘备、后主刘禅父子两朝。开济:开创基业,匡济艰危。本句的意思是诸葛亮帮助刘备开创基业,帮助刘禅渡过难关,体现了他对蜀汉政权的耿耿忠心。⑧长:永远。

赏析

唐肃宗乾元二年(759)十二月,杜甫结束了历时四年寓居秦州、同谷(今甘肃成县)的辗转生活,来到成都定居在浣花溪畔。第二年的春天,杜甫探访了成都的诸葛武侯祠,写下了这首感人肺腑的千古绝唱。这首诗不但是杜甫漂泊西南时所作的一首凭吊古迹、颂扬诸葛亮的咏史诗,还是一首富有教育意义、感人至深的抒情诗。诗人既不直言抒情,也不婉转评论,而是采取前半部写景,后半部议论的办法,以写景时的心理活动引出对于凭吊对象的精彩评论,自然而然地表现出了诗人满腔的激情。这首诗的前两句紧扣诗题,写出了诗人专程寻访丞相祠堂的心意,这是全诗的"起";接下来的三、四两句,承接前句,写尽了祠堂内碧草依依,黄莺初啼的春色,这是全诗的"承";第五、六句则笔锋一转,开始叙述诗人对诸葛亮的评价,这是"转";末尾两句收束全诗,写出了诗人对诸葛亮的悼念和对所有大业未成的英雄人物的追思,这是"合"。在这短短的八句当中,有叙事,有写景,有议论,有抒情,笔墨畅快,感情真挚,充分体现了杜诗沉郁顿挫的风格。

节妇吟·寄东平李司空师道[①]

唐·张籍

君知妾有夫,赠妾双明珠。
感君缠绵意,系在红罗襦[②]。
妾家高楼连苑起,良人执戟明光里[③]。
知君用心如日月,事夫誓拟同生死。
还君明珠双泪垂,恨不相逢未嫁时。

注释

①节妇吟:出自新乐府诗。②襦(rǔ):穿在单衫外的短袄。③执戟:指担任宫廷侍卫官。明光:即明光宫,汉代宫名。

赏析

张籍是一位关心现实、同情民生疾苦的诗人,他的诗句语言精练,朴实自然,和当时的另一位诗人王建并称为"张王"。

诗题是《节妇吟》,女主人公之所以能冠以"节"字,就体现于她能在顺乎人情的情况下不失节操,而这种品德是在叙事中体现出来的。"君知妾有夫,赠妾双明珠。""知"字说明"君"明知自己是有夫之妇,却还要对自己赠珠挑逗。但是妾并未立即拒绝,而是"感君缠绵意",并把明珠系在自己身穿的红罗短衣上。以下四句诗意也随之一转。高楼连帝苑而起,丈夫在明光殿里执戟,意在说明妾家不是小户人家。我知君的用心虽明如日月，但我已和丈夫誓同生死。这层既申明道义，也为拒收所赠重礼铺平道路。在这里，"高楼连苑"和"执戟良人"比喻朝廷厚待自己，而自己在这样的状况下，自然不会有非分之想，不会有越礼的行为。"还君明珠双泪垂，恨不相逢未嫁时"两句为第三层。至此，女主人公解下双明珠掷还与"君"，同时她又酬以"双泪"，依依不舍地发出"恨不相逢未嫁时"的叹息，全诗语带双关，语言十分得体。

这首《节妇吟》其实还有一个副标题——"寄东平李司空师道"。这个李师道是何许人也呢？安史之乱后，藩镇割据的局面愈发明显，其中缁青从高丽人李正己受封节度使，到李正己的孙子李师道自立为平卢缁青节度使，前后已历三代。李师道对朝廷外表恭顺，从皇帝那里骗来了检校司空的职衔，私下里却在蓄养死士，操练兵马。当时藩镇军阀为了制造对己有利的舆论，纷纷拉拢文人和中央政府官吏。李师道听说了张籍的才名，就派人携带重金拜访张籍。张籍和他的老师韩愈一样，都主张武力削藩，自然不愿被李师道收买。可张籍深知李师道心狠手辣，如果严词拒绝他可能招来杀身之祸。经过反复思考，张籍写下了这首《节妇吟》寄给了李师道，通过这样一首貌似男女爱情的诗作，最终达到了拒绝其拉拢的目的。

吃诗的诗人

五代时期的藏书家冯贽所著的小说集《云仙散录》曾记载了这样一个故事：张籍因为喜爱杜甫的诗歌，就把杜甫的名作一首一首地抄写下来，然后再将墨宝烧掉，烧完的纸灰拌上蜂蜜，每天早上吃三勺。张籍的朋友对他这个举动非常不解，就问他说："张籍，你干吗把杜甫的诗烧掉，又拌上蜂蜜吃了呢？"张籍笑着回答说："吃了杜甫的诗，我便能写出和杜甫一样的好诗了！"

菩萨蛮·书江西造口壁①

南宋·辛弃疾

郁孤台下清江水②,中间多少行人泪。西北望长安,可怜无数山。

青山遮不住,毕竟东流去。江晚正愁余,山深闻鹧鸪。

注释

①造口:皂口,今江西万安县西南。②郁孤台:今江西赣州市西南贺兰山上的一座古台,因"其山隆阜,郁然孤峙"而得名。

赏析

辛弃疾为什么在江西造口这个地方发如此的感慨呢?这是有原因的。据《宋史》载,建炎三年(1129),金兵大举南侵,一路竟势如破竹,宋高宗赵构的伯母隆裕太后由南昌仓皇出逃,至造口方摆脱金兵的追赶。所以年仅37岁的辛弃疾至此便生万端感喟。"郁孤台下清江水",这本来是纯粹写景的句子,但是,这句词的章节极富沉郁顿挫之致,诵之有悲慨沉雄的意味。而"中间多少行人泪"更是写尽南宋偏安的深愁万斛,新恨千叠。"西北望长安,可怜无数山",本来望长安已然极可悲了,但长安又被无数的青山所隔断,更令人凄然。可是,我们还应当读出来这其中的另一层意味,那就是,现在的长安究竟在何处,那已是金人的领土了,所以即便没有群山的阻隔,望到了又能如何呢?所以江中万千的行人之泪便无穷无尽地向东流去,"毕竟"二字富有深意。"江晚"二字与上二字连读,可见他对南宋局势的叹息与失望。末句云"山深闻鹧鸪"亦含深意,因鹧鸪"鸣必向北",由此亦可见其兴复之志。

梦李白二首

唐·杜甫

其一

死别已吞声，生别常恻恻①。
江南瘴疠地②，逐客无消息③。
故人入我梦，明我长相忆。
恐非平生魂，路远不可测④。
魂来枫叶青，魂返关塞黑⑤。
君今在罗网⑥，何以有羽翼？
落月满屋梁，犹疑照颜色。
水深波浪阔，无使蛟龙得⑦。

其二

浮云终日行，游子久不至。
三夜频梦君，情亲见君意。
告归常局促⑧，苦道来不易。
江湖多风波，舟楫恐失坠。
出门搔白首，若负平生志。

冠盖满京华⑨,斯人独憔悴⑩。
孰云网恢恢⑪,将老身反累⑫。
千秋万岁名,寂寞身后事⑬。

注释

①恻恻(cè):悲痛的样子。②瘴疠(zhàng lì):山林湿热地区流行的恶性疟疾等传染病。李白于唐肃宗乾元元年(758)因永王李璘事流放夜郎(今贵州省正安县西北一带),故称江南瘴疠地。③逐客:被判流放的罪人。④恐非平生魂,路远不可测:诗人怀疑李白已死,不然中途遥远,除却魂魄,何以能到。⑤魂来枫林青,魂返关塞黑:这两句是诗人的想象之词。⑥罗网:当时李白因永王事尚被拘禁在浔阳狱中,故称罗网。⑦蛟龙:即鳄鱼,因其形似传说中的龙,故称蛟龙。⑧局促:拘束,窘迫。⑨冠盖:官吏的冠冕和车盖,借指官吏。⑩憔悴:困苦不得意的样子。⑪恢恢:广大无边的样子。语出老子《道德经》:"天网恢恢,疏而不失"。天网即天理。⑫累:牵累,牵连。⑬千秋万岁名,寂寞身后事:这里化用了阮籍的"千秋万岁后,荣名安所之"和庾信的"眼前一杯酒,谁论身后名"。

赏析

乾元元年(758)李白被流放到夜郎,次年春遇赦放还,回到江陵。杜甫远在北方,只知流放之事,不知赦还之情,忧心拳拳,因而成梦,这两首诗记录的就是其梦中的情景,分别记述了梦前、梦中、梦后。仇兆鳌在《杜诗详注》中认为两篇皆以四、六、六行分层,所谓"一头两脚体"。这两首既表达了诗人对友人李白生死叵测的关切,又表达了其对友人遭遇的同情。

第一首一开始便如寒风乍起,气氛悲怆,"生别""死别",生死相应,足见别后之痛。故人之梦,当是长久想念的结果,倏尔乍见,诗人是何等喜悦,但转念又想到友人还在罗网之中,为什么能到这里,难道是展翅飞来的?但又担心是亡魂入梦,喜后仍悲,欲信还疑,诗人的心情是何等复杂。关山路远,"枫林青""关塞黑",他应当是备尝艰辛,忽而梦醒,月落屋梁之际,似乎仍可见友人音容依稀。这是一种错觉,但是诗人的内心仍在祈求友人平安归去。同时这里也化用了《楚辞·招魂》中的"湛湛江水兮上有枫,目极千里兮伤春心,魂兮归来哀江南"。这就是"魂来枫林青"的出处,更突出了诗人对友人命运的担忧。

第二首则是承上篇后数日写的,起首运用诗家比兴常例,从"浮云终日行"至"情亲见君意",足见两人肝胆相照,形神相映,这里和上一首起首极其相似,诗人推己及人,衷情至重。接下来六句通过诗人对梦中李白的动作、形貌和语言的着意刻画,直教读者如见其形、如闻其声、如感其情,枯槁惨淡之状,历历在目。紧接下来六句,诗人见到梦中李白的形象,感触至深,醒来之后,诗人愈加愤懑不平,所有情感涌出笔端,沉重嗟叹之中,既寄托了对李白的崇高评价,又饱含着深厚同情。所以清代浦起龙在《读杜心解》中说:"次章纯是迁谪之慨。为我耶?为彼耶?同声一哭!"总之,两首记梦诗是异工而同曲的,相关而不雷同,整篇之中,全为至诚至真之文字。

贺新郎·赋琵琶

南宋·辛弃疾

凤尾龙香拨①。自开元《霓裳曲》罢②,几番风月?最苦浔阳江头客③,画舸亭亭待发。记出塞、黄云堆雪。马上离愁三万里④,望昭阳、宫殿孤鸿没,弦解语,恨难说。

辽阳驿使音尘绝,琐窗寒,轻拢慢捻,泪珠盈睫。推手含情还却手⑤,一抹《梁州》哀彻⑥。千古事,云飞烟灭。贺老定场无消息⑦,想沉香亭北繁华歇⑧。弹到此,为呜咽。

注释

①凤尾龙香拨：杨贵妃的琵琶用龙香板为拨，并把琴槽做成凤尾状。②《霓裳曲》：贵妃善弹《霓裳羽衣曲》。③浔阳江头客：指白居易，白居易《琵琶行》云"浔阳江头夜送客"。④马上离愁三万里：借用王昭君事。⑤推手含情还却手：古时推手叫"琵"，还手叫"琶"，所以称这种乐器为"琵琶"。⑥《梁州》：边塞之曲调。⑦贺老：唐代之乐工贺怀智，极善弹琵琶。⑧沉香亭：唐玄宗在沉香亭赏花，召李白，李白写下了三首《清平调》。

赏析

这是一首为琵琶作赋的词作。整首词一直叠用有关琵琶的典故，但却意脉相通，诗意盎然。"凤尾龙香拨"一句，点出杨贵妃擅弹琵琶的典故。"自开元《霓裳曲》罢，几番岁月"，其中蕴含了几多感慨。开元盛世象征着一代繁华，而唐朝自安禄山叛乱，唐玄宗被迫逃离长安，杨贵妃惨死马嵬坡之后，便再无之前的繁华气象，而渐渐走下坡路。此外作者化用开元典故，当是暗寓北宋初期的繁华盛世。岁月如梭，倏忽"几番风月"过去，当年是盛极而乐，如今则是"最苦浔阳江头客"了。这一词句化自唐代诗人白居易《琵琶行》的诗句："浔阳江头夜送客，枫叶荻花秋瑟瑟。"诗人感叹自己漂泊流离的身世，悲叹大唐王朝一蹶不振的衰败国情，与本词的作者可谓是"同是天涯沦落人，相逢何必曾相识。"因此，本词作者虽化用典故，实际上句句有所指归。"画舸亭亭待发"一句，化用宋代词人郑文宝的《柳枝词》："亭亭画舸系春潭……载将离恨过江南。"同是抒写离恨之辞。"记出塞、黄云堆雪"与"马上离愁三万里"两句，是写昭君马上弹奏琵琶作离别悲音的典故，读之有凄然之感。一句"望昭阳、宫殿孤鸿没"仿佛隐含着主人公对北宋都城汴京的思念之情，也可看作是作者代靖康之乱中蒙耻的徽、钦二帝所作，悲凉之意渗透其中。结句"弦解语，恨难说"总括以上种种复杂情感，言有尽而意无穷。

此词上阕铺叙典故，怀古悲今，下阕则转入眼前现实。"辽阳驿使音尘绝"，"辽阳"泛指北方，"音尘绝"指祖国南北分离，离人音信断绝的悲惨境况。"琐窗寒、轻拢慢捻，泪珠盈睫。"写佳人用琵琶声来寄托对北方亲人的思念之情，"琐窗寒"指美人所处的环境，"寒"字映照了主人公凄凉的心境。"轻拢慢捻""泪珠盈睫"似分别化自

《琵琶行》"轻拢慢捻抹复挑"和"梦啼妆泪红阑干"句,用琵琶女的身世来寄托作者的身世之悲。"推手含情还却手,一抹《梁州》哀彻。"前一句借弹奏琵琶时一推一回的动作,描写女子犹疑复杂的心境,也有人说这一句是写主战派和主和派双方的斗争,这里姑且难下定论。"一抹《梁州》哀彻"借词曲之名,抒发了作者对北方家乡的思念。《梁州》曲音调激越,声音哀彻,且在北方,所以弹奏者借它来表达思念之情。而一句"千古事、云飞烟灭"仿佛是对整篇词所做的注脚,既慨叹世事的无常,又暗喻北伐之事如石沉大海,无成功的希望。"贺老定场无消息,想沉香亭北繁华歇。"再次借唐朝的典故来影射大宋王朝。贺老指开元、天宝年间琵琶弹奏高手贺怀智,他每弹奏一场琵琶,则全场鸦雀无声,故云"定场无消息",而"沉香亭北"则化自李白《清平调三首》之一的"解释春风无限恨,沉香亭北倚阑干"的诗句,指唐明皇和杨贵妃的风流韵事。"繁华歇"三字,以唐王朝的衰亡,来暗喻南宋衰败的国势。至此,作者运用一系列典故,寄托了沉痛的家国之悲。末尾以一句"弹到此,为呜咽"来总结自己的心绪,呼应上阕末尾"弦解语,恨难说",使词作的艺术结构十分完整。

清代词论家陈廷焯说:"此词运典虽多,却是一片感慨,故不嫌堆垛。心中有泪故下笔,无一字不呜咽。哀感顽艳,笔力却高。"评价恰如其分。

短歌行

东汉·曹操

对酒当歌,人生几何!譬如朝露,去日苦多。
慨当以慷,忧思难忘。何以解忧?唯有杜康①。
青青子衿②,悠悠我心③。但为君故,沉吟至今。
呦呦鹿鸣④,食野之苹。我有嘉宾,鼓瑟吹笙。

明明如月,何时可掇⑤?忧从中来,不可断绝。
越陌度阡⑥,枉用相存。契阔谈䜩⑦,心念旧恩。
月明星稀,乌鹊南飞。绕树三匝⑧,何枝可依?
山不厌高,海不厌深。周公吐哺⑨,天下归心。

注释

①何以:用什么。杜康:人名。相传他是开始造酒的人。这里用作酒的代称。②衿:衣领。青衿是周代学子的服装。③悠悠:长远,形容思念之情。④呦呦:鹿鸣声。这四句表示招纳贤才的意思。⑤掇:采拾。明月是永不能拿掉的,它的运行也是永不能停止的,比喻忧思不可断绝。⑥陌、阡:田间小道。古谚有"越陌度阡,更为客主"的话,意思是客人远道来访。⑦契阔:契是投合,阔是疏远,这里是偏义复词,偏用阔字的意思。"契阔谈䜩"就是说两情契合,在一处谈心宴饮。⑧匝:周圈,这里以乌鹊无依似喻人民流亡。⑨吐哺:周公曾自谓"一沐三捉发,一饭三吐哺,起以待士,犹恐失天下之贤人",说明求贤建业的心思。

赏析

这首诗是曹操诗歌中具有代表性的言志之作。全诗通过对时光易逝、贤才难得的再三咏叹,抒发了自己求贤若渴的心情,表现出统一天下的雄心壮志和自强不息的进取精神。气韵沉雄、质朴简洁、大巧若拙是曹操诗歌语言艺术上的主要特点。钟嵘《诗品》谓之"曹公古直,颇有悲凉之句"。《短歌行》气魄雄伟,想象丰富,古朴自然,慷慨悲凉,正是这种风格的代表作。

杏花天影·绿丝低拂鸳鸯浦①

南宋·姜夔

丙午之冬,发沔口②。丁未正月二日③,道金陵。北望惟楚,风日清淑,小舟挂席,容与波上。

绿丝低拂鸳鸯浦。想桃叶④、当时唤渡。又将愁眼与春风,待去;倚兰桡,更少驻。

金陵路、莺吟燕舞。算潮水、知人最苦。满汀芳草不成归,日暮;更移舟,向甚处?

注释

①杏花天影:双阕,五十八字。②沔口:汉水入江口。③丁未:宋孝宗淳熙十四年(1187)。④桃叶:出自王献之曾在渡口送其妾桃叶之典故。

赏析

柳树在姜夔的合肥情事里也许扮演了极重要的角色,所以他凡写到这一段感情,总是要写到柳树,这首词也不例外。但事实上据他在词序里所标出的时间来看,正月初的金陵还不会达到"绿丝低拂"的程度,所以这个起句只能认为是他心中的合肥之柳罢了。而"鸳鸯浦"一名,不必实有其地,一见此名,便可顿生感慨。果然,词人接下来便使用了"桃叶"之典,此时词人心情的矛盾实已不必明言,下面说"待去;倚兰桡、更少驻",一种欲留不能、欲走不舍的情状便历历可见。然而,在风光无限的金陵路上,却正是一派"莺吟燕舞"的景象,唯有词人所乘小船下的潮水"知人最苦",然而词人却无可奈何地要远离合肥了,"满汀芳草",何时可归呢?"日暮;更移舟、向甚处",从这茫然

一问中，我们也可以体察，连词人自己也极惘然。其实此时的词人是要去汉阳依附其姐，他当然知道自己要去何处，这里所言，只是当时一种心境罢了。

南陵别儿童入京①

唐·李白

白酒新熟山中归，黄鸡啄黍秋正肥②。
呼童烹鸡酌白酒，儿女嬉笑牵人衣③。
高歌取醉欲自慰，起舞落日争光辉④。
游说万乘苦不早⑤，著鞭跨马涉远道⑥。
会稽愚妇轻买臣⑦，余亦辞家西入秦⑧。
仰天大笑出门去，我辈岂是蓬蒿人⑨。

注释

①南陵：一说为今安徽省南陵县。②黍：一种耕作的植物，果实去皮后称黄米。③嬉笑：嬉戏欢笑。④起舞落日争光辉：意思是人逢喜事，酒醉正酣，跳起舞来与日月争辉。⑤游说：指战国时代策士们周游列国、劝说君主采纳其政治主张的一种活动。后来泛指劝说别人采纳其意见、主张。万乘：有一万辆兵车的国家，借指帝王。⑥涉：本义为蹚水过河，这里指跋涉、到达。⑦会稽愚妇轻买臣：化用西汉朱买臣休妻、覆水难收的典故。该典故出于《史记·朱买臣传》，会稽人朱买臣早年贫穷，以卖柴为生，终日书不离手。其妻子心生嫌弃，央求朱买臣把她休掉。后来朱买臣受到汉武帝的赏识，谋得会稽太守一职。其前妻又想与朱买臣复合，怎奈覆水难收。⑧秦：秦地，这里指唐都城长安（今陕西西安）。⑨蓬蒿人：借指草野民间百姓。

赏析

这首七言古诗是李白在天宝年间受诏去长安前所作，满怀抱负的诗人想要借此机会大展雄图，欣喜异常，于南陵家中烹鸡煮酒，写下这汪洋恣肆的浪漫诗篇。

诗的开篇"白酒新熟山中归，黄鸡啄黍秋正肥"便描摹出秋日丰收图，诗人从山中归来，白酒新酿成，肥肥的黄鸡正啄着地上的黄米，今秋又是丰收时。诗人以秋收做背景，烘托一种祥和安乐的生活氛围，透露出一种喜悦之情，为下文进一步写入京之事奠定感情基调。

三、四两句"呼童烹鸡酌白酒，儿女嬉笑牵人衣"，由景即人，将题目中的"儿童"引了出来。诗人呼唤童仆烹鸡煮酒，欢庆乐事，儿女们围绕着诗人嬉戏玩闹。丰收之景搭配和谐家庭，更进一步渲染出愉悦的氛围。诗人本是好酒之人，恰逢喜事，怎能不痛饮一番？诗人神情洋溢，齐家欢乐。这两句话极具画面感，想必仕途宽阔之时，人便有此欢乐景象。儿女嬉戏，天真烂漫，也是诗人此时心情的体现。

五、六句"高歌取醉欲自慰，起舞落日争光辉"选取高歌起舞的瞬间来显现诗人酣畅饮酒和兴奋的心情。诗人一边大口喝酒，一边引吭高歌，身心快慰；夕阳西下之时，乘醉起身舞剑，剑身光芒四射，与落日争辉。饮酒、高歌、舞剑这一连串的动作，刻画出一个酒仙形象，极生动地表达出诗人喜悦的心情，诗人的内心世界展露无遗，读起来也是十分痛快。

七、八句"游说万乘苦不早，著鞭跨马涉远道"有些乐极生悲之意，不再描写快乐的景象，诗意跌宕起伏。想要尽快去游说君王，实现心中志向，但苦于时日无多；只能快马加鞭，跋涉千山万水，奔赴远道。诗人心情急切，想要尽快奔赴京城，但限于时间易逝，恨不得策马扬鞭奋起直追。这里诗人从饮酒起舞中抽身出来，想到现实中还是山水阻隔，便有一丝急切的心情。

九、十句"会稽愚妇轻买臣，余亦辞家西入秦"化用朱买臣休妻的典故，会稽愚妇看不起贫穷的朱买臣，而今我也要离开家乡去往长安。"会稽愚妇"便指的是朱买臣的妻子，诗人在这里将此意扩大，以指代那些看不起自己的世俗之人。并自比朱买臣受到君王赏识，可以成就一番事业。诗题只有"别儿童"，这里却用"会稽愚妇"的典故，也许诗人的妻子正是那个看不起他的人，略有指责之意。总的来看，诗人此时已是十分得意，自知前途光明。

最后两句将诗人的欢喜、自信、得意之情推向最高。"仰天大笑出门去，我辈岂是蓬蒿人"，一个才华横溢、极度自信的大丈夫形象出现了，诗人告别家中老小，仰天大笑而去，自恃才高八斗，定能在京城平步青云。诗人踌躇满志之态显露无遗。

纵观全诗，真情实感奔泻而出，将叙事与抒情紧密结合，感情层层推进，于结句迸发出一种极致的愉悦和自信之情。感情十分真挚强烈，语言慷慨豪迈，自是诗仙风格。

行路难·其二①

唐·李白

大道如青天，我独不得出。
羞逐长安社中儿，赤鸡白雉赌梨栗。
弹剑作歌奏苦声②，曳裾王门不称情③。
淮阴市井笑韩信④，汉朝公卿忌贾生⑤。
君不见昔时燕家重郭隗⑥，拥彗折节无嫌猜⑦。
剧辛乐毅感恩分⑧，输肝剖胆效英才。
昭王白骨萦蔓草，谁人更扫黄金台⑨？
行路难，归去来！

注释

①行路难：乐府《杂曲歌辞》的旧题，主要内容为咏叹世路的艰辛和离别的伤感。②弹剑作歌：《史记》载："冯谖客孟尝君家，常弹其剑而歌：'长铗归来乎！无以为家。'"③曳裾王门：《汉书·邹阳传》载："饰固陋之心，则何王之门，不可曳长裾乎？"④韩信：西汉淮阴人，辅佐刘邦平定天下，封淮阴侯，后以谋反被诛。《汉书·韩信传》载："市中少年众辱之，使出胯下，信熟视之，俯出胯下。"⑤贾生：贾谊，西汉洛阳人，汉文帝时博

士，才华出众，为当时诸大臣周绛、灌婴等人忌恶，时进谗言，出为长沙王太傅，郁郁而终。⑥燕家重郭隗：《史记·燕世家》载："燕昭王于破燕之后即位，卑身厚币以招贤者。……郭隗曰：'王必欲致士，先从隗始，况贤于隗者，岂远千里哉？'于是昭王为隗改筑宫而师事之，乐毅自魏往，邹衍自齐往，剧辛自赵往。"⑦拥彗（huì）：拿着笤帚，表示恭敬。⑧剧辛：战国时期赵人。乐毅：魏人，燕昭王拜他为上将军，率诸侯兵攻下齐国七十余城，号昌国君。⑨黄金台：故址在今河北易县东南。

赏析

行路难两首是李白在玄宗天宝三年（744）离开长安以后的作品，虽然时期相同，但却是两种截然不同的心理状态的反映。第一首诗中，诗人虽然失意，但对于自己的命运前途却抱有很大的希望；第二首则直抒胸中的郁悒和对现实的不满。

行路难其二的起句便显得突兀有力，"大道如青天，我独不得出"，胸中无限郁悒一下子喷发出来，情感的波动何其剧烈，为下文的叙述埋下了很好的伏笔。诗人的气节还是很高尚的，"羞逐长安社中儿，赤鸡白狗赌梨栗"，不屑与"长安社中儿"为伍，不屑因小恩小惠而折节。诗人既不愿走这一条路，那么他会去结交权贵吗？但是当他游走于权贵之门时，受到的仍是冷遇和薄待，因此诗人用韩信和贾谊的典故，描绘了自己在长安受到的多方面的嘲笑、轻视、忌妒和打击。在这种事实面前，诗人想到了"拥彗折节"的燕昭王，设黄金台招贤纳士，因此剧辛、乐毅等人"输肝剖胆报恩分"。但是现实中并没有燕昭王那样的君主了，黄金台也无人洒扫，诗人在现实中是极其失望和无奈的。李白的《行路难》和南朝时鲍照的《拟行路难》极为相似，都表达了文人失意时的特殊情绪，所不同的是李白的诗气势宏烈、境界开阔，他在感情的激荡起伏和复杂变化中，创作出了极具艺术境界的作品。

玉楼春·绿杨芳草长亭路

北宋·晏殊

绿杨芳草长亭路，年少抛人容易去①。楼头残梦五更钟，花底离愁三月雨。

无情不似多情苦，一寸还成千万缕②。天涯地角有穷时，只有相思无尽处。

注释

①年少：指年轻人。②一寸：此处指一寸柔肠。千万缕：指千万缕情思。

赏析

　　这是一首闺怨词，词人以极度凝练的白描手法，形象地刻画出了一个思妇的心理世界。"绿杨芳草长亭路，年少抛人容易去"点出在绿柳依依的春天，在古道长亭之上，少年郎情浅意薄，抛下恋人远去。三、四句由"年少抛人"引出，以如神的笔触描写思妇的思念之情，同时反衬出少年郎的薄情。夜到五更时分，最是相思难眠；而飘雨的初春三月，也正是怀人季节。当五更钟响起的时候，不仅惊破了她迟迟入睡的残梦，而且使她再次跌入了对现实的失望之中。窗外迷迷蒙蒙的三月春雨，无情地撕扯着刚刚绽开蓓蕾的花朵，使花瓣伴随着思妇的泪水纷纷落下。这两句语言精工细致而委婉缠绵，催人泪下。

　　下阕两度使用反语，先以无情和多情的烦恼对比，反衬出"多情自古伤离别"的痛苦，继而以具体的形象来印证。无情不似多情之苦，那一寸芳心，由于蕴含着千愁万恨而化成了千万缕。这两句言近而旨远，是饱经沧桑、悟尽人间哲理的澄明的关照，所以情中更有思，意境也更为深远。末句以天涯地角有尽，而相思无尽，表明虽然由于"多情"而受到精神上的折磨，但是却一直无怨无悔，感情真切而含蓄，具有十分感人的艺术魅力。

鹤冲天·黄金榜上①

北宋·柳永

黄金榜上，偶失龙头望②。明代暂遗贤③，如何向④？未遂风云便⑤，争不恣狂荡⑥。何须论得丧。才子词人，自是白衣卿相⑦。

烟花巷陌⑧，依约丹青屏障⑨。幸有意中人，堪寻访⑩。且恁偎红翠⑪，风流事，平生畅。青春都一饷⑫。忍把浮名⑬，换了浅斟低唱⑭！

注释

①鹤冲天：词牌名，词调见柳永《乐章集》。黄金榜：科举考试殿试后朝廷发布的招录者榜单。②龙头：状元的旧称。③明代：政治清明的时代。遗贤：被遗弃的贤能之人。④如何向：去向哪儿。⑤风云：时局。⑥争不：怎么不。恣：肆意，纵情。⑦白衣卿相：古时指进士，引申为没有发迹的书生。柳永常以"白衣卿相"自许。⑧烟花巷陌：指青楼歌伎居住的地方。⑨丹青屏障：画有彩绘的屏风。⑩堪：可以。⑪恁：如此，这样。偎红倚翠：亲狎青楼女子。⑫一饷：片刻。⑬浮名：虚名。⑭浅斟低唱：斟着茶酒，低声歌唱。

赏析

这首词是柳永科举失败后所作，借以抒发心中不平，从中可以窥探词人早期的生活志向。满篇尽是牢骚言，却是柳永后半生浅斟低唱之写照。

开篇"黄金榜上，偶失龙头望"就交代了写作背景，词人科举考试没能中举，失去了成为状元的希望。词人用一"偶"字，轻描淡写此次科举失利，可见词人自负，满不在意。这两句诗是全诗感发的基础，正是因为黄金榜上无名，才会作词鸣不平。

接着"明代暂遗贤，如何向"指出朝廷不能慧眼识珠，在此政治清明的时代，还不能做到野无遗贤，但词人深知科举失利只是暂时的，他对自己的才学非常有信心，只是现在该怎么办呢？词人用"暂"与"偶"两字，将科举落榜的原因归于运气和朝廷，可见词人心高气傲的姿态。

"未遂风云便，争不恣狂荡"，笔锋一转，词人找到了生活的方向。既然没有在这时局中把握好机会，那怎么能不纵情浪荡？词人瞬间从一个封建士大夫的精神风貌，转向一个放荡不羁的狂士形象。这一突变，展现了词人的多面性格。这也就为下文写"烟花巷陌"之生活做了铺垫。

上阕结尾"何须论得丧？才子词人，自是白衣卿相"承接"狂荡"一词情感而来，词人语调激昂，为何要谈论科举得失？满腹才华的词人，就是没有发迹的进士。旷达豪爽的性格，自甘不凡的态度，都在这儿表现出来。科举落第给词人以巨大打击，他谴责朝廷，用狂荡之生活来抗争，直言自己乃真正的白衣卿相。

下阕"烟花巷陌，依约丹青屏障"起首，具体摹写"狂荡"之生活，词人想要寄身青楼歌伎所住之地，装点着彩绘屏风。"幸有意中人，堪寻访"，还好有一位中意的女子，词人可以频频寻访。词人在青楼之地找到了可以寄托精神的人儿，不再想那功名利禄。

"且恁偎红倚翠，风流事，平生畅"，这里还是对于烟花生活的描摹，与青楼的意中人相互依偎，放荡不羁，一生风流，甚是畅快。词人在这里已经从科举落第中走出，想象一种在青楼中的自由生活。最后"青春都一饷。忍把浮名，换了浅斟低唱"抒发情感，青春年华只是一瞬，只能忍心不再求取虚名，换作浅斟低唱，及时享乐。词人于无奈之中，透露出一种深刻的伤悲。

整首词由科举落第始，至浅斟低唱止。词人用一种极端狂荡的生活来对抗现实的不平，以此来宽慰自己，获得一种精神胜利的感觉。但词人心中深沉的伤痛是可以想见的，他直指朝廷病态，表达了失意知识分子普遍的心声。而此词也成为柳永终生寄身烟花市井之地的原因。

秋登宣城谢朓北楼①

唐·李白

江城如画里②，山晓望晴空③。
两水夹明镜④，双桥落彩虹⑤。
人烟寒橘柚，秋色老梧桐。
谁念北楼上，临风怀谢公⑥。

注释

①宣城：唐代宣城郡，今安徽宣城。谢朓北楼：谢朓楼，又名谢公楼，唐代改名为叠嶂楼，它是南朝齐诗人谢朓在任宣城太守时所建，故址在陵阳山顶。谢朓：亦称谢公，南朝齐杰出的山水诗人，出身高门士族，与"大谢"谢灵运同族，世称"小谢"，诗风清新秀丽又平仄协调，开启唐代律、绝之先河。②江城：指宣城。③山：谢朓楼所在之凌阳山。④两水：指句水、宛水，都在宣城外。明镜：形容河水清澈，傍晚时波光粼粼。⑤双桥：指横跨溪水的凤凰桥和济川桥。彩虹：指桥在水中的倒影宛若彩虹。⑥怀：感怀，怀念。

赏析

此诗作于安史之乱爆发前不久，诗人李白当时在长安被排挤失去官职，只得四处漂泊。这首诗便是诗人登上宣城谢朓楼的所见所感，称得上是凭吊感怀之诗。

诗歌开篇"江城如画里，山晓望晴空"，开门见山，便有恢宏气势，诗人在傍晚时登上凌阳山谢朓楼上远眺，看宣城景色如画，万里晴空。这两句承题意，交代诗人登楼远眺的时间、地点，总括全景，尽显诗意宣城。

三、四句"两水夹明镜，双桥落彩虹"具写宣城外的水和桥。观景的视角由远及近，进一步收缩。宣城外的两条河交相辉映，河水清澈，波光粼粼，如同镜子一样映照着晴空；两条河水之上各有一座拱桥，桥身倒影在波光中，如同绚烂的彩虹。诗人选取江城的标志性景物"水"和"桥"进行细致地刻画，把水比作明镜，把桥影比作彩虹，凸显河水之清、桥影之炫，想象奇特，进一步描摹出宣城景色宜人，诗情画意，美不胜收。

五、六句"人烟寒橘柚，秋色老梧桐"乃是全诗最佳之句。在墨绿的橘柚林中，一点炊烟升起；梧桐叶黄，秋意渐浓。"寒""老"二字可谓点睛之笔，因人家在橘柚林中，所以有凄清寒冷之意，而梧桐的叶子变化，行将枯老，突出浓浓的秋意。孤清之感，沉郁苍凉，都蕴含在这两字之中。诗人登高远眺，沉浸在景色中。从山野、晴空到两水、双桥，现在是人烟、梧桐，诗人观察细致，既有秋色描摹，又有秋意侵人。自然老成，尽显萧瑟。

最后两句"谁念北楼上，临风怀谢公"由景及人，以情结句。谁能明白北楼之上的诗人的感想？只能在这秋风之中，怀念谢公。登高怀古是古人写诗之范式，这里亦然。但诗人身在客乡，怀念的谢公也是时运不济之人，同是天涯沦落人，诗人不单单是感怀，亦是借此感慨自身遭排挤的命运无人理解。在诗歌结构上，尾句直接呼应题目，形成一个统一的整体。

纵观全诗，开篇"江城如画里，山晓望晴空"是统摄全篇之句，接下来四句都是具体描写如画江城的，水如明镜、桥如彩虹、人烟清寒、梧桐枯黄，共同构成了江城秋意图。诗中有画，画中有诗，也就是如此。写秋景秋意，抒落寞之情，诗人与谢公虽是隔世，但精神相通。全诗表达了诗人仕途坎坷、无人理解的孤寂之情，只得在这谢朓楼寄情山水，缅怀古人。

古离别①

五代·韦庄

一生风月供惆怅②,到处烟花恨别离③。
止竟多情何处好④,少年长抱少年悲。

注释

①古别离:一作《多情》,乐府杂曲歌辞名。②风月:指男女间情爱之事。③烟花:柳絮,一说指春天繁华如烟。④止竟:毕竟,究竟。

赏析

这首诗是诗人对生命的一次深刻反思,诗人借乐府曲名《古离别》来阐发自身的离别之恨,他从人生的重重体验中提炼出对离情别绪的深刻认识,既是伤时,又是感怀。

开篇"一生风月供惆怅,到处烟花恨别离"两句便直接点出"恨别离",把这种"别离"限定在一生的尺度里来考察。诗人感慨一生中所经历的情爱之事最终都是伤感的,这样的结局总是令人惆怅;三月时节,柳絮纷飞,繁花如烟,似乎在怨恨此时有情人的别离。"风月"本是幸事,却总被"别离"打破。"惆怅"一词恰当地表现出诗人在分别时的怅惘和迷茫,不知何处是归途。"烟花"是乐景,在这里用以衬托哀情,诗人把人的"恨"赋予了无情的"烟花",它不再是无情物,它可以体会诗人内心的痛,可以体会离别的恨。

后两句"止竟多情何处好,少年长抱少年悲"承接上文感伤的情感基调,继而问道:多情的人究竟有什么好处?自少年始,生活就充满了悲伤。诗人是多情之人,而"多情自古伤离别",这离别之时,怎么不令诗人感伤?多情之人又不能获得一种长存之情,只能"多情自古空余恨",落得一人悲。

纵观这一首诗,句句是悲情。韦庄是一位生活在动乱时代的诗人,生不逢时,只得在风月生活中寻找精神寄托。而此诗便是诗人内心的写照。这首离别诗和诗人的风格是一脉相承的,情致深婉、意蕴丰富,引人深思。

念奴娇·梅

南宋·辛弃疾

疏疏淡淡,问阿谁、堪比天真颜色①。笑杀东君虚占断②,多少朱朱白白③。雪里温柔,水边明秀,不借春工力④。骨清香嫩,迥然天与奇绝⑤。

尝记宝筝寒轻⑥,琐窗人睡起⑦,玉纤轻摘。漂泊天涯空瘦损,犹有当年标格⑧。万里风烟,一溪霜月,未怕欺他得。不如归去,阆苑有个人忆⑨。

注释

①阿谁:谁,何人;口头语,表疑问。②东君:中国民间信仰中的司春之神。③朱:赤红色。④春工:春季造化万物之工。⑤迥然:差别很大。⑥筝:禁苑。⑦琐窗:雕刻有或绘有连环形花纹的窗户。⑧标格:风范。⑨阆苑:亦称阆风苑,传说中在昆仑山之巅,是西王母居住的地方,常用来泛指神仙居住的地方。

赏析

这是一首吟咏梅花的词作,借物喻人,写梅花即是在写人。词人借梅花以自勉,梅花的独立品格和不为环境所改变的风范,就是词人所追求和崇尚的人格。

词的开篇"疏疏淡淡,问阿谁、堪比天真颜色"直入主题,描写梅花的颜色。几点梅花开,花影稀疏,远远看去只有淡淡的一抹颜色。但是,在这冬末之时,万物萧瑟,谁可以比得上梅花天然般的颜色?词人在这里就给梅花定了一个比较高的评价,也为下文进一步抒发对梅花的喜爱奠定了基础。接着"笑杀东君虚占断,多少朱朱白白"紧承前句,用春天的花儿来衬托梅的风韵。梅花开得烂漫,笑看司春之神空把春天装饰得那般艳丽,各色花儿,红的白的,但终究是比不上梅花的风韵。这句话从反面着笔,用春天之花来衬梅花的天然风韵。"雪里温柔,水边明秀,不借春工力"这连续的三个短句又具体描摹梅花如何"笑杀"朱白之花。梅花在雪中傲寒独开,温润柔美;若开在水边,又是清新秀丽,她不接着春天造化之力,便有着绝代之美。"骨清香嫩,迥然天与奇绝"一句不再从梅花的形态来写,而从梅花凌寒开放的品格来写。梅花冰清玉洁、香嫩魂冷,自是天地间一奇绝之物。词的上阕从梅花的颜色入笔,采用正反两面来描写梅花的形态之美,继而在收尾时点出梅花品格的高贵,从而表达出诗人对梅花的赞美之情。

下阕"尝记宝篽寒轻,琐窗人睡起,玉纤轻摘"写梅花曾经被人喜爱。词人想起在宝殿禁苑之内,不甚寒冷,琐窗内的人儿睡醒,纤手摘下花儿细细赏玩。但现在"漂泊天涯空瘦损,犹有当年标格",此句既是说人,又是写物。如今不受世人喜爱,四处漂泊,体态瘦削,但依然固守的是当年的风度,还是孤傲、高洁。"万里风烟,一溪霜月,未怕欺他得",这里具体写出梅花生存的恶劣环境,以此衬托梅花的高贵品格。不论是浩荡万里风烟,还是寂寞一溪霜月,都不能让梅花屈服,她还是会在风烟中、在霜月中,孤傲地盛开着,体现了梅花坚贞不屈的品格。"不如归去,阆苑有个人忆",最后笔锋一转,显出寂寥无奈之意。不如回乡吧,那远方还有个人惦念着我呢。千般壮志凌云,无奈生不逢时,只得归去,聊度此生,一种莫大的悲戚涌上心头。

词的下阕既是写梅,又是写词人自己,梅花的遭遇正是词人自己的境遇,借物言志,表达自己想在这逆境中归去。整首词以梅入手,以梅喻人,表达了词人对于梅花高洁坚贞品格的向往,愿在这浊世中做一孤傲不屈之人。

走马川行奉送封大夫出师西征[①]

唐·岑参

君不见走马川行雪海边,平沙莽莽黄入天。
轮台九月风夜吼,一川碎石大如斗,随风满地石乱走。

匈奴草黄马正肥,金山西见烟尘飞,汉家大将西出师。
将军金甲夜不脱,半夜军行戈相拨,风头如刀面如割。
马毛带雪汗气蒸,五花连钱旋作冰②,幕中草檄砚水凝。
虏骑闻之应胆慑,料知短兵不敢接,车师西门伫献捷③。

注释

①走马川:地名,今属新疆维吾尔自治区。②五花:即五花马。连钱:指马身上斑驳如钱的花纹。③车师:唐时北庭都护府所在地。

赏析

  岑参诗作以边塞诗最为雄劲,他与高适齐名,正是基于这一点。这首《走马川行奉送封大夫出师西征》意奇语奇,妙境迭出。《岘佣诗话》中评论道:"岑嘉州七古,劲骨奇翼,如霜天一鹗,故旋之边塞最宜。"这首诗为了表现战士的英勇善战,极尽渲染之能事,全诗句句用韵,三句一换,韵脚细密,节奏紧凑,声调激昂。诗人首先从"风"字落笔,将出征路上的险恶之处一一收入笔端,狂风啸吼,黄沙蔽日,一片混沌之中,已见征途的险恶。而夜中行军,更是风色奇绝,斗石乱走。在这样的环境中,烽烟与铁骑同飞,金甲共战戈相摩,足见战士英姿飒爽,英武无敌,而所有这一切都是作者的亲切感受,亲身经历。接下来,诗人抓住行军中的一个细节:战马身上的汗凝后又融化,化而又凝,充分渲染了天气的严寒;军中草檄,砚水成冰,充分展现了战士斗风战雪的豪情壮志。同时诗人也有了必胜的信心,行文如风行水上,妙境天成。

  全诗奇句豪怀、风发云涌,其"奇而入理""奇而实确",真如一部慷慨激昂的进行曲。

南园·其五①

唐·李贺

男儿何不带吴钩②,收取关山五十州③。
请君暂上凌烟阁④,若个书生万户侯⑤?

注释

①南园:指李贺在昌谷故居南面的田野园地。②吴钩:一种钩类兵器,头部弯曲,用来钩挂刀剑。③五十州:指当时被藩镇割据的山东、河南、河北一带约五十个州郡。④凌烟阁:唐太宗建造的绘有功臣图画的楼阁,用以表彰功臣。⑤若个:哪个。万户侯:食邑万户的侯爵,指高官贵爵。

赏析

这首诗是李贺进士考试不顺回到昌谷闲居时所写,乃是一首七言绝句。整首诗由两个设问句组成,前两句写国家悲痛,后两句写个人遭遇悲哀,言语中颇有悲壮之气。

前两句"男儿何不带吴钩,收取关山五十州"既是问自己,也是问天下男儿,起句便雄姿英发,气势十足。男儿为何不佩戴吴钩,驰骋沙场,去收复那被藩镇割据的五十州。诗人深感藩镇割据的局面危害着王朝的统治,百姓生活在战乱和困苦之中,有志男儿应该心怀社稷,为国效力,维护王朝的统治。而这也是诗人对自己的不满之处,闲居在家,眼看民不聊生、国家危亡而不能出力,自感悲戚万分,遂用这豪情来抒发内心的愤懑。"何不"一词极具表现力,用一种强烈反诘的语气来表达思想,语句节奏明快,正符合诗人当时急迫又激昂的心情,诗人企盼立刻佩戴兵器、奔赴战场,为国家效力。

后两句"请君暂上凌烟阁,若个书生万户侯",豪情万丈之后,现实如一盆冷水浇灭了诗人的希望。看那凌烟阁里的功臣绘像,有哪一个是书生出身?诗人的设问带有一种不满和牢骚,自知万户侯是讲究出身的,一介书生没有功成名就的机会。诗人当时早已诗名远扬,身怀才学,但因为诗人父亲的名字犯了忌讳就不予录用,仕途不遇,自然就没了身后进入凌烟阁的资格。这两句与前面报国之志形成了巨大的反差，强烈地表达了诗人怀才不遇的悲愤之情，令读者也为之哀叹。诗人这样别出心裁的写法给整首诗带来节奏的起伏感，从激昂转向哀怨，复杂的情感也寓于其中。

这首诗虽是《南园》组诗中的第五首，但却是直抒胸臆，凭空感发，于豪情之中见悲愤。诗人将内心中最真实的一面表现出来，抒情又写实，表达了诗人对怀才不遇的愤懑之情，而这也是诗人在《南园》组诗中一直萦绕着的情感。

阮郎归·初夏①

北宋·苏轼

绿槐高柳咽新蝉②，薰风初入弦③。碧纱窗下水沉烟④，棋声惊昼眠。

微雨过，小荷翻。榴花开欲然⑤。玉盆纤手弄清泉⑥，琼珠碎却圆⑦。

注释

①阮郎归：词牌名，又名《醉桃源》《醉桃园》《碧桃春》。②咽：形容蝉的叫声滞涩。③薰风：温暖的南风。④水沉：一种木质香料。⑤然：通"燃"，形容石榴花红似火。⑥玉盆：这里指荷叶。纤手：女子娇嫩的小手。⑦琼珠：水珠。

赏析

这首词写的是初夏时节一位妙龄少女的闺阁生活，初夏时生机盎然的景物与美好的女子相衬，描景写人，相得益彰。词的风格清新淡雅，有娴雅趣味。

词作开篇"绿槐高柳咽新蝉,薰风初入弦"就给我们描摹了一幅初夏景物图。在那绿意盎然的槐树和高大的柳树上,刚刚从地下苏醒过来的新蝉在枝头发出滞涩的声音。南风和畅,携裹着初夏的气息吹入房内,人们又要开始用管弦传唱《南风》这首歌了。以景起篇,简单几笔就把人物活动的环境勾勒出来,词人抓住了初夏时节的典型景物"绿槐""高柳""新蝉""薰风",浓浓的初夏时节的气息,可观可听可嗅。"碧纱窗下水沈烟,棋声惊昼眠",视线转入室内,碧色的纱窗之下,水沉的青烟从香炉中袅袅升起,房外下棋的声音惊醒了房内午睡的女子。沉香怡人,闺房优雅,"棋声惊昼眠"带有一些夸张的手法,一是凸显初夏午后的恬静,二则写出女子午后浅睡的状态。

　　上阕由写景出发,由外到内,由棋声来引出主人公。层层渲染,用声音来衬托静谧,主人公生活的环境是那么清幽美妙。下阕转入对女子享受夏日午后时光的描写。"微雨过,小荷翻。榴花开欲然。"女子惊醒之后,凭栏而坐,观赏这小池景色。早已下了一场小雨,荷花初开,荷叶翻卷,在池中随风摇动。池边的石榴树花开正当时,红红的花儿像火一样惊艳。这里依然是写景,却是女子眼中之景,用女子的视角来描摹另一番景色。小雨赶走了暑热,给环境带来一种净化后的清新。这美景令人陶醉,连女子也喜爱得热切。"玉盆纤手弄清泉,琼珠碎却圆。"她起身去摘了一朵荷叶,在清泉池畔,用荷叶戏水。水花溅到荷叶上,一颗颗水珠晶莹剔透,圆滚滚的在荷叶上流动。纤美的手,清澈的泉水,晶莹的水珠,女子戏水的姿态是多么美好,无忧无虑,青春灵动。女子的心情也如水花般飞扬,欣喜感不言而喻。

　　词人写女子闺情,不再是前人笔下的情思愁绪,而用生机盎然的景色、清幽淡雅的氛围、活泼有趣的戏水来表现一位女子的天真灵动,自然无忧,充满了青春气息。整首词最大的特点就是采用描写这一表现手法,描写环境,描写人物,景与人交融,动静结合,绘声绘色,给人以美的体验。

满江红·小住京华①

秋瑾

小住京华②，早又是，中秋佳节。为篱下，黄花开遍，秋容如拭。四面歌残终破楚③，八年风味徒思浙④。苦将侬⑤，强派作蛾眉⑥，殊未屑⑦！

身不得，男儿列。心却比，男儿烈！算平生肝胆，因人常热⑧。俗子胸襟谁识我？英雄末路当磨折。莽红尘⑨，何处觅知音？青衫湿⑩。

注释

①满江红：词牌名，又名《上江虹》《念良游》《伤春曲》。唐人小说《冥音录》载为《上江虹》，后改名《满江红》。②京华：指北京。③四面歌残终破楚：化用《史记·项羽本纪》中"四面楚歌"的典故，指代中国当下的形势危急。④徒思：空想。浙：浙江。⑤苦将侬：苦苦地让我。⑥蛾眉：美女的代称，这里指女子。⑦殊未屑：仍然不屑。⑧因人常热：屡次为别人的行为感到激动。热，激动。⑨莽：广大。⑩青衫湿：失意伤心。借用唐白居易《琵琶行》中诗句"座中泣下谁最多？江州司马青衫湿"。青衫，唐代文官八品、九品官服为青色，官阶较低。

赏析

　　这是近代民主革命志士秋瑾在1903年中秋节的述怀之作，时值八国联军侵华后不久，她亲眼见到日益深重的民族危机和清政府的腐败，立志以身报国。作此词后不久，秋瑾便冲破封建家庭牢笼，投身革命。这首慷慨激昂的词作就是秋瑾投身革命前的心灵写照。

　　词上阕"小住京华，早又是，中秋佳节"交代了词作的时间和地点，词人在中秋佳节之时暂住北京。接着"为篱下，黄花开遍，秋容如拭"，承上面的中秋时节，写篱笆下开满了黄花，秋色明净，如同被擦拭过一般。景色美好，秋高气爽。由景即人，"四面歌残终破楚，八年风味徒思浙"，开始转入对词人境况的描写，词人嫁入湖南王氏已有八年，这八年间只能空想着浙江的风味，身居北京，目睹列强侵华，国家早已是四面楚歌。词人在诉说自身境况时，也对国家的局势做一判断，这就为下阕词人想要以身报国做了铺垫。上阕的最后"苦将侬，强派作蛾眉，殊未屑"，跟随丈夫来到北京的词人，被迫过着养尊处优的生活，但词人并不满意，她对这种被禁锢的生活是多么不屑呀！这句话直接写出词人对其生活境况的不满，她想要追求自由自立的生活。这里词人对其家庭生活做了回顾，虽有不满但并不明显，体现了一个即将投身革命的女子矛盾的心理。

　　词的下阕展现了一个革命志士的心志，语调也激昂豪迈，但豪情之余却是知音难觅，泪湿青衫。"身不得，男儿列。心却比，男儿烈"写出词人恨此身不能为男儿杀敌报国，但是她内心却有着男儿一般的刚强品性。这里面"身"与"心"做对比，突出了词人巾帼不让须眉，欲像男儿一样杀身成仁的壮志；同时，"男儿列""男儿烈"为同音，具有一种节奏美。"算平生肝胆，因人常热"一句写出词人侠肝义胆，每遇忠义之事，内心便十分感动。接着笔锋一转，"俗子胸襟谁识我？英雄末路当磨折"，可悲的是，词人的赤诚之心无人理解，那些凡夫俗子怎么会理解我的心志？怎奈我一身正气如英雄，也到了穷途末路。这就凸显了理想与现实的巨大反差，凸显一个女性投身革命时遭遇的巨大阻力。"莽红尘，何处觅知音？青衫湿"词人最后发出呼号：在这茫茫红尘里，到哪儿寻觅知音啊？但这是不可寻的，词人只能泪湿青衫。词人追求革命进步的路上将会有太多折磨和打击，却无人真心扶持，不觉伤心落泪。这也反映出一个刚刚踏入革命道路上的革命者内心的不安。但这泪水，不是消极的自怨自艾，而是积极的探索和追寻，擦干眼泪，词人将满怀斗志，勇敢前进。

这首词基调高昂,语言刚健豪迈,曲折地反映了革命者秋瑾在参加革命前复杂矛盾的心情,真切感人,表达了秋瑾不顾磨难,决心投身革命的壮志豪情。

白马篇

三国·曹植

白马饰金羁①,连翩西北驰②。
借问谁家子,幽并游侠儿③。
少小去乡邑,扬声沙漠垂④。
宿昔秉良弓⑤,楛矢何参差⑥。
控弦破左的,右发摧月支⑦。
仰手接飞猱⑧,俯身散马蹄。
狡捷过猴猿,勇剽若豹螭⑨。
边城多警急,虏骑数迁移⑩。
羽檄从北来,厉马登高堤⑪。
长驱蹈匈奴,左顾凌鲜卑⑫。
弃身锋刃端,性命安可怀⑬?
父母且不顾,何言子与妻!
名编壮士籍,不得中顾私。
捐躯赴国难,视死忽如归!

注释

①羁:马笼头。②连翩:翻飞不停状,这里形容轻捷迅急的样子。西北驰:魏初西北地区为匈奴、鲜卑等少数民族居住区,指驰向西北边疆战场。③幽并:幽州和并州,即今河北、山西和陕西诸省的一部分地区。游侠儿:指

重义轻生的青年男子。④扬：传扬。垂：边疆。⑤宿昔：言非一朝一夕，经常的意思。秉：持。⑥楛（hù）矢：用木做的箭。⑦控：引，拉开。左的：左方的射击目标。摧：毁坏。⑧猱（náo）：猿类，善攀爬，上下如飞。⑨剽：行动轻捷。螭：一种传说中的猛兽。⑩虏：胡虏，古时对北方少数民族的蔑称。数：屡次。⑪羽檄：檄是军事方面用于征召的文书，插上羽毛表示军情紧急，所以叫羽檄。厉马：奋马，策马。⑫蹈：奔赴。凌：压制，以武临之。⑬怀：爱惜。

赏析

诗歌是曹植文学活动的主要领域，前期与后期内容上有很大的差异。前期诗歌可分为两大类，一类表现他贵介公子的优游生活，一类则反映他"生乎乱、长乎军"的时代感受。后期诗歌，主要抒发他在压制之下时而愤慨、时而哀怨的心情。曹植发展了这种趋向，把抒情和叙事有机地结合起来，使五言诗既能描写复杂的事态变化。又能表达曲折的心理感受，大大丰富了它的艺术功能。

从汉献帝建安到魏文帝黄初年间，是中国诗歌史上的一个黄金时代。由于曹氏父子的提倡，汉乐府诗"感于哀乐，缘事而发"的现实主义精神得到了继承和发扬。这一时期，最有价值的文学作品，除了那些反映人民苦难的篇什外，就是抒发渴望为国家建功立业的理想篇章。这方面的代表作当属曹植的《白马篇》。在这篇英雄少年的"理想之歌"中，诗人努力塑造了一位武艺精绝、忠心报国的白马英雄形象。

题西林壁①

北宋·苏轼

横看成岭侧成峰②,远近高低各不同③。
不识庐山真面目④,只缘身在此山中⑤。

注释

①西林:寺名,又叫乾明寺,位于庐山西麓。②横看:从山的正面看。侧:从山的侧面看。③远近高低各不同:一作"远近看山总不同"。④真面目:指庐山真实的形状、样貌。⑤缘:因为,由于。

赏析

这首七言绝句作于元丰七年(1084),是苏轼赴职时途经九江,与友人同游庐山后所写的观山感想。这首题写在西林寺墙壁上的写景诗也是"诗中有画"的佳作,不同之处在于,苏轼将哲理寓于其中,在看山赏景之中抒发人生体悟。

开篇两句"横看成岭侧成峰,远近高低各不同",乃是游玩庐山的直观所见。从正面看庐山,绵延不绝的山岭在眼前铺展,而从侧面看庐山,则是峰峦起伏,山峰耸立;在山中穿梭,从远近高低不同的角度看庐山,都会有不一样的视觉体验。诗人移步换景,呈现出多姿多彩的庐山面貌。

后两句"不识庐山真面目,只缘身在此山中"笔锋一转,从山色的描摹转入对事理的说明,抒发游览庐山的感想。诗人自问自答,为什么庐山景色多变,令游人无法识别其真正的面目呢?那是因为游人处在庐山之中,视线只能拘于一处,不能从局面的峰峦丘壑来把握全貌。换句话说,只有远离庐山,不再受庐山的遮蔽,才能真正辨识庐山的形态。这两句既是妙思,又是自然感受的流露,想必看山之人都会有"不识真面目"的体验。诗歌的意境也就出来了,此处"只缘身在此山中"不仅仅是看山,对于观察世间万物都可沿用此理。

这首诗将山色娱人眼目与哲理启人心智自然的结合,既是写景,又是写理含蓄蕴藉,思致邈远。钱锺书言"宋诗以筋骨思理见长",这也是苏轼所要达到的"出新意于法度之中，寄妙理于豪放之外"的境界。此诗语言通俗，哲理深刻，把感性体验与理性认识巧妙结合，寓深刻于浅显之中，耐人寻味。"当局者迷，旁观者清"的道理就这样妙手偶得，寄至味于淡泊。

述德兼陈情上哥舒大夫①

唐·李白

天为国家孕英才，森森矛戟拥灵台。
浩荡深谋喷江海，纵横逸气走风雷②。
丈夫立身有如此，一呼三军皆披靡③。
卫青谩作大将军④，白起真成一竖子⑤。

注释

①陈情：陈诉衷情。哥舒大夫：哥舒翰，唐朝名将。②逸气：指超脱世俗的气概、气度。③披靡：风吹到的地方，草木随之倒伏，这里比喻军队溃败。④卫青：字仲卿，河东平阳(今山西临汾市)人，西汉时期名将。谩：莫，不要。⑤白起：《战国策》作公孙起，战国时期秦国郿县(今陕西眉县)人，战国时代军事家、秦国名将，兵家代表人物。竖子：童仆，小子，是对人的蔑称。

赏析

这是一首奉迎之作，写于安史之乱前，当时李白身居长安不得志，以此诗作奉迎声名鹊起的将军哥舒翰。此诗名为《述德兼陈情上哥舒大夫》，但通篇来看，只有"述德"而无"陈情"，疑此诗有缺失的地方。这首七言古诗可谓极尽夸赞之能事，将哥舒翰的形象描摹地好似完人。

开篇"天为国家孕英才,森森矛戟拥灵台"两句就将哥舒翰的地位推崇到无以复加的地步,盛赞哥舒翰乃是上天为国家培养的英勇人才,军械库中武器森森,矛戟向前。这里用天孕英才来体现哥舒翰地位之崇高,是国家栋梁之材;用"森森矛戟"来比喻哥舒翰内心复杂,难以揣测。诗人为哥舒翰述德,起篇格调很高。

颔联"浩荡深谋喷江海,纵横逸气走风雷"承接上联,继续对哥舒翰的个人形象进行刻画。诗人写哥舒翰行军打仗智谋多端,如同海水一样源源不断;纵横驰骋于疆场,身有超脱之英雄气魄,如同行走于风雷之上。这里诗人运用比喻和夸张的手法,为哥舒翰树立了一个有勇有谋、气度飘逸的将军形象,赞美钦慕之情溢于言表。

颈联"丈夫立身有如此,一呼三军皆披靡"直抒胸臆,诗人认为大丈夫立身行事当和哥舒翰一般,千军万马之前大喝一声,三军都会溃败。在前两联直接描写哥舒翰形象之后,诗人直接表达了对哥舒翰的赞美之情。诗人自叹弗如,把哥舒翰推举到军人榜样的地位。

尾联"卫青谩作大将军,白起真成一竖子",前三联的"述德"之后,诗人意犹未尽,把历史上鼎鼎有名的卫青将军和白起与哥舒翰做比,以"谩""竖子"来衬托出哥舒翰功绩卓著,远远胜过这两位。至此,哥舒翰之形象已至完满。

这首"述德陈情"诗在思想内容上并无特别之处,但其写法着实出彩。诗人沿用其一贯的瑰丽风格,运动比喻、夸张、对比等手法来刻画哥舒翰的伟岸形象,以此来取悦哥舒翰。此诗情感热烈,语言豪迈,似奔涌而出。

放言·其三[①]

唐·白居易

赠君一法决狐疑[②],不用钻龟与祝蓍[③]。

试玉要烧三日满，辨材须待七年期④。
周公恐惧流言日⑤，王莽谦恭未篡时⑥。
向使当初身便死⑦，一生真伪复谁知？

注释

①放言：放纵的言论。②狐疑：形容人犹豫不决，像狐狸一样多疑。③钻龟：即用龟甲占卜，预测吉凶，具体做法是在龟甲上钻孔并用火烤，龟甲出现裂纹，根据裂纹来预测。祝蓍（shī）：用蓍草的茎来计算预测的占卜方法。④辨材须待七年期：典出《史记·司马相如列传》"便楠豫章"。豫指枕木，章是樟木，这两种木材只有生长到七年之后才可以辨别。这里指识别人才需要时间。⑤周公：周武王之弟，名旦。助武王灭商，后来辅佐年幼的周成王，有人造谣周公想夺权，周公避居三年，以示诚意，后被成王迎回，忠贞不贰。⑥王莽：西汉末年，王莽借助外戚势力篡权，建立新朝。王莽未篡位时生活谦卑，礼贤下士。⑦向使：假使。

赏析

这一组诗是唐宪宗元和十年（815），白居易被贬谪为江州司马，在去江州的途中奉和元稹《放言》五首所作，这里选的是第三首。白居易与元稹并称"元白"，为多年好友，且二人相继遭遇贬谪。诗人对自己和元稹遭小人陷害而被贬的经历做了深入的思考，得出了辨别世间真伪的哲理。

首联"赠君一法决狐疑"，诗人并不拐弯抹角，开篇就要献给世人一个消除狐疑的锦囊妙计。一个"赠"字，让人迫不及待地想知道诗人究竟要把什么法宝送予自己。要赠什么呢？解决"狐疑"的办法。人在生活中总有许多疑虑不安、百思莫解之事，也会遇事犹豫不决。诗人解决此种困境"不用钻龟与祝蓍"。他没有直接告诉人们到底是什么方法，而是先否定了两种古人用钻龟与祝蓍消除狐疑的方法，这种设置悬念的写法使诗歌波澜起伏，引人好奇。

颔联诗人就给出了谜底："试玉要烧三日满，辨材须待七年期。"真正的玉石用火烧三天都不热，枕木和樟木要长到第七年才能分别。这句话用世人皆知的两个自然常识，说明了一个道理——"真金不怕火炼"，若想对人、事有全面的认识，必须在较长的时间里去衡量、判断，而不能只根据一时一事的现象下结论。诗人借助形象的比喻，借喻说理，读来有趣。

颈联诗人笔锋一转，从反面进行论说："周公恐惧流言日，王莽谦恭未篡时。"借用周公忠贞不贰的典故来表明：即便是呕心沥血、殚精竭虑的忠臣，还是有人怀疑其心不轨，意欲篡位。反观王莽，篡汉之前性格谦恭，过着俭朴的生活，受到时人盛赞，但还是露出了真面目，篡夺汉室的权力。诗人列举周公其身清白却被世人指点，王莽故作谦恭实则谋划篡汉两个相反的例子，进一步说明了只有时间和历史才是检验一切的标准这一论点。

尾联"向使当初身便死，一生真伪复谁知"，进一步对颈联进行说明，若是当初周公为流言所伤之时便魂归故里，王莽还在谦恭之时就一命呜呼，他们在史书上的评价是否会有不同，他们一生的真伪又有谁能证明呢？这还是表明如果过早地下结论，不用时间来考验，就容易为一时表面现象所蒙蔽，难辨真伪。

这首诗通篇议论，以小见大，耐人寻味。用"试玉""辨材"的自然原理，"周公辅政"与"王莽篡位"的典故，表达人间真伪虽然难以辨别，但是经过耐心的比较和时间的考验，真相还是会揭晓，切不可仅凭流言与表象下结论。诗人在最后一问中点明中心，同时也表达像诗人本身及友人元稹这样受到诬陷的人，是经得起时间考验的，待到"试玉""辨材"期满，自然会真相大白。

野望

唐·杜甫

西山白雪三城戍①，南浦清江万里桥②。
海内风尘诸弟隔，天涯涕泪一身遥。
惟将迟暮供多病，未有涓埃答圣朝③。
跨马出郊时极目，不堪人事日萧条。

注释

①西山：在成都以西，又名雪岭。三城戍：指松州、维州、保州三城，界邻吐蕃，为蜀边要塞。②万里桥：成都历史上著名的古桥。古时由蜀入吴，皆取道于此。三国时，蜀费祎奉使去吴，诸葛亮送之，祎曰："万里之路，始于此桥。"因以为名。③涓埃：滴水与轻尘，比喻极其微小。

赏析

杜甫此诗作于上元元年（674），年四十九岁。四载飘零，无枝可栖，幸草堂初构，方安置妻子。此诗当为草堂建构之后，跨马出郊，野望咏怀，诗极悲怆，杜甫一腔热情，皆在忠君爱国，念念不忘。"西山白雪三城戍，南浦清江万里桥"，首联即从"野望"二字入手，远望西山，白雪皑皑，三城戍堡，屹立其间，而南浦之间，清江之上，万里桥横，所有景物，皆从望中出，而字字扣一"野"字。观此一联，便可知老杜此诗骨硬气寒矣。"海内风尘诸弟隔，天涯涕泪一身遥"，四海鼎沸，风尘荏苒，老杜流落川中，兄弟分散，涕泪横流，自不待言。颔联承上联望中所见，伤怀感慨，情从景中自然流出，杜甫笔法之妙，视此可略见一斑。"惟将迟暮供多病，未有涓埃答圣朝"，情急语促，声悲响哀，迟暮多病，仍未忘报答圣朝，看似自谦，何啻丹心自剖，衷怀自解。"跨马出郊时极目，不堪人事日萧条"，尾联首句结野望，次句结颔、颈二联，全诗至此势如转圜，天衣无缝。杜甫为后世推崇，非虚誉也，其中弥缝合轨，万变千化，往往于一联之中，峰回路转，境界别生。情致其极，而滴水不漏，骨寒神清。

陇西行·其二

唐·陈陶

誓扫匈奴不顾身，五千貂锦丧胡尘①。
可怜无定河边骨②，犹是春闺梦里人③！

注释

①貂锦：这里指精锐部队的战士。丧：战死。②无定河：黄河中游的支流，在山西北部。③春闺：代指妻子。

赏析

《陇西行》是乐府旧题，内容为描写边塞战争。陇西，即今甘肃宁夏陇山以西的地方。陈陶的《陇西行》共四首，此为其二。本诗反映了唐代长期的边塞战争给人民带来的痛苦和灾难。首二句以精炼概括的语言，叙述了一个慷慨悲壮的激战场面。唐军誓死杀敌，奋不顾身，但结果是五千将士全部战死于"胡尘"。"誓扫""不顾"，表现了唐军将士忠勇敢战的气概和献身精神。部队如此精良，战死者达五千之众，足见战斗之激烈和伤亡之惨重。接着，笔锋一转，点出正意："可怜无定河边骨，犹是春闺梦里人。"这里没有直写战争带来的悲惨景象，也没有渲染家人的悲伤情绪，而是匠心独运，把"河边骨"和"春闺梦"联系起来，写闺中妻子不知征人战死，仍然在梦中想见已成白骨的丈夫，使全诗产生了震撼心灵的悲剧力量。知道亲人死去，固然会引起悲伤，但确知亲人的下落，毕竟是一种告慰。而这里，长年音讯杳然，丈夫早已变成无定河边的枯骨，妻子却还在梦境之中盼他早日归来团聚。灾难和不幸降临到身上，不但毫无觉察，反而满怀着热切美好的希望，这才是真正的悲剧。

明代杨慎《升庵诗话》认为，此诗化用了汉代贾捐之《议罢珠崖疏》"父战死于前，子斗伤于后，女子乘亭鄣，孤儿号于道，老母、寡妇饮泣巷哭，遥设虚祭，想魂乎万里之外"的文意，称它"一变而妙，真夺胎换骨矣"。贾捐之的文字着力渲染孤儿寡母遥祭追魂，痛哭于道的悲哀气氛，写得沉痛而富有情致。文中写家人"设祭""想魂"，显然已知征人战死。而陈陶诗中的少妇则深信丈夫还活着，丝毫不疑其已经死去，几番梦中相逢。诗意更深挚，情景更凄惨，因而也更能使人一洒同情之泪。

寄河上段十六①

唐·王维

与君相见即相亲②，闻道君家在孟津③。
为见行舟试借问，客中时有洛阳人④。

注释

①河上：泛指黄河以上。段十六：人名，其人不详。一说此诗为唐人卢象所写。②相亲：相互之间感到亲切，指诗人与段十六相见时结下了深厚友谊。③孟津：古时黄河上的渡口，在今河南省孟州市南。④洛阳：今河南省洛阳市，与孟津临近。

赏析

这是一首遥寄友人段十六的诗作，此友人有些不同，似是与诗人有一面之缘，两人相聚时间不长，就匆匆错过。诗人思念这位有缘人，遂作此诗，聊表思念，并希望友人可以知晓。

开篇两句"与君相见即相亲，闻道君家在孟津"交代了诗人与段十六的交情和认识。二人并非陈年老友，而是一见如故的友谊。诗人与段十六初次相见时就仿佛交往多年的知己好友一般亲近，交谈甚欢，志趣相投。两人相处时间不长，还未来得及仔细了解就匆匆分别了，只知道段家在黄河上的孟津一带。这两句诗只给出了友人段十六的模糊信息，其人其事我们无从得知。"相见即相亲"乃全诗的中心所在，思念段十六缘于此，下文的寻找段十六的原因也在此处。

后两句"为见行舟试借问，客中时有洛阳人"才知诗人对友人的思念之深。诗人看到有船停靠时就会向船上的行客询问有关段十六的消息，诗人知晓段家在孟津，而孟津又与洛阳临近，所以诗人在见到从洛阳过来的人时，更会细细地打听。这两句诗为我们勾画出一个亲切又伤感的情景：诗人站在黄河渡口之上，遇见行人从洛阳来时，都会仔仔细细地询问，并不时地望向孟津的方向，心里想着，何时才能再见段十六呢？

这首诗借叙事来抒情，通过诗人"借问"的事情来表达对友人段十六的思念之情，诗歌语言平实，无太多修辞手法，但情感真挚动人。一见如故的知音能有几个？美好的情感稍纵即逝，这一切都令人心生感慨。

点绛唇·蹴罢秋千①

南宋·李清照

蹴罢秋千②，起来慵整纤纤手③。露浓花瘦④，薄汗轻衣透。见客入来⑤，袜刬金钗溜⑥。和羞走⑦。倚门回首，却把青梅嗅。

注释

①点绛唇：词牌名，此调因江淹《咏美人春游》诗中有"白雪凝琼貌，明珠点绛唇"句而取名，共四十一字。②蹴（cù）：踩，这里指打秋千。③慵整：慵懒地整理。④花瘦：花朵瘦小。⑤见客入来：一作"见有人来"。⑥刬（chǎn）：削平，去除。这里指不穿鞋，只穿着袜子行走。⑦和羞：带着羞意。

赏析

这首词是李清照早年之作,词人只用四十一字,就描绘了一位纤纤少女的天真形态,这位少女清纯懵懂、娇羞可爱而又情感丰富,仿佛这就是词人年少时动人的样子。

上阕四句写少女荡秋千结束时的情态和动作,轻笔浅画,少女美妙的形象呼之欲出。"蹴罢秋千,起来慵整纤纤手",少女荡完秋千,从上面下来,慵懒地拂落纤纤玉手上的尘土,又稍稍活动一下手指。从"纤纤手"上可以想象少女美好的容貌,而"慵整"这一动作可谓妙极,把少女的娇懒姿态描摹得十分真切。词人避而不写少女玩耍时的欢乐,而对少女"蹴罢秋千"这一瞬间进行特写,给人以无限的想象空间和曼妙的感官体验,在这一瞬间的静止中看出少女的情态。"露浓花瘦,薄汗轻衣透",少女荡秋千很尽兴,出了一身薄汗,浸透了轻薄的罗裳。附近的花枝上露水正浓,晶莹剔透,花朵含苞待放,显得娇小。在这春天的清晨,娇小的花朵与可爱的少女相映衬,人如花一般晶莹,花似人一般娇弱,以花喻人,生动形象,更显少女之娇美。

下阕词人笔锋一转,用一串连贯的动作描摹少女乍见来客的情态。少女蹴罢秋千,正在稍做休息,欣赏"露浓花瘦",突然花园里闯进一位客人,少女惊诧,满面含羞,来不及整理罗裳,顾不得穿上鞋子,只穿着袜子快步走回。头发还未精细打扮,金钗在快走时滑落。来者是谁,尚不得知,但少女此时的娇羞窘迫之态真切地呈现在读者面前。接着少女"倚门回首,却把青梅嗅",少女心中想见又怕见,只能在门前蓦然回首,以嗅青梅这个动作来掩饰自己的情思,边嗅边偷偷地看一眼。少女窥视客人的姿态,显露她对来客的一种倾慕之情,使得少女形象更加娇羞可爱。这一连贯的心理描写,刻画出少女心理的微妙变化:从惊诧到害羞,再到匆忙、好奇,最后到爱恋,少女姿态柔美,情感多变,栩栩如生。词人在下阕中化用了唐人韩偓《偶见》中的诗句:"见客入来和笑走,手搓梅子映中门。"但词人对少女见到爱恋之人的情态有更深的把握,用"和羞""嗅梅""倚门回首"等词语把少女半羞半爱的情态刻画得更加入神。

曾有人评此词："女儿情态，曲曲绘出，非易安不能为此。"这首词用简单几笔勾勒出天真烂漫、微露情思的少女形象，样貌娇美可爱，情态率性纯真，真切动人。

回乡偶书·其一

唐·贺知章

少小离家老大回，乡音无改鬓毛衰①。
儿童相见不相识，笑问客从何处来。

注释

①乡音：家乡的话语、声音。鬓毛：额角边靠近耳朵的头发。衰：减少，衰落。

赏析

贺知章在天宝三年（744），辞去朝廷官职，告老返回故乡越州永兴（今浙江萧山），时已八十六岁。这时，距他中年离乡已有五十多个年头了。人生易老，世事沧桑，心头有无限感慨。《回乡偶书》的"偶"字，不只是说诗作得之偶然，还泄露了诗情来自生活、发于心底的这一层意思。

第一首写于初来乍到之时，抒写久客他乡伤老之情。在第一、二句中，诗人置身于故乡熟悉而又陌生的环境之中，一路迤逦行来，心情颇不平静：当年离家，风华正茂；今日返归，鬓毛疏落，不禁感慨系之。首句用"少小离家"与"老大回"的句中自对，概括写出数十年久客他乡的事实，暗寓自伤"老大"之情。次句以"鬓毛衰"顶承上句，具体写出自己的"老大"之态，并以不变的"乡音"映衬变化了的"鬓毛"，言下大有"我不忘故乡，故乡可还认得我吗"之意，从而为唤起下两句儿童不相识而发问做好铺垫。三、四句从充满感慨的一幅自画像，转而为富于戏剧性的儿童笑问的场面。"笑问客从何处来"，在儿童这只是淡淡的一问，言尽而意止；在诗人却成了重重的一击，引出了他的无穷感慨，自己的老迈衰颓与反主为宾的悲哀，尽都包含在这看似平淡的一问中了。全诗就在这有问无答处悄然作结，而弦外之音却如空谷传响，哀婉备至，久久不绝。就全诗来看，一、二句尚属平平，三、四句却似峰回路转，别有境界。后两句的妙处在于背面敷粉，了无痕迹——虽写哀情，却借欢乐场面表现；虽为写己，却从儿童一面翻出。而所写儿童问话的场面又极富于生活的情趣，即使我们不为诗人久客伤老之情所感染，却也不能不被这一富有趣味的生活场景所打动。

游山西村①

南宋·陆游

莫笑农家腊酒浑②，丰年留客足鸡豚③。
山重水复疑无路，柳暗花明又一村④。
箫鼓追随春社近⑤，衣冠简朴古风存⑥。
从今若许闲乘月⑦，拄杖无时夜叩门⑧。

注释

①山西村：位于今浙江绍兴。②腊酒：腊月里酿造的酒。③足鸡豚（tún）：指菜肴丰富充足。豚：小猪，这里指猪肉。④柳暗花明：柳色深绿，花朵鲜亮。⑤箫鼓：吹奏着箫，击打着鼓。春社：古代把立春后第五个戊日作为春社日，人们在此日祭拜土地神和五谷神，祈求粮食丰收。⑥古风存：存留着古代淳朴民风。⑦若许：如果这样。闲乘月：空闲的时候趁着月光前来。⑧无时：随时。

赏析

这首诗作于宋孝宗乾道三年（1167）春，这年，陆游在朝廷遭遇排挤，回到故乡闲居。此诗乃是陆游游历乡村时所见所想，诗中描绘了当地的待客之道、乡间春景、节日的热闹等场景，富有浓厚的生活气息，一派桃花源之景象。

首联"莫笑农家腊酒浑，丰年留客足鸡豚"，诗人从被留客的感受出发，描写了"腊酒""鸡豚"，腊酒虽然浑浊，但人情深厚，诗人用轻松诙谐的"莫笑""足"等词语让淳朴善良的乡民形象跃然纸上，诗人深知官场阴险黑暗，看到农家如此朴实却又真诚的待客之道，用"莫笑"一词点出了农家待客的热情，也表达出自己的喜悦之情，一个"足"字，却让读者能看到丰收之年农家喜悦宁静的氛围。

颔联"山重水复疑无路，柳暗花明又一村"流畅绚丽，开朗明快，为千古佳句。诗人这里移步换景，运用了双关的手法，既描绘了诗人在重重叠叠的山峦间、在弯弯绕绕的溪流中寻不到出路的迷惘之际，突然看见前面柳暗花明，豁然开朗；又暗示了世间事物消长变化、绝处可以逢生的人生哲理。

颈联"箫鼓追随春社近，衣冠简朴古风存"，诗人采用白描的手法，描绘了一幅随着春社日的临近，箫鼓的声音追随而来，乡民们的衣冠穿戴还留存着简朴的古风的画卷。农家在春社日祭社祈年，期待粮食丰收。陆游在这里更以"古风存"，赞美着这个古老的乡土风俗，热烈地表达出他对故土乡民的热爱。

尾联"从今若许闲乘月，拄杖无时夜叩门"，清闲无事，趁月色出游，清风竹影，月色朦胧，恰有林泉之思，拄杖而来，叩门煮酒，促膝长谈，何不为生平一大快事？诗人此时有了终老此乡的愿望，但"若许"二字又不免有社会风云的愁思恨缕的牵绊，诗篇以频来夜游之情收结，余韵不尽。

陆游七律最工，这首七律结构严谨，中间两联，对仗工整，巧写难状之景。山村的醇美风景，百姓的淳朴民风，桃花源也不过如此，怎能不令人心生向往？

西江月·世事一场大梦①

北宋·苏轼

世事一场大梦，人生几度秋凉②？夜来风叶已鸣廊③，看取眉头鬓上④。

酒贱常愁客少，月明多被云妨⑤。中秋谁与共孤光，把盏凄然北望⑥。

注释

①西江月：词牌名，原是唐教坊曲，用作词调，又名《白苹香》《步虚词》等。②秋凉：一作"新凉"。③风叶：风吹动树叶的沙沙声。鸣廊：在廊道里发出声响。④看取：看着。⑤妨：妨碍，遮蔽。⑥北望：向北看，此处解释有争议，一说借指怀念身在北方的弟弟苏辙；一说借指望向汴京。

赏析

这首词作于何时、为谁而作，尚无定论。但就全篇来看，乃是苏轼贬谪南方之作。又是一年中秋，词人却已无《水调歌头·明月几时有》的旷达超脱情怀，满篇尽是悲怆凄然之情。中秋本是团圆佳节，而词人独处，有酒有月，只是世事多变，无人陪伴。词人在清寒孤寂的境遇中抒发对人生的感慨和思考，表达对北方的亲人的思念。纵然一生豪放，亦有一时悲情。

开篇"世事一场大梦，人生几度秋凉"，词人感慨世事如梦、人生如白驹过隙。人生世事就像一场大梦，虚幻缥缈，浮浮沉沉，一生要感受多少世事炎凉；时光飞逝，还能感受几次秋天的寒意呢？一生一梦，几度沉浮，词人几遭贬谪，历经世事沧桑，对人生和世界的思考都化为短短这十二字。起句便是这般具有冲击力，这一荒谬短暂的人生思考反衬出词人灰色无助的心理状态。继而"夜来风叶已鸣廊，看取眉头鬓上"承接前句的情感色调，以景衬情，由景即人。词人在秋夜听见风吹动着树叶发出沙沙声，树叶回旋，在廊道里发出声响；细看眉头霜色，鬓角白发，人生已过大半。世事如梦，几度秋凉，秋风瑟瑟，落叶鸣廊，繁霜侵鬓，这一系列的描写都直指伤秋之感，更觉凄怆无助。以落叶、霜鬓等物象，凸显浮生若梦、年华易逝的情感。人、景、情、事融为一体，读来令人怆然。

下阕两句"酒贱常愁客少，月明多被云妨"接着写自己孑然一人的生活，字句之间略显牢骚。因为家中无好酒，几乎没有客人到访，皓月当空，却有阴云遮挡。"酒贱"乃是因为"人贱"，词人遭贬谪之后生活境况不佳，"客少"一词，直接写出世态炎凉、趋炎附势的世人心态。"月明多被云妨"既是实景，又暗喻小人当道，蒙蔽明君，致使自己贬谪他乡。这里词人直接写出心中不满，此景此情何以派遣？"中秋谁与共孤光，把盏凄然北望"，在这中秋之夜，谁能陪着我赏这孤月呢？只能以酒对月，把盏北望，遥寄相思。关于"北望"，有北望其弟苏澈的解释，也有北望明君的解释，这已是不可考。由全篇来看，词人遭贬，又逢中秋，心情何其复杂？既有思亲念友，又想壮志报国，也未为不可。"凄然"一词是对词人此时心境的刻画，天涯同一月，相思两地情，只能遥望，现实中有太多的痛苦与无奈，一切都在酒中，悲戚之极，感同身受。

全词以悲起篇，以悲结句，并以中秋之乐景来衬哀情，悲凉孤寂之情无以复加。词人把对世事无常、几度沉浮的思考，把对年华易逝、壮志难酬的慨叹，把对亲人的思念，都寄托在这酒中、寄托在这月光中，命运已无力反抗。全词格调沉痛，悲情婉约，呈现苏轼多面的词作风格。词人于这中秋之夜，写出自己对人生深沉的思考和对世间真情的依恋，情感真切，悲极！痛极！

蜀中九日①

唐·王勃

九月九日望乡台②，他席他乡送客杯③。
人情已厌南中苦④，鸿雁那从北地来⑤。

注释

①蜀中九日：又名《九日登高》。②九月九日：农历九月初九为重阳节，又称"登高节"，二九相重，称为"重九"，民间在该日有登高的风俗。③席：指筵席。④南中苦：指在南方蜀地生活困苦。⑤北地：指北方。

赏析

这首诗是客居西蜀的王勃在重阳节与友人一起登玄武山遥望故乡时所作，恰逢重阳佳节，又要在蜀地送客远行，触动了诗人的情思，遂有这思乡之作。

开篇两句"九月九日望乡台，他席他乡送客杯"直接点题，在重阳节之时，诗人与友人同登玄武山遥望故乡，在这蜀地他乡，设下酒席送别友人。在平白的叙事中隐含着思乡的悲情，重阳佳节又逢客中送客，友人将走，亲人无法相见，乡愁浓郁乃人之常情。此情此景，令人倍加伤感。整首诗的情感基调也确定下来，乡愁与孤独同时加于诗人的身上，下文的"牢骚"之言也就自然流出。

后两句"人情已厌南中苦，鸿雁那从北地来"是对诗人自身境况和心理状态的直接描写。诗人客居蜀地多时，生活愁苦，心中早已厌烦这个地方。见鸿雁南飞，诗人便问：你为什么还要从北方飞来呢？鸿雁秋季南飞本是自然现象，却被诗人责怪，诗人想回乡却不得回，而这北雁却要向南飞来，这使得诗人更加思念故乡了。诗人把自己的乡愁加到鸿雁的身上，在诗人思归不得与北雁偏要南飞的强烈对比中，烘托出诗人乡愁之深切。这两句诗表达巧妙，细细读来才觉诗人的用意和匠心。诗人将其思乡之情融入对自然景物的描绘之中，借无情之景来抒发自己内心愁苦的情感，融情于景的写法可谓妙极。

这首思乡小诗仅以四句就将乡愁抒发得淋漓尽致，从登高望远引出乡愁，到客中送客加重乡

愁，再到厌烦蜀中直抒胸臆，最后情景交融将乡愁之深切推向高峰。四句不离乡愁，可知诗人多么渴望回到故乡。另外，本诗的词句浅近自然，情感表达与艺术形式俱佳。

客中行①

唐·李白

兰陵美酒郁金香②，玉碗盛来琥珀光③。
但使主人能醉客④，不知何处是他乡⑤。

注释

①客中：指旅居他乡。②兰陵：今山东临沂苍山县兰陵镇，一说位于今四川境内；郁金香，指散发着郁金的香气；郁金，一种香草，用于浸酒，浸酒后呈金黄色。③琥珀：一种树脂化石，呈黄色或者褐黄色，此处用于形容美酒色泽如琥珀。④但使：只要；醉客，使客人喝醉。⑤他乡：异乡，故乡之外的地方。

赏析

古来作客多伤悲，而诗仙李白的关注点却似乎与众人不尽相同。虽是客居他乡，本诗却一扫以往诗中的作客他乡之愁、作别亲友之悲，着眼于异乡美酒，进行了细致勾勒。此诗与以往李白的风格相同，用极其富于感染力的浪漫主义的语句，展现了宴席上美酒的香醇与主人的好客，让人不由自主地心生向往。

首句即点明作客之地，即兰陵，并将其与美酒联系起来，转瞬之间便冲淡了离乡之愁，而变成了对于美酒的迷恋与向往：只见那兰陵独有的美酒呈上之时，一阵芬芳馥郁的香气便涌入诗人的鼻腔，散发着香草郁金香气的美酒,被小心地盛放在玉碗之中,散着盈盈润润的琥珀的暖黄色光泽。只此二句的描写,就展现了作者在面对美酒之时的绝无抵抗之力与对于美酒的喜爱。下两句却是意料之外、情理之中:说是意料之外,便是美酒对于诗仙的诱惑似乎远远大于客居他乡给作者带来的忧愁,只要主人能让自己痛饮那兰陵美酒,不醉不休,那又有何异乡之愁呢?"客中行"这样的一个看上去将一抒怀乡之情的主题,落在了李白的笔下,却是另辟蹊径,另有一番表现;情理之中,则是李白当真无愧于杜甫"李白斗酒诗百篇,长安市上酒家眠"的叙写,在美酒面前,离乡愁思似乎被完完全全地冲淡了,取而代之的是因美酒而产生的乐在客中、乐在与朋友交往的情绪,这似乎也变得可以理解了。

  本诗在内容上对于美酒的描写夸张而热烈,极尽渲染夸赞之能事,具有李白诗作中明显的浪漫主义色彩。而在结构设计中,题目是"客中行",而内容上却是叙写兰陵美酒待客,使人流连忘返,如此对比形成反差——李白未有离乡之愁乎?其实不过是因沉醉于美酒而忘却去国怀乡之悲罢了!这样的反差,将李白好美酒的潇洒飘逸诗仙形象展现得极为真实。同时,使得本诗不落以往羁旅诗抒离乡思亲之愁的窠臼,可谓别出心裁,别有新意。全诗语奇意也奇,不论是精巧的构思,还是热烈的语句,抑或是洒脱的形象塑造,都在起笔落笔之间展现了盛唐时期的繁华、包容、开放的气象。

好人好报

  天宝十四年(755),安史之乱爆发,李白只好避居庐山。不久,永王李璘奉唐玄宗的命令率领军队东下,李璘三次派人请李白出山,李白感其诚意,就来到李璘军中当了一名谋士。可天有不测风云,李璘的哥哥唐肃宗李亨害怕李璘趁乱扩充势力,宣布李璘叛乱,调集大军攻打李璘。很快,李璘战败被杀,李白也被关进了监狱,还被定成了死罪。当初李白游历并州的时候,曾经结识了一个叫郭子仪的军官。李白觉得郭子仪是个壮士,就帮了他不少的忙。安史之乱时,郭子仪已经是唐军中的大将。为了报答李白的知遇之恩,郭子仪就向肃宗求情,甚至不惜以自己的官职来交换李白的性命。最终,肃宗赦免了李白,将他流放到了夜郎(今属贵州)。

与夏十二登岳阳楼①

唐·李白

楼观岳阳尽②，川迥洞庭开③。
雁引愁心去④，山衔好月来。
云间连下榻⑤，天上接行杯⑥。
醉后凉风起，吹人舞袖回⑦。

注释

①夏十二：李白的朋友，家中排名十二，故为夏十二。②岳阳：即岳州，因位于天岳山之南而得名，今湖南省岳阳市。③迥：一作"向"，此处为远之意。洞庭开：此处形容洞庭湖水宽阔无边。④雁引愁心去：一作"雁别秋江去"。⑤连下榻：用汉代陈蕃礼徐穉、周璆之典，此处指为宾客设塌留住。连，一作"逢"。⑥行杯：谓传杯而饮。⑦回：回荡、摆动的样子。

赏析

本诗为诗人遇赦由江夏南游洞庭时登岳阳楼所作，与李白以往作诗风格相同，皆有大气磅礴、浪漫华丽之气，抒情写景颇有长风浩荡之笔力，令人不由得由诗而生澎湃激荡之意。首联即点明诗人游乐的地点，即岳阳楼，而此处一"尽"字，便极言登高俯瞰，景物尽收眼底的视野开阔之感。下句紧承"尽"字而下,一"开"字遥遥相对,尽言八百里洞庭浩浩汤汤、横无涯际的壮阔景象,将秋日洞庭水汽弥散、浩荡无边的气势展现得淋漓尽致。颔联与首联二句相对,诗人转换视角,由俯视转为仰视,鸿雁南飞,带走了愁思,东山高峻,正衔来明月。此一"来",一"去",来的是月色好景,去的是纷扰愁绪,虽说是平凡景物,可偏偏诗人登高而望,视角的转换,让人感受到的便是广阔浩大的景色给人的身心涤荡后的澄澈之气,与作者此时的畅然一抒心中郁结的愉悦之感了。颈联由周围景色转入对于岳阳楼的描写,极言岳阳楼之高耸入云,与天相接;诗人于云间下榻招待友人,于天上行杯宴饮游乐,极尽夸张之笔墨,将岳阳楼高耸的特点展现出来。尾联紧承上文"行杯"句,诗人于岳阳楼之上似与天人传杯对饮,微醺之时,诗人于楼上飘然起舞,岳阳楼上清风徐来之时,吹动着诗人的衣袖,似有仙举之妙,展现了诗人于岳阳楼上一览好景、饮酒放乐的喜悦心境。

全诗写景与抒情皆现,构思奇巧、情感热烈、意境阔大而奔放,令人读后似身临其境,心中并有激荡热烈之气涌现。本诗写登岳阳楼,无一"高"字,却无处不在写楼高;抒流放获释之喜悦,无一"乐"字,却无处不透露着因景而乐,因酒而乐,因登高而乐的愉悦之情,此为本诗精妙之处,即构思精巧、不落窠臼,却是自然浑成、绝无斧凿之痕迹,让人读来颇有一气呵成的畅快之感。

从军行·其二①

唐·王昌龄

秋草马蹄轻,角弓持弦急②。
去为龙城战③,正值胡兵袭。
军气横大荒④,战酣日将入。

长风金鼓动⑤，白露铁衣湿。
四起愁边声，南庭时伫立⑥。
断蓬孤自转⑦，寒雁飞相及。
万里云沙涨⑧，平原冰霰涩⑨。
惟闻汉使还，独向刀环泣。

注释

①从军行：乐府《相和歌辞》旧题。②角弓：用兽角装饰的硬弓。③龙城：匈奴单于祭天之地，位于今蒙古国境内。④大荒：即偏僻荒远之处。⑤金鼓：古时军中用于号令的两种乐器；金，即钲。⑥南庭：南匈奴单于的住处。⑦蓬：一种多年生草本植物。⑧云沙：白云和黄沙，这里指边塞风光。⑨冰霰：下雪前或下雪时降落的白色冰晶。

赏析

本诗中，作者用凝重的色彩渲染了边塞景色的苍凉与战争的惨烈与悲壮，同时浸润了常年戍边将士的思乡之情，令人读后不仅心生悲凉之感。

首句起笔即写边塞之景与战事之急，为全诗笼罩上了一层萧索苍凉的阴影：边塞秋日草木枯黄，战事正急，战士们正骑马飞驰，拉弓持弦，准备射向敌人。下句紧承上句，解释战士们作战的对象与原因。原来，将士们正因胡兵犯边而奋起卫国，准备直入匈奴单于曾经祭天之地。只见那军队的豪壮之气似有荡平边塞荒野之势，日沉西山，却是战事正酣之时。言尽于此句，本诗的笔锋一转，由上几句铺天盖地的壮阔之气急转直下，被淡淡的苍茫悲凉之感渐渐取代。边塞肃杀的寒风吹起，将士们鸣金收兵，露水深重，沾湿了盔甲，令它们变得愈发沉重而寒冷刺骨。戍边艰险的忧愁之声四起，可胡人依旧对于大唐边疆虎视眈眈，又怎能松懈呢？若是说上几句皆为戍边凄凉的感慨之语，那么下两句的悲凉凄怆之意可谓是达到了顶峰。戍边的将士们远离家乡、远离京都繁华之地，独战于边疆，宛若无根蓬草，于空中旋转飘荡而无归无依，这样的严寒，恐怕连鸿雁都不愿飞及于此，怎能妄想着给家里传书，哪怕仅仅是报个平安呢？边塞环境素来恶劣，那万里荒原之上，飞沙走石，阴云蔽日，天空与大地都被染上了阴沉昏黄的色彩，冰霰飘落，预示着又将是一场边塞的暴雪与随之而来的彻骨之寒。诗人以景衬情、融情于景，战士们戍边的飘零悲凉之感与边塞风雪欲来之景相衬，将全诗的苍凉悲壮之意推向了极致。而尾句却给人情绪彻底透支后的苍茫无力之感：长期戍边的战士听说侍臣来了又去，可自己依旧戍于边疆，不禁心生凄凉之意，不由得低头看着那陪自己出生入死的宝刀而泣下沾襟。此处情感上的留白与前句中铺陈到近乎极致的苍凉悲怆之意遥相呼应，却是此时无声胜有声，由此产生的反差与冲突，更像是暴风雨过后的宁静，是凄怆，是无力，是一次次幻灭后的心若枯水，将最为激烈的思归之意用简单的"泣"字而归之，就像是思乡痛至极致而麻木，读来更让人有撕心裂肺之感。

本诗虽说看上去与平常的边塞诗无异，不外乎是边塞的荒凉与将士的思乡，而作者却用其精巧的构思、炉火纯青的笔力，将这景写得苍劲旷远，将这情抒得凄怆感人，将这诗作得意蕴深长，令人颇有回味无穷之感，让人不得不心生敬佩。

和张仆射塞下曲·其三①

唐·卢纶

月黑雁飞高②，单于夜遁逃③。
欲将轻骑逐④，大雪满弓刀⑤。

注释

①张仆射：张延赏，一说为张建封。塞下曲：古时的一种军歌。②月黑：没有月光。③单于：匈奴的首领，本诗中指入侵者的最高统帅。遁：逃走。④将：率领。轻骑：轻装上阵的骑兵；骑，一人一马为一骑。⑤弓刀：像弓一样弯曲的军刀。

赏析

诗人早年多次应举不第，后至边塞军营之中，诗人看到的紧张激烈的战况、雄浑肃穆的边塞之景、豪迈粗犷的将士，故有感而发作边塞诗，而此组诗即为其中之一，本诗为《和张仆射塞下曲六首》中的第三首诗。

本诗首句"月黑雁飞高"，看似简单的景色描写，却是将战前的紧张气氛展现得淋漓尽致：黑夜之中，月色被暗夜悉数吞并，目力所及之处，茫无所见，可见后三字大雁高飞为耳闻而无迹可寻。雪夜雁飞，却因无月而不能视物，正暗示敌人夜中行动而大雁警觉。此一句起笔精妙，交代时间，写边塞之景的同时又渲染了边塞战事紧张的气氛，同时为下句敌人的出现设下了铺垫，紧紧逼出下句——敌军的将领正在夜色的掩护下仓惶逃跑，展现了身处大唐盛世之时的诗人对于塞防的信心与对于敌军的蔑视。下句紧承上句，蔑视之意味更甚，只"轻骑"二字，便将诗人的傲气展露无遗。面对深夜逃跑的敌人，甚至都不用大队人马出征，只要少量的骑兵轻装上阵，即可追回，仿佛敌人已是瓮中之鳖。末句承"轻骑"语，对于列队整装待发的将士们进行了局部的特写，简简单单的一句"大雪满弓刀"，即给人一种电影默片的慢镜头回放的感觉：战士们在雪中站立不过片刻，大雪已是缓慢地飘下，落满了他们的全身，遮掩了武器的寒光，却依然不能阻挡这支军队如同利剑出鞘般的锋芒。

作为一首边塞诗，本诗带有极强的大唐鼎盛时期边塞诗的特点，即对于大唐国力的极度自信，身居边塞而得以杀敌卫国的豪情，对边塞严酷环境的无所畏惧。同时，虽说"离首即尾、离尾即首"是绝句的难点，然而诗人的大胆裁剪与对于边塞环境的精巧构思与经典细致的描写，却让本诗即便是简单，亦有可圈可点之处。

生不逢时

卢纶一生颠沛流离，仕途坎坷，但因为文名远扬，与吉中孚、韩翃、钱起、司空曙、苗发、崔峒、夏侯审等人交往密切，时人称其为"大历十才子"。唐文宗即位后（卢纶已去世），非常喜欢卢纶的诗，就询问宰相李德裕："卢纶有没有文章流传下来？有没有子嗣继承他的文风？"李德裕回答说："卢纶的四个儿子都中了进士，现在台阁为官。"文宗派遣使者去卢家索要卢纶在世时的文章，得到了五百首的诗，卢纶的不少作品这才得以流传后世。

别董大·其一①

唐·高适

千里黄云白日曛②,北风吹雁雪纷纷。
莫愁前路无知己③,天下谁人不识君④。

注释

①董大:即董庭兰,当时有名的音乐家,因其在兄弟中排名第一,故称"董大"。②黄云:天上的乌云。白日曛:太阳暗淡无光;曛,即曛黄,夕阳西沉时的昏黄景色。③知己:情投意合之人。④君:此处指董大。

赏析

本诗作于诗人与友人董大久别重逢,短暂相聚后,二人又各奔别路之时。本诗一改唐人送别诗中凄凄惨惨戚戚的悲伤老调,而是以豪迈之气、慷慨之意,为友人的前行呐喊助威,甚至可与王勃"海内存知己,天涯若比邻"的气概相媲美。

本诗开篇二句写景,其阴暗低沉之景,即渲染了离别时二人的悲伤心境:天空中阴云密布,放眼望去,天空都变成了阴沉的灰白色,似有千里之远,阳光奋力地在云层的缝隙中挣扎,最终却只能勉勉强强晕染出些许白色的昏暗的光,更给人惨淡之感。萧瑟的北风吹过,此时已是入冬时节,大雁似乎被这大风吹的寒了,也飞向了南方温暖之处,大雪飘飞,更是平添悲伤之感。两句写景可谓精妙至极,无一句涉人事,而无一句不涉人事,既是以景衬情,亦是由情入景,以其内心之真,写离别心绪,故由景衬情,情能真挚;以心中所感,观眼前之景,故以情入景,景能悲壮。两句大笔一挥,便见长空飘雪,雁归东南,更难禁友人别离、游子何之之意,令人似身临其境,如置风雪之中,顿生悲凉之意,心有戚戚而无泪可流。此二句用尽笔力,其沉重笔调让人几乎无喘息之处,而正是这样,才更显出下文两句转折之妙处,诗人后二句一扫前二句之颓势,笔锋急转,劝慰友人:不要担心前路漫漫,没有知己啊,天下之人,有谁会不认识你董庭兰呢！倘若没有前二句之极力铺陈，用尽气力，也难见下文言辞之婉转，情谊之真切，用心之良苦，亦见作者胸怀之阔达、眼光之高远。

赠别诗中，缠绵凄切、婉转低回之调固有梨花带雨的感人之处，而如此般慷慨悲歌、豪迈旷达之曲，则在让人新奇之余，平添了对于作者、友人以及二人友情的钦羡之意。同时，巧妙的笔锋回转让读者为壮士悲歌之感慨的同时，亦感受到二人友情中的质朴与豪爽。对于二人友谊的衬托，在唐朝烟柳画桥、渭城风雨绽放争艳之时，增添了一抹清爽的绿色。

同诸公登慈恩寺塔[①]

唐·杜甫

高标跨苍天[②]，烈风无时休[③]。
自非旷士怀[④]，登兹翻百忧[⑤]。
方知象教力[⑥]，足可追冥搜[⑦]。
仰穿龙蛇窟[⑧]，始出枝撑幽[⑨]。
七星在北户[⑩]，河汉声西流[⑪]。
羲和鞭白日[⑫]，少昊行清秋[⑬]。
秦山忽破碎[⑭]，泾渭不可求[⑮]。
俯视但一气[⑯]，焉能辨皇州[⑰]。
回首叫虞舜[⑱]，苍梧云正愁[⑲]。
惜哉瑶池饮，日晏昆仑丘[⑳]。
黄鹄去不息[㉑]，哀鸣何所投。
君看随阳雁[㉒]，各有稻粱谋[㉓]。

注释

①诸公：指高适、薛据、岑参、储光羲等友人。慈恩寺：即大雁塔，新进士题名之处。②高标：高耸之物，此处为慈恩寺塔。苍天：一作"苍穹"。③休：停歇。④旷士：旷达出世的人；旷，一作"壮"。⑤兹：此，即慈恩寺；翻：反而。⑥象教：即佛教，因佛祖释迦牟尼说法时常借形象以教人，故佛教又有象教之称。⑦足：一作"立"。冥搜：即探幽。⑧龙蛇窟：形容塔内磴道如龙蛇般弯曲狭窄。⑨出：一作"惊"。枝撑：即塔中交错的支柱；幽，幽暗。⑩七星：即北斗七星。北户，一作"户北"。⑪河汉：银河。⑫羲和：古代神话中为太阳驾车的神。鞭白日：形容日行之快。⑬少昊：古代神话中司秋之神。⑭秦山：即长安以南的终南山，山为秦岭山脉的一部分，故云秦山。破碎：即终南诸峰，登高眺望，山峦作破碎装，故作破碎。⑮泾渭：泾水和渭水，泾清渭浊，二者互不相容。不可求：难辨清浊。⑯但：只是。一气：一片朦胧，看不清楚的样子。⑰皇州：京城长安。⑱虞舜：虞为传说中远古部落名，即有虞氏，舜为其领袖，故称虞舜。此处指唐高祖，号神尧皇帝，太宗受内禅，所以称虞舜。⑲苍梧：《史记·五帝本纪》载，相传舜征有苗，崩于苍梧之野，葬于九嶷山，本诗用于比拟唐太宗昭陵。⑳惜哉瑶池饮，日晏昆仑丘：《列子·周穆王》载"（穆王）升昆仑之丘，以观黄帝之宫……遂宾于西王母，觞于瑶池之上"。此处喻唐玄宗与杨贵妃游宴骊山而荒淫无度；晏，晚。㉑黄鹄：天鹅，善飞。去不息：远走高飞。㉒随阳雁：候鸟，秋由北而南，春由南而北，此处喻趋炎附势者。㉓稻粱谋：即禽鸟觅取食物的方法，此处喻小人谋取利禄的打算。

赏析

本诗为杜甫前期作品中的经典代表之作，钱谦益所谓此诗言天下将乱，宴乐不可以为常，即说明了全诗旨意。而仇兆鳌亦在《杜诗详注》中总结道："三家结语，未免拘束，致鲜后劲。杜于末幅，令开眼界，独辟思议，力量百倍于人。"本诗之气度即可窥见一斑。本诗开头即出新奇之语，一个"高标"，一个"苍穹"，极言塔之高峻："高标"让人顿时联想到"上有六龙回日之高标"，更现慈恩寺塔之高耸入云；而"苍穹"二字即勾勒出天之拱形，令人似有天为塔所撑起的错觉。作者似乎认为此处的夸张之语仍是不够，"烈风"的烘托，便更是平添了塔的高耸入云之感。诗人于此高塔之上，不免心生感慨：自己还不没能做到想那些旷达之士一样目中无物，凭栏远望，心中的忧思不由得翻涌不尽。此句为自嘲，是委婉言怀，更不无愤世之意。此时的诗人已能从歌舞升平的大唐盛世之中看到潜伏的危机，虽说只是杜甫早期的诗作，其忧思深远，也实在是为诸公所不能及。

后四句则笔锋一转，转而对向佛教的建筑，"方知象教力"二句，于总体上极赞佛教建筑的气势恢宏、雄伟壮观，尽言其巧夺天工之妙；而后两句紧承上句，极言塔之奇险：诗人沿着幽深曲折的阶梯向上攀登，如同穿过龙蛇的洞穴，给人深长幽暗之感，绕过塔内错综复杂的梁栏，一路攀爬到塔的顶端，才给人豁然开朗、柳暗花明之感。此二句简短而精炼，却将诗人在塔中悠长狭窄的隧道中艰难向上攀爬的过程表现出来，衬托出了慈恩寺塔的奇伟恢宏，尽人间之奇巧想象。诗人于塔顶之处仰望，宛若置身于仙境，他仿佛能够看到北斗七星在窗外闪烁，晦暗不明；耳边似乎能够听到银河西流带起的浪花声。此二句为诗人想象之语，构思奇巧，更是与开头所作塔之高耸遥相呼应。紧接着，诗人由想象来到现实，交代了秋日迟暮的时间节令的同时，羲和驾日车、少昊掌秋色的神话故事，也为诗句笼罩上了一层淡淡的浪漫主义色彩，与上文中诗人瑰丽的想象遥相呼应。紧接着，诗人转换了视角，由仰视转为俯视，入目即为秦山的一片苍翠，放眼远眺，群山大小起伏，似乎将大地分割成了碎块，本是泾清渭浊，两水互不相容，可在塔上看去，已是分不清哪里是泾水、哪里又是渭水了。日暮时分，雾气弥散，大地之上一片苍茫，谁又能分得清楚究竟哪里是京都呢？明写迟暮塔上俯瞰之景，却是暗喻京城政事之混乱，李林甫"媚事左右，迎会上意，以固其宠"，与诗开头中的"百忧"之叹遥相呼应。

诗人下八句不再隐晦言事，转而直发感慨：如今朝廷危机潜藏，政治黑暗。诗人用典，以虞舜苍梧，比太宗及其昭陵，苍梧之云惨淡，似乎正是心有忧思，将云拟人化了的同时，暗中表现了自己对于太宗时清明政治的深切怀念与当前政局的隐晦担忧。诗人似乎是为了证明自己所言非虚，紧接着由追昔转为讽今：以瑶池饮借指玄宗与杨贵妃骊山宴饮之荒淫，以日晏昆仑暗示大唐王朝之外强中干，颇有日薄西山之势。李林甫逢迎圣上，排贤抑能，贤才能士皆被迫离朝，似黄鹄哀鸣而无处可栖，只剩此等趋炎附势、逢迎谄媚之小人，就像那追逐温暖的候鸟一般，只为一己之私利而无视天下苍生。

诗中无妖娆华丽的譬喻词句，恰恰相反，词句质朴而无雕琢痕迹，情感深沉内敛而不激烈张扬。情景交融，寓意深远，令本诗愈发具有厚重之感，在盛唐时期风靡一时的华丽轻浮之风下，愈发令人回味不已。

木兰花慢·滁州送范倅

南宋·辛弃疾

老来情味减，对别酒，怯流年。况屈指中秋，十分好月，不照人圆。无情水都不管，共西风、只管送归船。秋晚莼鲈江上①，夜深儿女灯前。

征衫，便好去朝天，玉殿正思贤。想夜半承明②，留教视草③，却遣筹边。长安故人问我，道愁肠殢酒只依然④。目断秋霄落雁，醉来时响空弦。

注释

①莼鲈：莼菜与鲈鱼，是为吴中之美味。②承明：汉代有承明庐，为大臣值夜班住的地方。③视草：皇帝草拟诏诰草稿，称为视草。④殢（tì）：纠缠，沉溺。

赏析

此词作于宋孝宗乾道八年（1172），是为送别好友范倅所作之辞。首句"老来情味减，对别酒，怯流年"便显笔势高昂，气宇不凡。当时辛弃疾年仅三十三岁，并非真的年老，只是他自从奉表南来已经匆匆十年过去，如此十年对于一个渴望建功立业并以兴复大计为己任的英雄而言,倒真是老了英雄!所以说,这个"老"字不但顺理,而且成章——它别具一股酸楚意味。"对别酒,怯流年"即是对第一句话的注解。在家国离乱、风雨飘摇的时代,又与友人喝着这离别的苦酒,不知何时才能相见,怎能不令作者生起无限的悲慨呢?"情味减"三字,表明作者当时的心境十分暗淡,所以就连这清酒也激不起自己的兴致。而一个"怯"字,则正显示了作者深恐自己年华老去,而振兴中原、建功立业的愿望还未能实现的担忧之情。所以,这首词名为送别,实际上仍是作者抒写报国情怀的一篇兴寄遥深的作品。

"况屈指中秋,十分好月,不照人圆"表达了作者面对当时的情境所生的一番怨叹之情。"况屈指中秋"点出送行节令,而此时月已圆,人却难圆,此语极有情致。颇似宋代词人田为《江城子慢》一词中"银蟾迥、无情圆又缺"的语意。作者的这一番幽怨之情,不仅发于明月,就连眼前的水和西风,也都"难逃一劫"了,"无情水都不管,共西风、只管送归船"。人有情留客,水却无情留人,只管与西风一起送船起行。这就是作者移物于情,赋予无情的景物予自身的有情了,这也是古代词作中常见的手法。由上句"送归船"三字,自然引起了作者的遥思遐想:友人这一番归去,将会是何等情景呢?于是作者便勾勒出一幅想象中的中秋团圆图:"秋晚莼鲈江上,夜深儿女灯前。"两句拟想友人愉快的行程与到家的幸福。上半句引用晋朝张翰的故事,下半句则化用黄庭坚《寄上叔父夷仲三首》之一中的诗句:"弓刀陌上望行色,儿女灯前语夜深。"这两句表达了作者回归家乡的渴望,两句对举,别有韵致。

下阕从口吻上是写给友人的。前半段表达对友人到临安上任的激励之情,后半段则寄托了自己失意醉酒、英雄无用武之地的愁思。"征衫,便好去朝天,玉殿正思贤"。作者对友人说:"趁着你上朝的官服尚未换下来,你正好去朝见君子,想必朝廷现在一定是求贤若渴。此番前去,一定能受到重用。"此句寄托了对友人的殷切希望之情。下句"想夜半承明,留教视草,却遣筹边"。则是设想友人范倅到临安后得到朝廷重用,一会儿让他起草诏书,一会儿又任命他筹划边防之事,足见皇帝对他的极度重视。这几句应当也寄托了作者愿为朝廷效力的忠贞情怀。写到这里本来已经把一首送别词写得神完气足了,但他却突然又翻出了新意来,"长安故人问我,道愁肠殢酒只依然",是作者嘱托朋友,如果到临安有故人问起我,你只说我仍然还是借酒消愁,无所事事。此处"长安"指南宋都城临安,这句话中隐含了作者一生怀抱难以施展的落寞之情。"目断秋霄落雁,醉来时响空弦"一句刻画了作者醉中拉满空弦,惊落南飞的大雁的画面,表达了作者空有一番英雄情怀,却无用武之地的悲愤之情。结尾二句情韵完足,而感愤遥深,陈廷焯《白雨斋词话》评其"词极豪雄而意极悲郁"。

春夜闻笛

唐·李益

寒山吹笛唤春归①,迁客相看泪满衣②。
洞庭一夜无穷雁③,不待天明尽北飞④。

注释

①寒山:东晋以来淮泗流域的战略要地,屡为战场,今江苏省徐州市东南。②迁客:谓遭贬谪流放之人,此处指作者自己。③无穷:无尽。④北飞:向北飞。

赏析

本诗为边塞诗,却非抒戍边将士或豪迈或思归之情,而是表现了诗人自身思乡怀乡之情,是贬谪之人的归怨之诗。

首二句写闻笛:此时寒山边塞仍是凉意逼人,山犹荒,夜犹寒,此时军中响起的那笛声，仿佛是对于春天的呼唤，激发着将士们的乡愁，更引起了诗人作客他乡的悲伤心境，不仅相对无言，更已是泪流满面。下二句紧承思乡之意，以洞庭北归之雁的传说作对比：每年秋天，大雁由北方来到温暖的回雁峰栖息过冬；来年春日，北方春暖花开之时，大雁便辞别南方，回到了北方。而此春日将近之时，大雁似乎就已经迫不及待了，只是一夜之间，未至天明，洞庭湖中的大雁便已经尽数飞向了北方，而诗人的心似乎也随着大雁回到了北方，回到了家乡，回到了京都，离开了这个自己被放逐的地方。此处的春天有双关象征之意，既是中原之春天，更是诗人仕途之春天：中原之春，为大雁所向往，而仕途之春——朝廷的恩赦，则为诗人的向往，只是可惜，这春天却并未随着自然的春季同时到来。

  诗人实写边塞情调，却是暗写南谪迁客的归思怨望；实写大雁北归，却是暗写自己欲归而不得，虚实相对，寄喻得体，手法委婉，构思巧妙，走笔针脚细密，虚虚实实，现实与希冀，真实与想象，由呼唤春日将近的笛声出发，以雁尽北归而人留作结，此中凄凉无奈之情，溢于言表，令人唏嘘。

文武双全

  李益，字君虞，陇西姑臧人。大历四年（769）中进士，出任郑县尉。此后数年，李益的同窗好友都有升迁，只有他几年没有升职。心高气傲的李益就辞官游历燕赵，被幽州节度刘济征辟为从事，正式开启了他作为边塞诗人的人生。根据史书记载，李益从军十年，长于运筹决胜，往往在鞍马之间行文，横槊赋诗，因此被时人视为高适、岑参一样的边塞诗人代表。

白头吟①

两汉·佚名

皑如山上雪②，皎若云间月③。
闻君有两意，故来相决绝。
今日斗酒会④，明旦沟水头⑤。
躞蹀御沟上⑥，沟水东西流⑦。
凄凄复凄凄⑧，嫁娶不须啼。
愿得一心人，白头不相离⑨。
竹竿何袅袅⑩，鱼尾何簁簁⑪！
男儿重意气，何用钱刀为⑫！

注释

①白头吟：乐府调名，属《楚调曲》。②皑：洁白，多用来形容霜雪。③皎：明亮，洁白。④斗：古时的一种量粮食的器具，诗中指酒具。⑤明旦：即明日。⑥躞蹀（xiè dié）：小步行走的样子，徘徊。御沟：指流过宫苑的河道。⑦东西流：这里的"东西"是偏义复词，指东流。⑧凄凄：形容悲伤的样子。⑨愿得一心人，白头不相离：又作"愿得一人心，白首不相离"。⑩竹竿：诗中指鱼竿。袅袅（niǎo）：柔软的东西随风摆动的样子，也指体态

柔美。⑪鱵鱵（shāi）：鱼儿跳跃的样子，古时钓鱼有男女求偶的隐意。⑫钱刀：古代一种铸成马刀形的钱币，称为刀钱。

赏析

  这首汉乐府民歌另有晋乐所奏歌词，两首大致相同，后者有增减。相传，此诗为西汉才女卓文君所作，乃因其与司马相如私奔成亲后，司马相如渐有纳妾之意，故写下《白头吟》以表心迹。这一说法源于晋人葛洪所著《西京杂记》卷三，却并未著录歌辞。而此诗最早见于《玉台新咏》，题为《皑如山上雪》，《宋书·乐志》则言其为"汉市街莫谣讴"，并记载有晋乐所奏歌词，《乐府诗集》将这两个版本一齐收入到了《相和歌·楚调曲》中。因而，这首诗的作者至今仍存有争议，或许卓文君作有同名别篇。

  诗歌是拟女子口吻写给负心人的决绝之辞。起首二句"皑如山上雪，皎若云间月"，欲抑先扬，语含多意，既可理解为女子对心目中理想爱情的讴歌，也可理解为女子对自我品格的肯定。正因为她坚信爱情应如山上雪、云间月一样纯洁，也认为自己值得那样的爱情，所以不能容忍丈夫的用情不专，在听说他的心意改变后，便宁愿诀别放手而不是委曲求全。

  "今日斗酒会"四句承上文诗意，写诀别时的情景。女子在御沟边与男子执酒诀别，表示饮下这最后一杯后，从此与君陌路，让过去就如那御沟中的流水一样一去不返。这里的"今日""明旦"是诗歌措辞的需要，显然并非实指今日饮酒聚会、明天在沟边分手。

  接下来的"凄凄复凄凄"六句，沿着御沟独自徘徊的女主人公，回忆起了往昔的时光，从初嫁时怀着"愿得一心人，白头不相离"的美好憧憬，到后来"竹竿何袅袅，鱼尾何鱵鱵"的情浓意惬，再到如今……

  最后一句"男儿重义气，何用钱刀为"，作为诗歌的结语可谓振聋发聩，也同样语含多意：它不仅是女子的愤怒控诉，揭破前文"闻君有两意"的原因，原来是男子为"钱刀"辜负了自己和当初的誓言，更是她对爱情真谛的含泪总结，对世间男女的警示之语。

  全诗感情沉痛却不乏冷静，女主人公迥异于一般的弃妇形象，在面临婚姻悲剧时表现出了令人钦佩的坚韧与自尊。而诗作于文学成就上，恰如明代学者徐师曾所评："其格韵不凡，托意婉切，殊可讽咏。后世多有拟作，方其简古，未有能过之者。"

把酒对月歌①

明·唐寅

李白前时原有月，惟有李白诗能说②。
李白如今已仙去③，月在青天几圆缺？
今人犹歌李白诗，明月还如李白时。
我学李白对明月，月与李白安能知④！
李白能诗复能酒，我今百杯复千首。
我愧虽无李白才，料应月不嫌我丑⑤。
我也不登天子船⑥，我也不上长安眠。
姑苏城外一茅屋⑦，万树桃花月满天。

注释

①把酒：端着酒杯的样子。②李白诗：这里特指李白的《把酒问月》一诗。③仙去：人死去的委婉说法。④安：怎么、哪里的意思。⑤料应：估计。⑥我也不登天子船：化用杜甫《饮中八仙歌》"天子呼来不上船"的诗句。⑦姑苏：即苏州。

赏析

李白爱月，一生作有多首与明月相关的诗，其中的抒情诗《把酒问月》，明为问月，实则是叩问宇宙与人生，从立意上说，可谓上承屈原所作的《天问》，下启苏轼那首著名的《水调歌头·明月几时有》。而唐寅的这首七言古诗，其灵感明显来源于李白其人和《把酒问月》一诗。

唐寅，也就是众所周知的唐伯虎，在绘画、书法、诗文上才华横溢，却因其狂傲的性格导致科场上失意。明武宗正德元年（1506），他在苏州一处名为桃花坞的地方筑桃花庵，与文徵明、祝允明等日日饮宴，此诗与《桃花庵歌》就是这一时期的作品。

本诗的语言直白如话，并无晦涩雕琢之词，却以一股狂放的气势作为骨架，予人豪放恣意、酣畅淋漓之感。"李白前时原有月，惟有李白诗能说"，作者在开篇便对李白及其咏月诗推崇备至，让诗仙李白和他笔下那轮照彻古今的明月的形象，蓦然显现于读者面前，而作者的思绪也由此荡漾开来。接下来四句，作者为李白的仙去、明月的千古圆缺表达出惋惜之情，但转念一想，又为李白的诗歌流芳于世就如同明月的永恒常在感到欣慰。

诗的下半部分，作者以"我学李白对明月，月与李白安能知"一问引出了"我"的形象，与李白、明月形成了"对影成三人"的画面效果。在这里，"我"这个"影"与李白诗中那个聊以自慰的"影"不同，是充满主观意识的，所以诗的后文句句有"我"，但又并没有喧宾夺主，而是同李白、明月一起狂歌尽兴，相映成趣。"李白能诗复能酒，我今百杯复千首。我愧虽无李白才，料应月不嫌我丑"，诗代表才华，酒代表豪兴，作者选取这两个意象入诗，既是因为李白，也是以李白自况。此四句中，作者以李白为尊却丝毫不让他人，极尽恃才傲物之态，颇得李白诗之真味。

最后，作者化用杜甫"李白一斗诗百篇，长安市上酒家眠。天子呼来不上船，自称臣是酒中仙"的诗意来表明心志：我和李白一样"不上天子船"，但我也不去长安酒市，只在苏州城外的桃花庵茅屋里，赏桃花，饮佳酿，逍遥浮生。

望江南·梳洗罢①

唐·温庭筠

梳洗罢，独倚望江楼②。过尽千帆皆不是，斜晖脉脉水悠悠③。肠断白蘋洲④。

注释

①望江南：词牌名，原唐教坊曲名，又被称为《忆江南》《梦江南》等。②倚：靠着。③斜晖：傍晚时分的阳光。脉脉：脉脉含情的样子。④白蘋（pín）洲：长满蘋草的水中的陆地。

赏析

　　这首小令的主题殊无新意，是诗词中常见的闺怨，却以其精炼而自然的语言、含蓄而悠远的意境、空灵而清丽的风格，在绮丽浓艳的"花间"温词中独树一帜，且成为传诵千古的精品。

　　全词仅五句二十七字，句句画面感十足，给予读者丰富的想象空间。作者以诗作画，从思妇梳洗理妆开始描绘整幅画作，"梳洗罢"三字看似简单，实则含蕴多重：思妇是因为行人音讯渺然，故而蛾眉不扫慵懒梳洗呢？抑或得知行人将归，因此心情雀跃地精心装扮呢？作者没有讲明，全凭读者自行解读，但恰恰是这种留白，使得开篇就达到了音韵袅袅的效果。

　　无论怎样，思妇经历了离别的痛苦和相思的寂寞后，满怀期待地"独倚望江楼"了。"独"是这句词的重点所在，它揭示出在分离的日子里，思妇生活上的孤单，以及心灵上的孤寂。不仅如此，在画面上，它也凸显了思妇的孤独形象：是众人皆团圆，唯她孤独一人望归人呢？还是思念的人不在身边，于是身边一切仿佛都不存在，天地间只余她孤独一人呢？作者依然没有讲明，留下了许多想象的余地。

如果说这两幅场景对于思妇来说已是等待中的司空见惯，那么"过尽千帆皆不是"则是新一轮的沉重打击了。千帆之多，于画面上与思妇的"独倚"形成鲜明对照；千帆过尽，于时间上显现出等待之久长；一句"皆不是"，似淡然，实浓烈，足见失望之深，痛苦之沉。

然而，作者点到即止，并未多费笔墨渲染思妇的心情，而是移情入景，以落日余晖脉脉，浩渺江水悠悠，洲上白蘋萋萋，来映衬思妇的"肠断"！

作者仅用白描手法便写得情韵兼收，整首词犹如一支琴曲，初始缠绵，继而沉婉，倏尔弦断，最后只留余韵悠长。

行行重行行

东汉·佚名

行行重行行，与君生别离。
相去万余里，各在天一涯。
道路阻且长，会面安可知①？
胡马依北风②，越鸟巢南枝③。
相去日已远④，衣带日已缓⑤。
浮云蔽白日⑥，游子不顾返。
思君令人老，岁月忽已晚。
弃捐勿复道⑦，努力加餐饭。

注释

①安：怎么。知：又作"期"。②胡马：北方的马。③越鸟：南方的鸟。④已：同"以"。⑤缓：宽松的意思。⑥白日：原隐喻君王，诗中指远行的丈夫。⑦弃捐：抛开。勿：不要。复：再。道：谈论。

赏析

此诗创作于东汉时期,是《古诗十九首》中的第一首,作者不明。

表达思妇在丈夫离别后的相思之情是这首诗的主旨,而运用通俗易懂、朴素清新的民歌语言,以节奏、音律上的重叠反复和托物比兴来加深题旨的表达,则是其鲜明的艺术特色。

诗的开篇,离别时的伤感和痛苦便扑面而来。"行行重行行,与君生别离",四个"行"字由一"重"字连接,形象地写出了丈夫的身影渐渐远去,思妇只能伤心眺望远方的场景,不仅达到了用叠字抒情的效果,也在诗意上为下文的"相去万余里,各在天一涯"作铺垫。"生别离"三字,更是带着思妇压抑不住的痛苦,令读者恍然了悟,当时社会动荡,时有战争,因此这别离很可能是长久且再聚难期的,甚至成为死别。果然,诗歌紧接着便点明了,自此一别,思妇与其丈夫已是各在"万余里"的天涯海角,音讯杳然,并且"会面安可知"。

余下十句为诗歌的第二部分,详写思妇在"生别离"后的种种心情。"胡马依北风,越鸟巢南枝",借飞禽走兽的习性喻丈夫定然也思念故乡,这是思妇设想丈夫离家在外的心情,表现了她对丈夫的牵挂,同时也是思妇无声的呐喊:既然你也想家,为何还不回来呢?"相去日已远,衣带日已缓",写随着一日日过去,思妇越来越消瘦,连衣服的系带也松了。而陷入深深思念的她,猜测着各种丈夫不归的原因,是病了?是路太远?她不愿去设想丈夫可能遭遇不测,思来想去,最后只能疑惑是不是"浮云蔽白日",丈夫忘了苦等的自己,被他乡女子留住了脚步?然而,对丈夫的信任又让她很快否定了这份猜疑,而是振作起来,自我安慰:别胡思乱想了,还是珍重自己,"努力加餐饭",等待丈夫归来吧!

诗歌语言看似平易直白,其实炼字巧妙,如明末清初的才女吴淇就曾点评此诗曰:"妙在'已晚'上着一'忽'字。比衣带之缓曰'日已',逐日抚髀,苦处在渐;岁月之晚曰'忽已',陡然惊心,苦处在顿。"(《选诗定论》)

答杜秀才五松见赠①

唐·李白

昔献长杨赋②,天开云雨欢。
当时待诏承明里③,皆道扬雄才可观。
敕赐飞龙二天马④,黄金络头白玉鞍。
浮云蔽日去不返,总为秋风摧紫兰。
角巾东出商山道,采秀行歌咏芝草。
路逢园绮笑向人⑤,两君解来一何好。
闻道金陵龙虎盘⑥,还同谢朓望长安⑦。
千峰夹水向秋浦⑧,五松名山当夏寒。
铜井炎炉歊九天,赫如铸鼎荆山前⑨。
陶公矍铄呵赤电,回禄睢盱扬紫烟⑩。
此中岂是久留处,便欲烧丹从列仙。
爱听松风且高卧,飕飕吹尽炎氛过⑪。
登崖独立望九州,阳春欲奏谁相和?
闻君往年游锦城⑫,章仇尚书倒屣迎⑬。
飞笺络绎奏明主,天书降问回恩荣。
肮脏不能就珪组⑭,至今空扬高蹈名。
夫子工文绝世奇,五松新作天下推。

吾非谢尚邀彦伯⑮,异代风流各一时。
一时相逢乐在今,袖拂白云开素琴。弹为三峡流泉音⑯。
从兹一别武陵去,去后桃花春水深。

注释

①五松:即五松山,在南陵铜坑西边五六里处。②长杨赋:西汉时扬雄的一篇辞赋。③承明:即承明殿。④敕赐:"敕"在古代是和皇权联系在一起的,这里指皇帝赏赐。⑤园绮:汉兴时有东园公、绮里季、夏黄公、甪里先生四人,他们在秦时曾避入商洛深山,等待天下平定。⑥金陵:即今南京。龙虎盘:意指"钟山龙蟠,石城虎踞"。⑦谢朓:南朝诗人,其《晚登三山还望京邑》有诗句:"灞涘望长安,河阳视京县。"⑧秋浦:水名。⑨铜井:南陵有铜井山,出铜。歘:见《韵会》:"歘,炎气也。"荆山:在虢州湖城南,黄帝曾于此铸鼎。⑩陶公:《列仙传》记载"陶安公者,六安铸冶师也。数行火,火一旦散,上行紫色冲天,公伏冶下求哀。须臾,赤雀止冶上,曰:'安公,安公,冶与天通,七月七日,迎汝以赤龙'。至期赤龙至,大雨,而安公骑之东南上,一城邑数万人众共送视之,皆与辞诀云"。矍铄:勇健的样子。回禄:火神。睢盱:跋扈貌。⑪飕飕(sōu):象声词,形容风、雨声。⑫闻:听说。锦城:即成都。⑬章仇:复姓章仇,名兼琼,天宝五年(746)任剑南节度使、户部尚书。倒屣迎:《三国志》记载"蔡邕才学显著,贵重朝廷,常车骑填巷,宾客盈坐。闻王粲在门,倒屣迎之。粲至,年既幼弱,容状短小,一坐尽惊。邕曰:'此王公孙也,有异才,吾不如也。'"⑭肮脏:见章怀太子注,"肮脏,高亢牵直之貌"。珪组:指玉圭和印绶,引申为爵位、官职。⑮谢尚:东晋人,谢鲲之子,精通音律、舞蹈、书法。彦伯:袁宏的字,东晋时著名的文学家、史学家、玄学家。⑯三峡流泉:《乐府诗集》中《琴集》记载:"《三峡流泉》,晋阮咸所作也"。

赏析

这是一首七言古诗,乃李白被贬谪后,与友人杜秀才会面时所作。

"昔献长杨赋"至"黄金络头白玉鞍"六句,是诗人回忆往昔风光得意的时光,写他曾和扬雄一样献上《长杨赋》,人人称赞其才华,君王也给予厚赐。

无奈"浮云蔽日去不返",好景不长,小人的陷害就像"秋风摧紫兰"一般,"我"只好学商山四皓那样避世,去了洛阳,一路"采秀行歌咏芝草"。

"两君解来一问好"句作为转折,将诗的内容过渡到下一层,诗人不再讲述自己,开始与友人闲聊,关心对方的别来经历。"闻道金陵龙虎盘"至"异代风流各一时",都是"我"所听说的关于友人的种种,从对方所在地金陵的风光及其名胜五松山等,到对方昔年在锦城成都"章仇尚书倒屣迎",上书天子后天子招其做官,对方却拒绝了,而今在五松山写下的新作品被天下推举。

最后,"一时相逢乐在今"五句,诗人回到当前,表示这次相逢实在令人愉快,提出和友人弹奏一曲《三峡流泉》,因为一别后,自己就要去武陵山了,那里桃花春水深,以后两人恐怕就难再见了。

全诗多处用典,以至如今读来略嫌晦涩难懂,但正是这些典故令这首"闲聊"诗的内容更加丰富,达到借典言志的效果。

武威送刘判官赴碛西行军①

唐·岑参

火山五月行人少②,看君马去疾如鸟。
都护行营太白西③,角声一动胡天晓④。

注释

①威武:即凉州。判官:古代官职名。碛(qì)西:唐朝时称呼西域为碛西。②火山:即火焰山,自今新疆吐鲁番向东断续延伸至鄯善县南。③都护行营:诗中指安西节度使高仙芝的军营。太白:即金星,古人认为太白是西方之星、西方之神。④角:古时军中的一种乐器。

赏析

唐玄宗天宝十年(751),石国太子引大食等部袭击西北边境,时任威武(今甘肃威武)太守、安西节度使的高仙芝率领三十万兵马出征,而岑参的友人判官刘单也要赴碛西(安西都护府)行军,在送行时,他写下了这首七言小诗。

前两句为第一个想象的镜头,"火山五月行人少,看君马去疾如鸟"。"火山"指的是今新疆吐鲁番的火焰山,是刘判官此去要经过的地方。时值炎热的五月,岩石火红的高山下,行人稀少,唯有刘判官单骑奔驰,其速如飞鸟——这样一幅画面,予人以原野辽阔、黄沙漫漫、骑士身姿矫健的印象。"看"字,貌似平凡,实含深意,一则表达了作者对友人的赞赏,二则隐含着作者对友人的惜别之情,似乎刘判官已纵马远去,甚至已远至火山了,而送别的作者仍在眺望其身影。

后两句为第二个想象中的镜头,"都护行营太白西,角声一动胡天晓"。这两句表面上是写都护行营远在太白星的西边,清晨时军营的号角吹响连胡地的天空都惊动了,用夸张的手法凸显行军之难及军队威武雄壮的感觉。然,太白星即金星,在古人看来,它的出现是敌人败亡的预兆,因此这其实是作者愿友人胜利归来的祝福,也代表着他对唐军将士和此次行军获得大捷的信心。

作者别出心裁,没有写离别的祝福或依依不舍的场景,而是以想象中的两个行军镜头为友人刘判官壮行,使得此诗在众多送别诗中脱颖而出。

致酒行①

唐·李贺

零落栖迟一杯酒②,主人奉觞客长寿③。
主父西游困不归④,家人折断门前柳。

吾闻马周昔作新丰客⑤，天荒地老无人识。
空将笺上两行书，直犯龙颜请恩泽⑥。
我有迷魂招不得，雄鸡一声天下白。
少年心事当拿云⑦，谁念幽寒坐呜呃⑧。

注释

①致酒：即劝酒。行：古代乐府诗的体裁之一。②零落：原意指草木凋零，后引申为失意、困窘。栖迟：滞留。③奉觞（shāng）：捧着酒杯；觞，古代的一种盛酒的器皿。④主父：主父指主父偃，《汉书》记载"主父偃西入关见卫将军，卫将军数言上，上不省。资用乏，留久，诸侯宾客多厌之"。⑤吾，即我。闻，听说。马周：唐太宗时名臣，官至宰相。新丰：地名，在今陕西西安。⑥龙颜：指皇上。恩泽：恩惠，赏赐，诗中指皇帝的垂青。⑦拿云：又作拂云、擎云。⑧呜呃：悲叹状。

赏析

　　李贺，字长吉，同屈原、李白一样，是享有盛誉的浪漫主义诗人，有"诗鬼"之称。二十七岁便英年早逝的他留下了许多流传千古的佳句，比如"天若有情天亦老"，比如这首七言古诗中的"雄鸡一声天下白"。

　　此诗大约作于李贺因其父之名"晋肃"犯忌而被剥夺进士考试资格后，虽然当时韩愈曾"质之于律""稽之于典"为他辩解，但事实仍旧给满怀热情与理想的少年泼了一盆冷水。因此，滞留长安的李贺写这首诗时的心情是悲愤而苦闷的。

　　本诗采用主客间互相劝酒致辞的形式，完成了一场关于理想抱负的倾心之谈。"零落栖迟一杯酒，主人奉觞客长寿"，首句是客人即李贺的自嘲式慨叹，表示落魄的自己只能以一杯酒聊表谢意，次句则是主人端起酒杯并祝福的情景。结合写作背景和诗歌主旨来看，"客长寿"三字不能简单理解为祝对方长命百岁，而是含有多思伤身、劝君放开胸怀之意。

　　第三、四句是对"零落栖迟"的补充叙述。面对主人的善意，李贺不由倾吐起心事，以汉武帝时主父偃曾郁郁不得志的故事自比，表达自己怀才不遇、羁留异乡的愁苦。

接下来的"吾闻马周昔作新丰客"四句,又转至主人的劝慰。针对客人的倾诉,他也讲述了另一位先人马周的故事:马周是初唐的一位名臣,他年轻未成名时曾在新丰投宿,被地方官吏轻视侮辱,但后来因中郎将常何代笔写条陈,而被太宗破格提拔,终至功成名就。"天荒地老无人识"一句,主人用夸张的语气强调马周昔年的困厄,与其后来的成就形成鲜明对比,足见主人对客人的殷切诚意。

于是,客人恍然顿悟:"我有迷魂招不得,雄鸡一声天下白。"这里的"雄鸡一声天下白"一语双关,既是指主人的一席话如"雄鸡一声",令迷惘的"我"茅塞顿开,也含有"我"相信自己总有一鸣惊人的一天。

最后两句"少年心事当拿云,谁念幽寒坐呜呃",可以理解为客人的自我否定,也可以理解为主人的劝说。

呕心沥血

李贺少年早慧,七岁时就能作文,名动长安,连一代文宗韩愈都对他大加赞赏。李贺成年后,因为其父的字为晋肃,按照当时为尊长避讳的习俗,他不能参加进士考试,韩愈大怒之下亲自作《讳辩》一文,为李贺鸣不平。李贺本人对于诗歌创作不遗余力,他每天出行时都让书童背一个布袋,只要有灵感就马上记下来,放进布袋里。晚上回家后,李贺的母亲让婢女探查布袋,每次都发现大量的手书诗文,李母非常生气,哀怨地说:"这孩子是要把心呕出来才罢休啊!"这也是成语呕心沥血的由来。

三衢道中①

南宋·曾几

梅子黄时日日晴②,小溪泛尽却山行③。
绿阴不减来时路④,添得黄鹂四五声。

注释

①三衢(qú):指衢州(今浙江常山县)境内的名山三衢山。②梅子黄时:指梅子成熟的季节,约为农历五月,时常阴雨绵绵。③泛:指乘船。却:再。④不减:差不多。

赏析

曾几的诗风清新恬淡、活泼轻快,这首七言绝句可谓是他的代表作之一。诗歌写的是诗人游浙江衢州三衢山时的感受。

首句点出诗人出游的时间,正是"梅子黄时",即农历五月,而江南一带此时常常阴雨绵绵。在这样一个不宜出行的尴尬季节,恰逢最近"日日晴",诗人的心情自然愉快起来,并产生了去室外亲近大自然的兴趣。

次句写诗人游行的路线,他来到三衢山中,乘着一叶轻舟沿溪而行,待到了小溪的尽头,便弃舟登岸,步行于山路间。

第三、四句写诗人返程时所看到的景象：绿荫处处，令人倍觉清凉舒爽，不知从哪儿飞来的黄鹂鸟鸣声清丽悦耳，为山林更添几分幽静。诗人用"来时路"三字悄然点明已是下山的路上，前缀"不减"则表明他此时游兴仍浓，并未感到疲累。"添得"一词也用得十分巧妙，说明登山时没有听到黄鹂的叫声，同时与"不减"相照应，强调此次出行的愉悦舒畅。

全诗初读平淡无奇，实则值得反复咀嚼寻味。诗人自始至终没有正面表达自己的感情，却在描写时融情入景，令读者充分领略到大自然的勃勃生机以及诗人的欢欣。

踏莎行·雪似梅花①

北宋·吕本中

雪似梅花②，梅花似雪③。似和不似都奇绝。恼人风味阿谁知④？请君问取南楼月。

记得去年⑤，探梅时节。老来旧事无人说。为谁醉倒为谁醒？到今犹恨轻离别。

注释

①踏莎行：词牌名，也作《踏雪行》《踏云行》《柳长春》等。②雪似梅花：取意自唐东方虬《春雪》诗："春雪满空来，触处似花开。"③梅花似雪：取意自古乐府诗句："只言花似雪，不悟有香来。"④阿谁：意为谁，何人。⑤去年：泛指往年。

赏析

此词是吕本中的代表作之一，颇能体现其婉转含蓄的艺术风格。

起首三句赞誉梅花之洁白幽香、雪之皎洁明亮,以二者在形、色上的相近却又神魂相异,描绘出了一片梅雪相映、令人赏心悦目的"奇绝"景色。读者细细读来,也许只觉词句清丽自然,意境优美,而联系古人诗句细细揣想,方能领悟诗人隐含的深意。唐代东方虬曾作诗《春雪》曰:"春雪满空来,触处似花开。"另有古乐府诗句云:"只言花似雪,不悟有香来。"由此可见诗人以"雪似梅花,梅花似雪"作为诗歌的开篇,并非仅仅是信口说来。此外,联系下阕的怀人,此处的梅雪其实也是对佳人的隐喻。

正因为佳人有如梅雪之美,所以诗人紧接着写道"恼人风味阿谁知"。明明眼前是一片美景,诗人偏偏感到了烦恼,为什么呢?诗人在上阕没有明言,只说"请君问取南楼月"。这是诗人故意设下的悬念,也是诗人幽幽心事难以言说的体现。

词至下阕,诗人终于按捺不住讲明了心中所思:"记得去年,探梅时节。老来旧事无人说。"原来是往年曾同佳人共赏梅花,故而如今睹梅思人。无奈一切已成回忆,过往的一切已经无人再提起,如今自己只能在醉与醒中挣扎沉沦,真是"到今犹恨轻离别"!

蝶恋花·上巳召亲族①

南宋·李清照

永夜恹恹欢意少②。空梦长安③,认取长安道④。为报今年春色好。花光月影宜相照。

随意杯盘虽草草⑤。酒美梅酸⑥,恰称人怀抱⑦。醉里插花花莫笑⑧。可怜春似人将老⑨。

注释

①蝶恋花:词牌名,原唐教坊曲名,本作《鹊踏枝》,又称为《卷珠帘》《黄金缕》等。上巳(sì):即上巳节,是纪念黄帝的节日,本为农历三月的第一个巳日,魏晋后定为农历三月三。召:召唤,引来。②永夜:长夜。恹恹(yān):形容精神不振的样子。③空:意为没有结果的,徒然的。长安:原为汉唐时的京都,诗中指北宋都城汴京。④认取:记得。⑤杯盘:代指食物。草草:不细致的,简单的。⑥梅酸:古时用梅子作调味品,这里指菜肴可口。⑦称:适合。怀抱:指心意。⑧醉里插花花莫笑:反用北宋苏轼《吉祥寺赏牡丹》中的诗句:"人老簪花不自羞,花应羞上老人头。"⑨可怜春似人将老:唐代刘希夷的《代悲白头翁》中有诗句:"年年岁岁花相似,岁岁年年人不同。"这里暗合此意。

赏析

这首词的创作时间不明,多数学者认为应是李清照南渡后的作品。词作讲述了作者在某年三月初三上巳节与亲友聚会时的情景,表达了她对故国的思念与人生感慨。

上巳节也称为女儿节,有着水边饮宴、郊外游春的习俗。然而,本应是欢快的节日,作者却在词的开篇便点明自己"永夜恹恹欢意少",只因为"空梦长安,认取长安道",即使是在梦中,词人仍能清晰认取回到汴京的道路,无奈一切都是徒劳,醒来即成空,现实中的自己再难回去了。一个"空"字将作者梦醒时的失望与忧国思乡之情表露无遗。

接下来两句从梦中情景转至眼前,"为报"一词表明"今年春色好"这个消息是词人听说的,她并未亲眼所见,正是照应了前文的"欢意少"。这样的好时节,当然应该"花光月影"相照成一片良辰美景,词人却在此著一"宜"字,表明理论上应该是可词人并没有感受到,可见其内心的郁闷。

下阕前三句承上启下,继续写眼前的宴会。"随意杯盘虽草草。酒美梅酸,恰称人怀抱",随意备下的简单饭食并不符合本应欢快的节日气氛，但词人竟觉得一切都很好，酒是美酒，味道也不错，挺合乎心意。这是用反衬手法来凸显其"恹恹"，因为梦回汴京、忧心时局、对南宋小朝廷偏安一隅深感不满的词人，根本没有任何心情去品味美酒佳肴了，只求果腹，只求一醉。终于，词人的情绪在词的最后宣泄出来"醉里插花花莫笑，可怜春似人将老"——不要笑我醉里插花啊，要知道有花堪折直须折，可怜的春天和人一样都要老了！此句看似说春天，实则暗喻国将沦亡，含有深沉的忧国情怀。

陪裴使君登岳阳楼

唐·杜甫

湖阔兼云雾，楼孤属晚晴①。
礼加徐孺子②，诗接谢宣城③。
雪岸丛梅发，春泥百草生。
敢违渔父问④，从此更南征⑤。

注释

①属：当，刚好遇到。②徐孺子：东汉时名士徐稚，字孺子，被称为"南州高士"。③谢宣城：即谢朓，南朝齐时的山水诗人，与谢灵运并称"大小谢"。④敢违渔父问：化用《楚辞》中句："屈原既放，游于江潭，渔父见而问之。"⑤从此更南征：化用《离骚》中句："济沅湘兮南征。"

赏析

这是唐朝大历四年（769）春季，杜甫在岳阳期间与当地裴使君一起登岳阳楼时创作的一首五言律诗。

诗的起首两句描写了诗人眼前洞庭湖的景色，只见湖水辽阔，在风起云涌下愈显烟波浩渺,天边晚霞绚烂,而自己身处的岳阳楼于这样阔大的天空和湖水面前,似乎有那么一点孤独和渺小。这两句初看只是写景,但结合诗歌下文所体现的题旨来看,"楼孤"也可能隐含了诗人置身于"海阔兼云涌"的人生中的"人孤",身边的裴使君则是诗人期望的姗姗来迟的"晚晴"。

如此,诗歌中间二联的思想感情也就更可理解了。诗人先是盛赞了裴使君这片"晚晴",说他像是东汉时的陈蕃,礼贤下士,对自己如对明贤徐稚一样礼遇有加,又说他才华横溢,好比南北朝齐时的谢朓(曾为宣城太守,被称为谢宣城)。

然而,赞美至此,诗人仍觉不够,又用"雪岸丛梅发,春泥百草生"来表达自己这座"孤楼"遇到"晚晴"盛情款待时的激动心情:我现在的心,就犹如岸边冰冷的积雪中绽放了一丛梅花,又犹如百草自春天的泥土中萌生。

最后,诗人在尾联借用典故含蓄地表明心迹,也让读者明白了这首诗歌的主旨:若裴使君当真能"礼加","我"自然希望能"楼孤属晚晴",不敢学屈原那样违背渔夫的追问去南行了。

杜甫在江陵时,就曾多次对镇守荆州的阳城郡王卫伯玉进行称颂,试图用文辞博得对方的好感,从而"托身官府",就像当初在成都和严武相交那样。而此诗大概也是抱着这样的目的,因此才有最后两句的试探。可惜事与愿违,裴使君与卫伯玉都没有接下杜甫递出的橄榄枝,诗人很快就离开了岳阳去往潭州、郴州等地。

木兰花令·经旬未识东君信①

北宋·苏轼

经旬未识东君信②,一夕薰风来解愠③。红绡衣薄麦秋寒④,绿绮韵低梅雨润⑤。

瓜头绿染山光嫩，弄色金桃新傅粉。日高慵卷水晶帘，犹带春醪红玉困⑥。

注释

①木兰花令：词牌名，原为唐教坊曲名。②经旬：意为很长时间。东君：古代有三种解释，一是神话中的太阳之神，二是司春之神，三是东王公。这里取司春之神意。③一夕薰风来解愠：《史记·五帝纪》记载："舜作五弦之琴，以歌南风，诗曰'南风之薰兮，可以解吾民之愠兮。'" 愠：愤怒，怨恨。④红绡（xiāo）：红色的薄绸。麦秋：因初夏是麦子成熟的季节，秋天是谷物成熟的季节，故古人称初夏为麦秋。⑤绿绮：与焦尾、号钟、绕梁并列为古代四大名琴。梅雨：指长江中下游地区等地每年六、七月时持续下雨的天气现象，因为正是江南梅子成熟的季节，所以称为"梅雨"。⑥春醪（láo）：即春酒。红玉：《西京杂记》记载，赵飞燕与女弟昭仪，皆色如红玉，为当时第一，并宠擅后宫。这里代指佳人。

赏析

季节与相应的景色变化，对敏感的文人来说，常常是触发情绪的契机，而假借佳人之所思所感来抒情言志，则是古时文人惯用的笔法。这首《木兰花令》便是借佳人而咏春的作品。

上阕前两句交代时间为冬去春来：湿冷漫长的冬季，让人觉得似乎很久没有感知到司春之神的讯息了，未想一夜春风轻拂，天地为之一新，佳人那莫名的愁思烦恼好像也得以稍解。接下来的"红绡衣薄麦秋寒，绿绮韵低梅雨润"，将人与景糅合在一起，描写了佳人迎春心喜，尽管是梅雨连绵、侧侧轻寒的时节，仍迫不及待地穿上了"红绡衣"，弹起了"绿绮"琴。此二句炼字极为精妙，其中"红"和"绿"色彩鲜明，大大冲减了麦秋的轻寒以及梅雨的湿润感。"麦秋寒""梅雨润"同是写春末夏初的天气特点，却截然分明，充满变化感，无形中也完成了由首句的初春至晚春的时光过渡。"韵低"两个字更是令人如闻缠绵琴曲，如见佳人的美姿仪。

下阕照应上阕，依旧是前两句正面写春景，后两句人景合一。"瓜头绿染山光嫩，弄色金桃新傅粉"，在上阕末句，时间已转至春末夏初,因此这两句作者选取了瓜果新绿、山色迷蒙、春桃粉嫩三个典型景致来点染春色。而前文里"绿绮韵低"的佳人,也没有辜负这大自然的勃勃生机,日高时分,她终于卷起了水晶帘,露出了微醺的面容。"慵卷""犹带春醪",一个动作描写,一个形象描写,将佳人酒醉初醒的慵懒与轻愁刻画得栩栩如生。

  本词中,春光与美色交织互融,相互映衬,于是春光犹显灿烂,佳人愈显柔美。词人自始至终没有交代佳人为何需要"解愠",为何"韵低",又为何宿醉,只将一切交给读者的想象,留下悠远的意蕴。

初春书怀

南宋·陆游

甫及初春日已长①,偶同邻曲集山房②。
囊盛古墨靴纹皱③,箬护新茶带胯方④。
老境不嫌来冉冉⑤,流年直死去堂堂⑥。
清泉冷浸疏梅蕊,共领人间第一香。

注释

  ①甫(fǔ):即刚刚。②邻曲:即邻居。③囊(náng):即口袋。靴纹皱:指面上的皱纹像靴子上的纹路。④箬(ruò):指一种叶子大而宽的竹子,可包粽子、编织斗笠等,诗中指代箬叶。带胯:古代腰间用来挂弓矢刀剑的带钩。⑤冉冉:缓慢地,渐渐地。⑥堂堂:形容气势很大。

赏析

  顾题而知意,这是诗人在初春诗兴大发时写下的抒情作品。
  诗的首联言明时间正是初春时分,最明显的变化就是白昼延长了,次联描写诗人的装束:"囊盛古墨靴纹皱,箬护新茶带胯方。"这两句直译意是写衣袋里放着古墨,面上的皱纹已经像靴子上的纹路一样了,箬叶装着新茶并用带钩挂在腰间。很明显,诗人带着古墨与新茶上山见友人,是要与其习字、作画和品茗的,而读者也由此可知诗人及其友人的品位高雅、心境淡泊。

第三联中的"去堂堂"与前一句的"来冉冉",不仅是诗歌格律上的对仗,也在诗意上形成了鲜明的对照。岁月逝去,身体衰老,当然难免步履蹒跚,然而,人最重要的,是回顾一生时能挺胸抬头,堂堂正正。这里的"去堂堂"一语双关,既照应"流年",表明过去的时光没有辜负,又暗示灵魂无愧无人,亦无愧于心。

最后两句写景兼抒情:只见山泉水清澈无比,其上点缀着一朵朵凋落的梅花花瓣,依稀间,还在散发着丝丝缕缕的清香,这一切彷如一幅美不胜收的风景画。朋友啊,一起来领略这人间第一香吧!

本诗具有一种轻松闲适的情调,透露着人老后看淡生死的恬静,又自有俯仰无愧的铿锵之意,从中可以看出诗人豁达的生活态度。

浣溪沙·二月春花厌落梅①

北宋·晏几道

二月春花厌落梅②。仙源归路碧桃催③。渭城丝雨劝离杯④。
欢意似云真薄幸,客鞭摇柳正多才,凤楼人待锦书来⑤。

注释

①浣溪沙:词牌名,原为唐教坊曲名。②厌:指满足、眷恋。③仙源归路碧桃催:化用《幽明录》中刘晨、阮肇天台山遇仙的故事。④渭城丝雨劝离

杯:化用王维《送元二使安西》"渭城朝雨浥轻尘,客舍青青柳色新。劝君更尽一杯酒,西出阳关无故人"的诗意。⑤凤楼:古代妇女的住处。

赏析

  这首词的主旨是表达思妇的离愁别思。

  上阕第一句"二月春花厌落梅",点明时值二月,梅花凋落,春花初开。这样的季节合该春愁滋生、思妇怀人,然而,女主人公思念的人在哪里呢?"仙源归路碧桃催"一句,借用《幽明录》中刘晨和阮肇在天台山遇仙久不归、下山时已是时移世易的故事,表明丈夫已离去很长时间了。同时,这无疑也是思妇难以自抑的一种猜忌:到如今你仍不归来,莫非是遇到了另一位佳人?此句中的一个"催"字反映了思妇盼望君归来的急切心情。而词人觉得这样还不够,又接着写"渭城丝雨劝离杯",化用王维的诗句来加深感情的表达。这一句是思妇的想象,也是思妇的期望,她想象并期望着远方的丈夫已经在同朋友举杯告别,那样自己就能很快同对方重聚了。

  令人遗憾的是,思妇显然又一次失望了。在长久的等待中,她已经这样失望过很多次。这让她几乎怨恨起来,"欢意似云真薄幸,客鞭摇柳正多才",难道你是薄幸之人吗?难道我们之间的情意就像云彩一样易散吗?我在这里苦苦思念,你却摇着柳枝吟诗作文,炫耀自己的才华。此二句写出了思妇"悔教夫婿觅封侯"的复杂心情。当然,思来想去,女主人公仍是相信丈夫的,也不愿丈夫为自己耽误事业前程,于是她只好将心愿从盼归缩小至一封"锦书",希望能从书信中知道丈夫是平安的,并且也在思念自己。

柳词拥趸

  据宋人笔记记载,晏几道少年时非常喜欢柳永的词。一次,在其父晏殊举办的家宴上,五岁的小晏几道竟将街头流行的"酒力渐浓春思荡,鸳鸯绣被翻红浪"的柳词拍手唱给客人听,一时间宾主都十分尴尬。晏殊脸色涨得通红,呵斥道:"住口!不得唱此等不堪之词!"晏几道嚷着柳词好听,暴怒下的晏殊还给了儿子一记耳光。不知道柳永泉下有知,是否知道宰相公子也成了自己的"粉丝"。

清平乐·村居①

南宋·辛弃疾

茅檐低小②,溪上青青草。醉里吴音相媚好③,白发谁家翁媪④。大儿锄豆溪东⑤,中儿正织鸡笼;最喜小儿亡赖⑥,溪头卧剥莲蓬⑦。

注释

①清平乐:原为教坊名曲,用汉乐府《清乐》《平月》两个乐调而命名,后用作词牌名。②茅檐:茅屋的屋檐。③吴音:吴地的方言。相媚好:相互逗趣取乐。④媪:老妇人。⑤锄豆:锄去豆田里的草。⑥亡赖:原为人不能治产业,此处指小孩顽皮淘气;亡,同"无"。⑦卧:趴着。

赏析

清代文学家刘熙载在《艺概·词曲概》中曾道"词要清新""澹语要有味"。而词人此作正有清新有味、写景如画之风采。全词明丽晓畅、明白如话,读起来朗朗上口、音律和谐。同时,词中无一句浓墨重笔描摹,而是采用纯粹的白描手法，将这样的一个五口之家的不同面貌和情态展现得惟妙惟肖。首句开篇即描摹农家宁静祥和宛若水墨画一般的自然风光：农家茅草搭建的屋檐低矮，绝不似城中高墙，与世隔绝；溪水潺潺，清澈见底，溪畔草色青青，让人的心情仿佛也跟着一起净化了，愉悦安详。紧接着，词人将目光由自然之景转向了乡土人情：浅酌微醺的吴侬软语响起，一对白发苍苍的农家夫妇正乘着酒意亲密谈笑，虽说是平平淡淡的两句，却将亲密无间、温和惬意的老年夫妇的生活情态完美地进行了再现。但这农家风景又怎能仅有这夫妇二人呢？词人紧接着于下阕四句，运用白描手法，直书其事：农家大儿正在小溪东边锄去豆田中的杂草，二儿正在编织盛放鸡的笼子，最让人喜欢的恐怕就是活泼淘气的小儿子了吧，他此时正在溪边趴着剥莲蓬吃呢！寥寥四句，将三个儿子的情态刻画地各有特点、入木三分，此等笔力，让人不由得钦佩不已。

茅檐、溪水、青草，作者将这农村常见的景物安排到同一句词中，由此产生的巧妙的化学反应，尽显农村景色的清新祥和；而在人物的描写上，作者亦是寥寥数笔，就勾勒出了一幅农家五人各从其事的生活图景，简单的情节安排，非但给人潦草之感，反而为本词平添质朴之气，让人有清新悦目之感。其中极强的生活气息，表现了词人心中对于农村静谧祥和生活的向往，也为我们曾经心中那位怀才不遇、渴望杀敌报国的铁血将军的形象上打上了一抹柔光，平添了一丝生活气息。

贺新郎·同父见和再用韵答之①

南宋·辛弃疾

老大那堪说②。似而今、元龙臭味③，孟公瓜葛④。我病君来高歌饮，惊散楼头飞雪。笑富贵、千钧如发。硬语盘空谁来听⑤？记当时、只有西窗月。重进酒⑥，换鸣瑟。

事无两样人心别⑦。问渠侬⑧：神州毕竟，几番离合⑨？汗血盐车无人顾⑩，千里空收骏骨⑪。正目断、关河路绝⑫。我最怜君中宵舞⑬，道"男儿到死心如铁"。看试手⑭，补天裂⑮。

注释

①贺新郎：词牌名，又名《金缕曲》《贺新凉》。②老大：年纪大。那堪说：不应说什么了。③元龙臭味：陈登，字元龙，《左传·襄公八年》："今譬于草木，寡君在君，君之臭味也。"又《魏书·陈登传》："陈元龙湖海之士，豪气不除。"此处指作者遇到了如同陈元龙般有着江湖豪气的"臭味相投者"，暗指陈亮。④孟公瓜葛：陈遵，字孟公，多江湖侠义，好宴饮，乐交游；瓜葛，关系，交情。⑤硬语盘空：引韩愈《荐士》："横空盘硬语，妥帖力排奡。"⑥进酒：斟酒劝饮。⑦事：此处指国家大事。⑧渠侬：对于他人的称呼，本处指南宋当权者；渠，他；侬，你，二者均系吴语方言。⑨离合：分裂与统一，本处为偏义复词，指分裂。⑩汗血：汗血马。盐车：语出《战国策·楚策四》，意为以骏马拉运盐的车子，暗喻人才被埋没。⑪空：白白地。骏骨：语出《战国策·燕策一》，后以"买骏骨"指燕昭王用千金购千里马骨以求贤之事，喻招揽人才。⑫目断：极目远眺。关河：边塞，即边疆地区。⑬怜：爱，此处为尊敬意。中宵：半夜；中宵舞，用祖逖中夜闻鸡起舞之典。⑭试手：大显身手。⑮补天裂：用《史记补·三皇本纪》女娲氏补天之典故。

赏析

本词多用典故，以古之事明今之意，将写景叙事与一抒心中郁结相结合，以笔为剑，舞凌云壮志、万丈豪情。词人与陈亮，皆有恢复中原之大志，却因南宋统治者偏安一隅而难酬凌云之壮志，此时，词人正闲居上饶，陈亮特地赶来与其共商恢复中原之大计，饮酒赋词，故得此篇。

词的上阕，重写友情，写与友人情投意合，共有杀敌卫国的凌云之志。词人首句即感慨自己已是油尽灯枯之年，还有什么可说的呢？此句是自嘲，更暗含着怀才不遇的辛酸，本以为全词将是低迷消沉之风时，下句却陡然而起：如今，遇到一个你这样一位有如陈登、陈遵般有着江湖侠气的人与我"臭味相投"，我便忍不住想要一抒心中难为人所理解的郁结之气了。此句用陈登与陈遵之典，暗喻友人陈亮，更是明己之志，自己的剑气豪情，绝不输于此二者。下句紧承词人欣喜之意，写作者与友人饮酒畅谈的酣畅淋漓：高歌饮酒，豪壮欢欣之意甚至驱散了楼上的飞雪。可怜那世人趋之若鹜的荣华富贵旁人看来重若千钧，可在我二人眼中，却是轻如鸿毛。此句一出，尽显词人不汲汲于世俗的张扬之气，可就在这情感到达高潮之时，下句却急转直下，感慨不已：可惜我们对于家国天下的真知灼见又有谁能听到呢？恐怕只有那悬于西窗而不知世事的一轮明月能记得了吧！我们又能做些什么呢，不过是白白地空发议论，更酌酒，听鸣弦罢了！若说上阕为情感之激荡，那么下阕就是于世事之悲怆慨叹了：金人依旧猖獗于中原故土，可人心偏安一隅的念想却是愈发深重了，那神州大地，究竟还要为金人霸占多久啊？君不见汗血宝马拉盐车而无人顾惜，空闻君王千里之外重金只为求购骏马尸骨，遥望那关塞河防却是目眦欲裂而无路可寻。词人由此而起的家国沦陷之悲怆、个人怀才不遇之愤懑，言至于此处，可谓力透纸背矣！然而词人却并未使本词沦为空叹悲情的怨词，而是在全词的末两句将先前颓势一扫而空：你说堂堂三尺男儿，至死北征之心当如铁般坚定，那我就定会等你，若女娲补天般辅佐君王，成就南宋收复中原之大业！

　　本词情感之浓烈，宛若滔滔江水般倾泻而出。词人怒，怒南宋王朝偏安一隅、不思收复中原故土；词人哀，哀世人汲汲于功名利禄而无人关心家国大事；词人悲，悲自己怀才不遇、壮志难酬而不能亲上战场杀敌卫国；词人盼，盼友人得以完成二人共同的愿望——驱金兵，复中华！此番浓烈的感情，加之以本词精巧恰当的用典，二者共鸣形成强大感染力，当真是令人有感同身受、意犹未尽之念。

书情寄从弟邠州长史昭①

唐·李白

自笑客行久,我行定几时。
绿杨已可折,攀取最长枝。
翩翩弄春色,延伫寄相思②。
谁言贵此物,意愿重琼蕤③。
昨梦见惠连④,朝吟谢公诗⑤。
东风引碧草,不觉生华池⑥。
临玩忽云夕,杜鹃夜鸣悲⑦。
怀君芳岁歇,庭树落红滋⑧。

注释

①邠(bīn)州:治所在现今陕西彬县。长史:州刺史下设的佐官,没有实职。李昭:李白族弟。②延伫:长久站立。③愿:一作厚。琼蕤(ruí):玉花。④惠连:谢惠连,南朝宋文学家,祖籍为陈郡阳夏(今河南太康)人,谢灵运族弟。⑤谢公:谢灵运,南北朝时期杰出的诗人、文学家,祖籍陈郡阳夏,为东晋名将谢玄之孙、秘书郎谢瑍之子,东晋时世袭为康乐公,世称谢康乐。⑥华池:芳华的池子。⑦杜鹃:又名子规鸟、怨鸟,每年三月开始,昼夜苦啼。⑧红滋:红色的花。

赏析

这是一首五言古体诗,大约是李白中年所作,当时李白曾游历邠、坊二州。整首诗娓娓道来,语言平和亲切,表达了诗人对族弟的深深思念之情。

开篇"自笑客行久,我行定几时"先表明自身的状态,笑自己此次行程费时太久,不知自己的行期定在何时。这样欢快活泼的话语就为整首诗奠定了温暖亲切的基调,如同兄弟二人促膝而坐、把酒长谈一般。接下来六句皆是围绕着杨柳而写,阳春之时,路边的绿杨已垂下嫩枝，诗人攀取了最长的枝条。杨柳依依，彩蝶翩翩，争相在春天里起舞，诗人却在杨柳枝条下，久久引颈悬望，欲寄相思。谁会说这杨柳枝条贵重呢？诗人却觉得它所包含的情谊比玉花还珍贵。杨柳是春天最常见的物象，同样在是诗歌中的传统意象。诗人们常在送别、怀友之时借杨柳抒情，如李白《春夜洛城闻笛》："此夜曲中闻折柳，何人不起故园情。"连续六句写杨柳，以及"相思""意愿"等词就把诗人的情感表露无遗，在这客乡，诗人深深的思念着远方的族弟。

"昨梦见惠连，朝吟谢公诗"两句将思念的情绪收回，转而写自己的生活。诗人借用谢灵运梦见惠连后得"池塘生春草"这一妙句的典故（见于钟嵘《诗品》卷中引《谢氏家录》），写自己吟诵谢公诗也心生灵感。"东风引碧草，不觉生华池"两句可以看作是"池塘生春草"的化用。春风吹拂碧草，生机勃勃，不觉之间就长满华美的池岸。绿杨碧草，既是曼妙春天的写生，又是诗人客乡旅行思绪万千的暗示。接着诗人的情绪发生波动，"临玩忽云夕，杜鹃夜鸣悲"表达了诗人的春愁。时光飞逝，不知不觉，已是夕云满天，在这三月里，子规鸟在夜里苦啼，仿佛一遍遍询问何时是归期。"杜鹃"是客居他乡的人儿悲伤的化身，用一种泣血鸣啼的方式释放对故乡、对故人的思恋。最终诗人以景结句，感慨时间的逝去，再一次直抒胸臆。"怀君芳岁歇，庭树落红滋"，诗人日夜思念族弟，不觉春天将逝，庭院里落了一地红花。

全诗共十六句，从诗人述说个人情况开始，接着以杨柳寄托思念，继而又以典故写自己的诗情，最后归结于子规苦啼、满庭落花。细细读来，这首诗展示了李白诗作的另一种风格，没有雄奇瑰丽的想象，没有气势磅礴的铺排，只剩下温暖近人的语句，如一封家信。在字句间，透露出诗人对族弟的思念，对芳华已逝的感慨，以及那如碧草般浓浓的春愁。

丽春①

唐·杜甫

百草竞春华②，丽春应最胜。

少须颜色好③,多漫枝条剩。
纷纷桃李枝④,处处总能移。
如何此贵重⑤?却怕有人知。

注释

①丽春:花名。②春华:春光,春色。③少须:这里指花刚开时。④纷纷:繁多的样子。⑤如何:为何,为何丽春这样贵重呢。

赏析

这是一首吟咏丽春花的五言古诗,诗人通过对丽春花细致入微的观察,展现花的曼妙、稀少和不张扬的品质。

开篇两句"百草竞春华,丽春应最胜"用百草做衬托,突出丽春花的美好。万物复苏之时,百花争艳,可看来看去,百草也比不上丽春花的美。诗人开篇点题,直接告知读者:诗人心中最美好的花儿是丽春。同时,这样的写法也设置了一个悬念,促使读者继续探索丽春花在百草中胜出的原因。

接着诗人具体描写丽春花"少须颜色好,多漫枝条剩",这是丽春花优胜百草的一个特点:花少则颜色鲜好,花多则枝头余剩。丽春花根苗止一类而各种颜色都具备,无论开花多少,都能使人赏心悦目。这样一来,丽春花就显示出了独有的美感,少而鲜美,多而不密,给赏花的人带来别样的审美体验。

五、六两句"纷纷桃李枝,处处总能移"还是沿用开篇的对比手法,将"百草"具体为"桃李",以桃李随处移栽都可成活与丽春花移栽则枯槁做对比,凸显丽春花的怪异之处。

最后诗人给出了丽春花移栽则枯的原因:是为了不被更多的人知道。这一戏谑式的描写赋予了丽春花以高贵的人格,丽春花与桃李之类不同之处也就在于不可随处移栽,物以稀为贵,丽春花胜百草也就在情理之中。

凭借着诗人细致的观察,才能把丽春花写得这般鲜活可爱。诗人以悬念起头,以释疑结尾,结构浑然一体,诗中三处作比,意在凸显丽春花别具一格。丽春以稀为贵,推之,人当以知稀者为贵。通篇写花,也是在赞赏一种"宁能不骄"的高贵人格。

初夏

南宋·陆游

槐柳成阴雨洗尘①,樱桃乳酪并尝新②。
古来江左多佳句③,夏浅胜春最可人④。

注释

①阴:槐树与柳树遮挡阳光形成的阴凉。②樱桃乳酪:皆为初夏之物。并:一起。③江左:古以中原为中心,左东右西,故江左即为长江东部地区。④夏浅:指初夏时期。

赏析

在本诗之中,作者一反往日豪放之风,着眼于生活中的琐碎日常。写初夏时光,颇有清新隽永之味,短短四句二十八字,就轻轻浅浅地勾勒出了初夏时分安适惬意的生活,让人不禁神往。首句即写初夏之雨:虽说是初夏,但路旁的槐柳却是已经褪去了春日的青涩与稚嫩,枝叶繁茂,已经能够遮挡初夏稍露锋芒的太阳;同样,初夏的雨势已经不似春天之时滴滴贵如油了,一场大雨洗尽了枝叶上的风尘,土壤都泛起了初夏特有的潮湿气息。首句给人的清新之气扑面而来,颇有"布谷声中夏令新"之感。正所谓"民以食为天",每当我们说起一个季节,除去其独特的风景,那么最为重要的就是应景的吃食了,初夏稍有炎热之气,此时悠然坐于林荫之下,品尝着此时独有的清甜樱桃和入口即化的乳酪,怎一"乐"字了得!紧接着,作者由景而发,想到自古以来,写江南美景之辞汗牛充栋、佳句重重,可那又如何呢?这初夏清甜而略带成熟诱惑的风景与美食,远比春日万物初醒的生涩更可人啊!

在本诗中,陆游打破了以往人们潜意识中为其指定的"豪放派词人"的限定,将自己的另一面,即用心体味且热爱生活的一面展现给了读者,让我们看到的这位词人更为丰满而有血有肉。在本诗中,词人不再为南宋朝廷偏安一隅而悲凉、不再为金兵入主中原而愤慨、不再为怀才不遇而心有戚戚焉,而是运用自己作为一位文学家的敏锐,去发现平常日子中那些简单而确定的幸福,譬如初夏雨后混合在一起的树叶和泥土的气息,譬如初夏初成的绿色阴凉,譬如初夏时兴的樱桃甜点,都让人由心生出对于简单平凡"生活"的敬意和对于未来美好日子的希冀。

咏煤炭

明·于谦

凿开混沌得乌金①,藏蓄阳和意最深②。
爇火燃回春浩浩③,洪炉照破夜沉沉④。
鼎彝元赖生成力⑤,铁石犹存死后心⑥。
但愿苍生俱饱暖,不辞辛苦出山林。

注释

①混沌:原意指宇宙形成前气、形、质三者浑然一体而未分离的迷蒙状态,这里指没有进行开发的煤矿。乌金:指乌黑且泛有光泽的煤炭。②阳和:春天的热气,温暖有热量。③爇(jué)火:炬火,小火。④洪炉:大火炉。⑤鼎彝(yí):原意是古代炊具和酒器,后指古代祭器,象征着国家和王权;鼎,烹煮用的器具;彝,酒器。元:通"原",本来。生成力:煤炭燃烧的热力。⑥铁石:古人猜想煤炭是由铁石转化而来。

赏析

这是一首咏物诗,同时诗人借煤炭以自喻,托物言志。于谦一生忠贞不贰、忧国爱民,亲身实践着煤炭的这些美德。诗歌通过写煤炭出山释放热量的能力,赞扬其自甘奉献的精神,借此表达诗人愿意为国家和人民牺牲一切的志向。

首联"凿开混沌得乌金，藏蓄阳和意最深"两句开篇点题，深埋地下的煤炭被开采出来，凝聚的巨大的热量，如同春天的温暖气息。诗句用"混沌"比喻未开发的煤矿，描摹煤矿浑然一体的状态；用"乌金"比喻开采出来的煤炭，形象地表现出煤炭的颜色和光泽。最妙的当属"阳和"一词，借用春天般温暖的气息指出煤炭具有热量高的特点。寥寥几字，就把煤炭的特性描写得十分细致。

而颔联"爝火燃回春浩浩，洪炉照破夜沉沉"转入对煤炭发光发热特性的刻画，来突出煤炭的巨大功用。煤炭小火燃烧时可以给人带来春回大地般的温暖，而在炉火中熊熊燃烧的煤炭可以划破黑暗的夜空，带来明亮的夜。"爝火""洪炉"二词描写的是煤炭的两种燃烧状态，也在此形成了对比，强调煤炭燃烧给人们带来温暖和光。这两句话采用叠词和对比的写作手法，极具节奏美感，将煤炭燃烧换来的温暖、春意、光明做了极其形象、富有诗意的概括。

颈联"鼎彝元赖生成力，铁石犹存死后心"承接上文，继续描写煤炭的功用，并开始转入对煤炭的品格的赞扬。大到国家社稷的平稳运行，小到黎民百姓的饮食起居，都要依靠煤炭发出的热量，煤炭的生成，是因为有一颗甘愿为国家和百姓的心。"鼎彝"一词可以做两种理解，一是百姓饮食，二是国家之本。这样一来，煤炭的功用不仅是寻常百姓家的一种燃料，更成为维持国家运行的"血液"。煤炭就像忠贞的臣民一样，守卫着江山和百姓。

尾联"但愿苍生俱饱暖，不辞辛苦出山林"，采用拟人的手法将煤炭彻底人格化并赋予它"鞠躬尽瘁，死而后已"的精神，诗人借此也抒发了心志：愿天下苍生都能过上饱暖的生活，为此，诗人愿意走出山林。这是在写煤炭，也是在写人。诗人把自己的感情和心愿完完全全融进了煤炭，给了煤炭以生命和心志。

纵观全诗，诗人围绕着煤炭发光发热的特性，运用比喻、拟人等手法，刻画出一个不辞辛苦为百姓带来光和热的煤炭形象，这就是诗人自我人格和理想的真实写照。诗人于质朴晓畅的诗句中寄托了他关心国家社稷、百姓疾苦并甘愿为之献身的高尚情怀。

七步诗①

三国·曹植

煮豆燃豆萁②,豆在釜中泣③。
本是同根生,相煎何太急?

注释

①七步诗:这里为四句版本。另一六句版本最早见于南朝宋刘义庆编《世说新语·文学篇》:"文帝尝令东阿王七步中作诗,不成则行大法。应声便为诗曰'煮豆持作羹,漉菽以为汁。萁在釜下燃,豆在釜中泣。本自同根生,相煎何太急?'帝深有惭色。"后来唐代《初学记》录此诗为四句。此诗遂有六句和四句传世。②豆萁:豆茎。③釜:古时炊具,相当于锅。

赏析

这首诗七步而成,小巧玲珑,凸显了曹植的才智和对兄弟感情的珍视。诗人在面对着魏文帝曹丕的死亡威胁时,从容面对,以浅显应景的比喻于极短的时间内作出这首诗,竟使"帝深有惭色"。

全诗共分为四句,两句作喻,两句抒情。前两句"煮豆燃豆萁,豆在釜中泣"用煮豆作譬喻。豆萁在锅底燃烧,豆子在锅中被煮而哭泣。这一形象的比喻,交代了曹植、曹丕两兄弟所处的地位,也为后两句抒情做铺垫。后两句"本是同根生，相煎何太急？"乃是双关语。以豆与豆萁同根而生，表明曹丕与曹植乃是手足同胞；而豆萁煎熬豆子，比喻曹丕想迫害曹植。兄弟反目，骨肉相残，这是诗人不愿意看到的。他不惧死亡，责问曹丕"相煎何太急"，慷慨激昂，欲以掷地有声的话语来唤醒曹丕。

纵然曹植最终也没有改变骨肉相残的局面，但我们从这首短诗中可以窥见曹植的不屈气节，亦惊叹于曹植七步成佳作的才气。

饮中八仙歌

唐·杜甫

知章骑马似乘船①，眼花落井水底眠②。
汝阳三斗始朝天③，道逢曲车口流涎④，恨不移封向酒泉⑤。
左相日兴费万钱⑥，饮如长鲸吸百川⑦，衔杯乐圣称世贤⑧。
宗之潇洒美少年⑨，举觞白眼望青天⑩，皎如玉树临风前⑪。
苏晋长斋绣佛前⑫，醉中往往爱逃禅⑬。
李白斗酒诗百篇⑭，长安市上酒家眠，
天子呼来不上船，自称臣是酒中仙。
张旭三杯草圣传⑮，脱帽露顶王公前，挥毫落纸如云烟。
焦遂五斗方卓然⑯，高谈雄辩惊四筵。

注释

①知章：即贺知章，性狂放纵诞，嗜酒。似乘船：形容贺知章马上醉态，摇晃若乘船。②眼花：因醉酒而看不清东西。③汝阳：汝阳王李琎，唐玄宗侄子。朝天：朝见天子。④曲车：酒车。涎：口水。⑤移封：改换封地。酒泉：郡名，传说郡城下有泉，味如酒，故名酒泉，今甘肃酒泉市。⑥左相：左丞相李适之。⑦长鲸：鲸鱼，古人谓鲸鱼能吸百川之水。⑧衔杯：贪杯。圣：酒代

称。⑨宗之：崔宗之，与李白交情深厚。⑩白眼：晋阮籍能作青白眼，青眼看友人，白眼视俗人。⑪玉树临风：形容男子潇洒秀美的姿态。⑫绣佛：画的佛像。⑬逃禅：这里指逃出禅戒，不守佛门戒律。佛教戒饮酒，苏晋信佛，却嗜酒。⑭斗酒：一作"一斗"。⑮张旭：吴人，唐代著名书法家，诗人称"草圣"，每当大醉，常呼叫奔走，索笔而书，甚至以头濡墨而书。⑯焦遂：平民，以嗜酒而闻名。卓然：神采焕发的样子。

赏析

这是一首七言乐府诗，杜甫通过"饮酒"这一主题，将大唐盛世的八位杰出人物联系在一起，描摹出这一风格独特的"八仙肖像图"，笔法夸张，刻画细腻。

"八仙"中首先写的是贺知章。他在八人中是资格最老的一个。"知章骑马似乘船，眼花落井水底眠"两句诗就写出贺知章喝醉酒后，骑马就像乘船一样摇来晃去不稳当，醉眼蒙眬，眼花缭乱，最后从马背上掉落井中，而他竟会在井里熟睡不醒。诗人用夸张的手法描摹贺知章酒后骑马的醉态与醉意，用一种谐谑滑稽的情调表现了贺知章旷达飘逸的个性。

继而，汝阳王李琎登场。"汝阳三斗始朝天，道逢曲车口流涎，恨不移封向酒泉"用两个事例来描写李琎。因他是唐玄宗的侄子，受到宠溺，所以他敢于饮酒三斗才上朝拜见天子，若在路上看到拉酒的车子竟然流起口水来，恨不得要把自己的封地迁到酒泉去。诗人抓住李琎出身皇族这一特点，真实地刻画出他的享乐心理与醉态，这与其他几人是明显不同的。

李适之是第三个出现。"左相日兴费万钱，饮如长鲸吸百川，衔杯乐圣称避贤"写李适之代牛仙客为左丞相时，喜好宴请宾客，饮酒一日要花费万钱，豪饮的酒量就像鲸鱼吞吐百川之水，可见其喝酒豪奢。但之后李适之遭李林甫排挤而被罢相，他在家与亲友饮酒时赋诗道："避贤初罢相，乐圣且衔杯，为问门前客，今朝几个来？"诗人巧妙地化用了李适之的诗句。"避贤"语意双关，一是显示李适之胸襟开阔，礼让贤士；二则有讽刺李林甫的意思。诗人以权位得失之一过程刻画人物性格，展现李适之的心理变化，并且表达出其中深刻的政治内容，体现了诗人对李适之遭遇的同情和为其感到哀伤的感情。

紧接着出现的两个人物崔宗之和苏晋都是潇洒的名士。"宗之潇洒美少年，举觞白眼望青天，皎如玉树临风前"诗人抓住崔宗之喝酒时的体态动作进行细致描写：当他饮酒时，高举酒杯，用白眼睥睨青天，一副旁若无人的姿态。喝醉后的俊美姿态宛若玉树临风，可见崔宗之少年英俊、倜傥洒脱。"苏晋长斋绣佛前，醉中往往爱逃禅"诗人选用矛盾冲突的两面来描写人物的性格特征。苏晋一面修禅，长期斋戒，一面又嗜饮，经常喝醉酒，在"斋"与"醉"的矛盾冲突中幽默地表现了苏晋嗜酒放纵、无所顾忌的性格。

李白是八仙的重点刻画对象。诗人用"李白斗酒诗百篇，长安市上酒家眠，天子呼来不上船，自称臣是酒中仙"四句话强烈突出了李白诗才和酒仙风采。诗人对李白的性格拿捏得非常鲜活准确，将艺术真实性和感染力把握得恰到好处。这样一个桀骜不驯、豪放纵逸、傲视封建王侯的艺术形象，极富有浪漫色彩而被人们喜爱。

"草圣"张旭也被描摹成一个酒仙形象。"张旭三杯草圣传，脱帽露顶王公前，挥毫落纸如云烟"写出张旭在三杯酒醉后，挥手可成飘逸的草书。他无视权贵，在王公大人面前，脱下帽子，露出头顶，书法笔走龙蛇，字迹如云烟般舒卷自如。这将张旭狂放不羁、傲世独立的性格特征表现得极为出彩。

最后"焦遂五斗方卓然，高谈雄辩惊四筵"写出焦遂在五斗酒下肚后方有醉意，神情卓异，高谈阔论，显出名士风采，惊动了席间在座的人。诗人落笔小处，以小见大，从卓越见识和论辩口才来看出焦遂的性格特征。

纵观全诗，幽默谐谑的情调、旋律轻快的节奏、性格鲜明的"八仙"共同构成《饮中八仙歌》独特的艺术魅力。正如王嗣奭所说："此创格，前无所因。"这首诗在诗歌史上也是极具特色的佳作。

木兰诗①

南北朝·佚名

唧唧复唧唧②，木兰当户织。不闻机杼声③，惟闻女叹息④。问女何所思，问女何所忆。女亦无所思，女亦无所忆。昨夜见军帖⑤，可汗大点兵⑥,军书十二卷⑦,卷卷有爷名⑧。阿爷无大儿,木兰无长兄,愿为市鞍马⑨,从此替爷征。

东市买骏马,西市买鞍鞯⑩,南市买辔头⑪,北市买长鞭。且辞爷娘去,暮宿黄河边,不闻爷娘唤女声,但闻黄河流水鸣溅溅⑫。且辞黄河去,暮至黑山头⑬,不闻爷娘唤女声,但闻燕山胡骑⑭鸣啾啾。

万里赴戎机,关山度若飞。朔气传金柝⑮,寒光照铁衣。将军百战死,壮士十年归⑯。

归来见天子,天子坐明堂⑰。策勋十二转⑱,赏赐百千强。可汗问所欲,木兰不用尚书郎,愿驰千里足⑲,送儿还故乡。

爷娘闻女来,出郭相扶将;阿姊闻妹来,当户理红妆;小弟闻姊来,磨刀霍霍向猪羊。开我东阁门,坐我西阁床,脱我战时袍,著我旧时裳。当窗理云鬓,对镜帖花黄⑳。出门看火伴,火伴皆惊忙㉑:同行十二年,不知木兰是女郎。

雄兔脚扑朔,雌兔眼迷离;双兔傍地走,安能辨我是雄雌?

注释

①木兰诗:北朝民歌,长篇叙事诗,也是一篇乐府诗。宋代郭茂倩在《乐府诗集》中将其归入《横吹曲辞·梁鼓角横吹曲》中。②唧唧复唧唧:一作"唧唧何力力";唧唧(jī),纺织机的声音,一说为叹息声,意指木兰叹息,无心织布。③机杼(zhù)声:织布机发出的声音;机:织布机;杼:织布的梭子。④惟:一作"唯",只。⑤军帖(tiě):征兵的文书。⑥可汗(kè hán):古代西北少数民族对于君主的称呼。大点兵:大规模征兵。⑦军书十二卷:意为军书有很多卷;十二卷,表很多卷,虚指,下文中"十二年""十二转"用法与此处同。⑧爷:北方称父亲为"爷",与下文的"阿爷"一样,都是指父亲。⑨为:为此。市:名词作动词,此处为买。鞍马:马匹和乘马用具。⑩鞯(jiān):马鞍下的垫子。⑪辔(pèi)头:驾驭牲口用的嚼子、笼头和缰绳。⑫溅(jiān)溅:水流激荡的声音。⑬黑山:《北史·蠕蠕传》:"车驾出东道,向黑山。"今为呼和浩特市东南。⑭骑(jì):一人一马为一骑。⑮朔(shuò)气传金柝(tuò):北方的寒气传送来打更的声音;朔,北;金柝,刁斗,古代军中用的一种铁锅,白天做饭,夜间报更,一说

金为刁斗，柝为木柝。⑯将军百战死，壮士十年归：此两句用互文修辞，原意为，将军和壮士身经百战，十年打拼才得以归来。⑰明堂：天子用于祭祀、选拔、接见诸侯等所用的殿堂。⑱策勋：记功。转：勋级每升一级为一转，十二转为最高的勋级，而本处的"十二转"是虚指。⑲愿驰千里足：一作"愿借明驼千里足"。⑳帖：通"贴"。花黄：当时女子的一种装饰品，将金色的纸剪成星、月、花、鸟等形状贴在脸上，或在额上涂一点黄的颜色。㉑火伴皆惊忙：一作"火伴皆惶惶"；火伴，古时兵制，十人为一伙，火伴即同火之人；火，通"伙"。

赏析

　　本诗是一篇长篇叙事诗，讲述了名为木兰的女子女扮男装，替父从军，胜利归来，只求与家人团聚的颇有传奇与浪漫主义色彩的故事。

　　本诗采用顺叙的构架，按照时间顺序慢慢展开了故事的清晰脉络，因而诗歌开头即是对于木兰听到消息后的忧愁心理的表现：木兰门前织布，却是听不到机器运作的声音，只能听到声声叹息。这一句可谓是制造了足够的悬念——木兰究竟为何而叹息呢？下文紧承，层层剥开。原来，木兰是不放心自己的父亲从军作战杀敌！思及家中无兄无长，木兰于是做了一个大胆的决定，她要替父从军！本诗至此，寥寥几句，一个胸中有大义、心头有小家的刚柔并济的女子形象便已经跃然纸上。于是下文中，作者便开始大笔墨地铺陈开来，将木兰行军前购置骏马、鞍鞯、辔头、长鞭等紧锣密鼓的准备展现出来。此后的行军与战争过程，作者更是不惜运用排比、对偶，大气磅礴，极尽渲染了环境的严酷肃杀。然而，即便是这样，无论是行军途中，还是随军战中，木兰面对着不可谓不恶劣的处境，遭受着不可谓不艰险的磨难，却依旧用自己的区区女儿之身，更是用独属于女性的柔弱中的坚韧不屈，在险象环生的沙场上杀出了一条血路来，关山飞渡，万里赴沙场，身经百战，十年得归！这样的女子，这样坚忍顽强而心怀天下的女子，在面对天子赏赐之时，仍是能够喜而不形于色，拒高官厚禄，舍百千赏赐，唯愿早日还乡。而木兰返乡之日，不仅仅是家人欢喜忙碌之时，更是木兰本色示人、令战友惊慌失措之时：曾经以为的堂堂热血男儿，竟是貌美的女子！若说是这样的结局让人有一吐真相的畅快，那么本诗结尾处的暗喻则给人以俏皮趣味之感：雌兔、雄兔同跑于地，又有谁能够分得清楚它们真正的雌雄呢？

本诗虽为叙事诗，但无论在入手的角度，还是手法的运用、用词的精当、结构的完整，抑或是人物形象的塑造上，皆有可圈可点之处。虽然本诗为战争题材，但在全文中，作者却通过详略得当的安排，在生活场景与儿女情态处多有着笔，摆脱了以往文学作品中英雄多无情，皆为"高大全"的怪圈，将一个国事家事皆在心间、上战场则英姿飒爽、回乡里则尽显女儿娇态的人物形象塑造得有血有肉，而非不食人间烟火的仙人。同时，在情节的展开与人物形象的塑造上，本诗兼顾铺陈、排比、对偶、互文手法，极尽渲染铺陈之能事，刻画描摹出的环境与人物，生动细致，更是朗朗上口，具有极强的艺术感染力，难怪广为传唱！

春思

唐·李白

燕草如碧丝①，秦桑低绿枝②。
当君怀归日，是妾断肠时。
春风不相识，何事入罗帏③。

注释

①燕（yān）：指今北京、河北一带。②秦：今陕西一带。③罗帏：罗布做的帷幕。

赏析

李白有很多诗是关于思妇的，这首《春思》就是其中比较著名的一首。"春"字在古代既可以解释为自然界的春天，又可理解为男女之间爱情的代名词，况且古人说"春女思，秋士悲"，从这里也将题目结合起来。"燕草如碧丝，秦桑低绿枝"，这是诗人对《诗经》中"兴"的手法的运用，并且都是春天的景物，但是"燕"字和"秦"字则明确地告诉人们两种不同的地理观念，草碧、桑绿本来很正常，但是燕、秦的比拟则一下子拉大了空间距离。这就营造出了一种"思"的氛围，仲春时节，秦桑低垂，秦地的思妇看到这一景象就自然而然地想到了远戍燕地的丈夫，那里也该是碧草如丝的景象了吧！何况丈夫看到那碧丝般的青草，也一定会生出归去的念头。在这里，诗人巧妙地化用了《楚辞·招隐士》中"王孙游兮不归，春草生兮萋萋"，并且取得了浑然天成、不着痕迹的效果。可以说这一句对"兴"的手法的运用，达到了以两地春光兴两处相思的效果，将主人公对丈夫的思念和夫妇间的真挚感情巧妙地表达了出来。

三、四句承袭上文，将丈夫及春怀归、足慰离人愁肠这一情感活动表达了出来。上文从两处着笔，此句亦是如此，在兴句的触发下，此句将主人公的感情进一步深化。元人萧士赟曾评述这一段道："燕北地寒，生草迟。当秦地柔桑低绿之时，燕草方生，兴其夫方萌怀归之志，犹燕草之方生。妾则思君之久，犹秦桑之已低绿也。"这一评述很准确地抓住了感情的浓厚之处。五、六句则意在表达主人公对爱情的忠贞和执着，春风吹罗帷，如同外物的诱惑，而主人公则申斥春风，很微妙地揭示了主人公的情态，以此作结，妙不可言。这首诗的巧妙之处就在于打破了人们惯常的逻辑思维方式，营造了一种无理而有情的氛围，更加深刻地表达了主人公内心复杂的情感。

乡思

北宋·李觏

人言落日是天涯①，望极天涯不见家②。
已恨碧山相阻隔③，碧山还被暮云遮④。

注释

①落日：太阳落下的地方。天涯：天的边缘处。②极：尽力。③碧：青绿色。④暮云：日落时的云。

赏析

这是一首思乡之作，"思乡"这一情感在诗歌中多有表现。从写法上来看，这首诗用的是传统的登高望远来抒发漂泊在外的人对家乡的思念。

诗歌开篇写登高望远，正值日落之时，天地苍茫，诗人怀着凝重的心情举目眺望。思乡心切，无心看景，落笔处只有感发而无景象。诗人向远处看去，知道那落日消失的地方就是天涯，这极远之地就像在眼前一样，但家乡却无法看到。寥寥两句，深刻地表现出了诗人望故乡而不得的苦闷。"落日""天涯""望极"等词都有"远"的意思，在这里层叠使用，强烈烘托出家乡遥不可及，失望之情溢于言表。细细想来，落日处即天涯，家乡一定是距离近一些，举目见日，但不见故乡，这一远一近的张力就出来了。正如钱锺书先生提到的诗歌中有"天涯虽远，而想望中的人更远"的写法，说的正是这两句诗的意境。落日在天涯，诗人这焦急无奈的心，被情思紧紧缠绕着，情感压抑，令人窒息。

后两句出现在眼前的物象"碧山"和"暮云"，太阳落下，余晖洒向天际的云彩。眼前的碧山与天涯的暮云相映。"已恨碧山相阻隔"这一句"转"得极妙，一是承接上一句的情感，由"苦"到"恨"，二则进一步解释为何看不到家乡。继而第四句"碧山还被暮云遮"在情感深度上更进一步。望断天涯不见故乡，不仅遥远，更有那碧山和暮云的重重阻隔。这两句诗写得非常精妙，首先在情感表达上，"已恨"和"还被"构成了一个情感递进和加强的效果。诗人遥望家乡的视线，被这"碧山"阻挡，而"碧山"又被"暮云"遮盖，形成了双重阻隔，诗人的无奈和苦闷何其深切。而在色彩配合方面，"碧"和"暮"都表现出环境昏暗的特点，正与诗人低落的心情相衬，苍茫的暮色遮掩住墨绿色的山，凝重压抑感也就更加强烈。

全诗深切地表达了诗人对故乡深挚浓厚的思念之情以及归乡无望的无奈和痛苦。四句诗表达出四层意思，层层渲染，层层递进，把感情的波浪重重推向高潮。随着太阳落下，诗人的视野由远而近、由大而小渐渐收缩，环境的色彩也由明而暗，加之重重递进的结构，那乡思也就愈来愈浓郁，集聚心中无法散去。而且诗中用"超极"来表现"至极"的手法，也使所要表达的乡思之情变得更为强烈，达到超越极限的地步。

和裴迪登蜀州东亭送客逢早梅相忆见寄①

唐·杜甫

东阁官梅动诗兴②，还如何逊在扬州③。
此时对雪遥相忆④，送客逢春可自由⑤。
幸不折来伤岁暮⑥，若为看去乱乡愁⑦。
江边一树垂垂发⑧，朝夕催人自白头⑨。

注释

①裴迪：早年隐居终南山，晚年入蜀做幕僚，与杜甫颇有唱和。②东阁：指东亭，阁名，故址在今四川省崇州市东；官梅，官府中所种的梅。③何逊在扬州：用典，典出《初学记》卷二十八"何逊在扬州见梅花盛开，作《咏早梅》诗"；何逊，南朝梁诗人。④雪：喻梅，梅花色纯白如雪，故以雪喻之。⑤可自由：恰好有闲情逸致，可观赏梅花。⑥岁暮：即岁末，此处喻年老。⑦若为：怎堪，怎能承受。⑧垂垂：渐渐。发：指花开。⑨朝夕：时常，常常。

赏析

这是一首唱和诗，是杜甫为了答谢裴迪所作。晚年裴迪入蜀做幕僚，曾寄了一首诗《登蜀州东亭送客逢早梅》给杜甫，表达对杜甫的怀念之情。因而也就有了这"古今咏梅第一"的佳作。这首诗曲意婉转，以早梅春愁立意，前两联突出"忆"字感谢裴迪对自己的思念，而后两联则围绕"愁"字抒发情怀。

首联"东阁官梅动诗兴，还如何逊在扬州"二句用何逊来与裴迪作比，以此赞美裴迪所寄《登蜀州东亭送客逢早梅》这一首诗。诗人遥想裴迪在蜀州东亭，欣赏着盛放的官梅，偶有所感，写下这动人的咏梅诗，如同南朝梁代诗人何逊在扬州见梅花盛开时所做的《咏早梅》。杜甫对何逊诗作颇为赞赏，这样一来，也表达了对裴迪咏梅诗的喜爱。

颔联"此时对雪遥相忆，送客逢春可自由。"承接上联情感，诗人此时面对着梅花思绪飘向远方，恰逢蜡梅迎春时送别友人，不由想起远方的故人。杜、裴二人，蜀中相聚，一唱一和，感情深厚。这两句集中表达了诗人对故人的感谢和思念。

颈联"幸不折来伤岁暮，若为看去乱乡愁"里诗人庆幸的是裴迪没有折梅相寄，只怕看到这蜀中的梅花时，便勾起深深的乡愁。梅花开放之时，正是辞旧迎新的时节，冬去春来，不禁让人感慨时间的流逝。漂泊在外的人面对这美好的事物，自然倍加感伤，思乡心切，催人泪下。

最后，"江边一树垂垂发，朝夕催人自白头"写"愁"更进一层，这里的江边也有一株梅树，行将开放，催人白头的不是梅花，而是年华易逝、漂泊他乡和这动乱的时局。思乡、怀友、忧国、伤时、感世……千般忧愁困扰着诗人，自然也就白头了。质朴的语言中渗透着诗人莫大的悲伤。

全诗重在抒情，而非咏梅，感情真挚深切，语言浅白，读来荡气回肠，在杜诗七律中别具一格，明代王世贞将此诗推为"古今咏梅第一"。

雨霖铃·孜孜矻矻①

北宋·王安石

孜孜矻矻②。向无明里③、强作窠窟④。浮名浮利何济,堪留恋处,轮回仓猝。幸有明空妙觉⑤,可弹指超出⑥。缘底事、抛了全潮⑦,认一浮沤作瀛渤⑧。本源自性天真佛⑨。只些些、妄想中埋没⑩。贪他眼花阳艳,谁信道、本来无物。一旦茫然,终被阎罗老子相屈。便纵有、千种机筹⑪,怎免伊唐突。

注释

①雨霖铃:词牌名,又名《雨淋铃》《雨淋铃慢》,原为教坊名曲。②孜孜矻矻:勤勉不倦息的样子。③向无明里:向来没有什么大的志向;明里,志向;明,目标,意志所趋。④窠窟:动物栖身之所,喻指事业。⑤空明妙觉:参禅至本心清静、空灵澄澈的境地;空明,洞彻而灵明的心境;妙悟,大乘菩萨修行五十二阶位之一,四十二位之一,指觉行圆满之究竟佛果,故亦为佛果之别称,又称妙觉地。⑥弹指:粘弹手指作声,佛家多以之喻时间短暂。⑦底事:何事。潮:像潮水一样汹涌起伏。⑧浮沤:水面上的泡沫,易生易灭,因而常被用于比喻变化无常的世事与短暂的生命。瀛渤:指渤海。⑨本源:根本,指事物最为重要的方面。性天:犹天性,谓人的价值与自然的本性,语本《中庸》:"天命之谓性。"⑩妄想:佛教语,为妄为分别而取种种之相,简单来说,即为一切源于"我欲、我见"的思考,都属于妄想。⑪机筹:计谋,计策。

赏析

王安石晚年多与僧人交游,好参禅,而本词就展现了词人的文化行为中浓郁的佛禅意味,展现了作者对于自己一生追求在禅宗中的反思与思考。本词开篇,作者即和盘托出近年来混迹官场,如今垂垂老矣,回望过去的心境:过去的光阴中,自己看似忙碌,勤勤勉勉,兢兢业业,但却也是胸中无大的志向,所谓的汲汲于功名利禄,也不过是为自己勉强换来一个委身之地罢了。作者此语既出,便带有了浓浓的苍凉无奈意味，为全词奠定了低沉感伤的情感基调，让人有"山雨欲来风满楼"之感。果然，词人紧接着便生发感慨：过去几十年间自己四处奔波换来的功名利禄，事到如今，都能有什么用呢？让人流连不已的，恐怕只有那人生在世短短几十年的轮回罢了！然而，悲凉之余，作者似又心有庆幸之感，所幸自己参禅明道，以得内心空明澄澈、纯净无尘，能在这短短几十年间，视世人所不能及，识破这纷扰人间的繁华假象。但词人书至此处，再度回忆往事，也难免心有戚戚焉：过去的自己，究竟为什么所蒙蔽呢，竟然抛弃了波涛汹涌的海潮，将那水上的泡沫视作茫茫渤海呢？此处词人暗喻，强烈的语气，更是表现了对于过去自己为俗物所扰，失去了对于更广阔的天地的探索与自身心性的培养。在词人看来，自己本源即佛性，却因俗物所困，差一点点就将其埋没于贪念妄想之中。当时只迷恋那高官厚禄、荣华富贵，却怎想，佛家讲道，有即是无，无即是有，唯有遵从本心，才可得永恒。人若是不了解人生之意义就撒手人寰，那即便是机关算尽、家财万贯，又有何用呢？最后还不是只能道句"食尽鸟投林，落了片白茫茫大地真干净"！

　　相对于词人曾经的"春风又绿江南岸，明月何时照我还"的明白晓畅，本词的的确确是有些晦涩难懂。然而，细细品味，我们似乎并不难体会作者在本词写作中的心境变化与所寄所托。词人参禅论道，方明悟先前数十载，自己曾追求的繁花似锦，不过转头即空。遗憾后悔之余，是庆幸，对自己及时醒悟的清醒；更有嘲讽，对世人仍汲汲于世俗、无一明己之本心的嘲讽。而将这样一位彻悟后的王安石，加入我们从作品中得到的支离破碎的理解，似乎才能勉强穿过历史的层层迷雾，拼凑出这位曾为北宋一朝之相的真正模样。

桃夭

《诗经·周南》

桃之夭夭①,灼灼其华②。之子于归③,宜其室家④。
桃之夭夭,有蕡其实⑤。之子于归,宜其家室。
桃之夭夭,其叶蓁蓁⑥。之子于归,宜其家人。

注释

①夭夭:茂盛的样子。②灼灼:鲜明的样子。华:古"花"字。之子:这个人,指新婚女子。③于归:女子出嫁。④宜:适当、相宜。室家:男子有妻称有室,女子有夫称有家,此处指家庭。⑤蕡(fén):形容果实肥大。实:果实。这里以结果比喻生子。⑥蓁蓁(zhēn):草木茂盛的样子,此处比喻家族兴旺而福荫后代。

赏析

与《诗经》中的另一名篇《樛木》一样,《桃夭》也是一首周南地区用于新婚祝贺的诗歌,不同的是《樛木》是对新郎官的祝贺,而《桃夭》却是对新娘子的祝贺。因为祝贺的对象不同,所用来"比兴"的事物也不相同,《桃夭》用可以开出艳丽的花朵和能结出硕大果实的桃树来起兴。和《樛木》一样,《桃夭》也是"兴"中带"比"。艳丽鲜明的桃花可以让我们想起新娘子美丽漂亮的笑靥，后人常常用桃花来比喻美丽女子的笑容，其源头大概也可以追溯到这里。而又甜又大的蜜桃则暗含了对新娘婚后生一群可爱宝宝的美好祝愿。在古代，生儿育女被看成女性最重要的职责，因此祝愿其多生贵子也就成为对新婚女子最美好的祝愿。茂盛的桃叶则暗含着祝福新娘子带给夫家好运，使夫家的日子过得蒸蒸日上，像繁盛的桃叶一样充满生机。可以看出，周南一带的诗歌在比兴手法的使用上显得非常纯熟。

我们说《桃夭》与《樛木》非常相似，不仅是因为它们都是用于祝福婚礼的，还因为它们在结构上也几乎完全一致，都采用了"叠嶂"的形式。以反复咏唱，逐层推进，在回环往复中层层加深抒情效果，也使这祝福显得非常诚挚。因此，我们完全可以把《桃夭》看成是《樛木》的夫妻篇。

同王征君湘中有怀[1]

唐·张谓

八月洞庭秋[2]，潇湘水北流[3]。
还家万里梦，为客五更愁。
不用开书帙[4]，偏宜上酒楼。
故人京洛满[5]，何日复同游。

注释

①同：即"和"，本诗为一首唱和之作。王征君：又"王徵军君"，即一位姓王的徵君；徵君，古时对于不受朝廷征召而入朝做官的隐士的尊称，出自《后汉书·黄宪传》。②洞庭：即洞庭湖，素有"八百里洞庭"之称，于今湖南北部。③潇湘：湘江与潇水的并称。④书帙：书卷的外套，《说文》：

"秩，书衣也。一作'书筐'。"⑤满京洛：即"京洛满"；京洛，西京长安与东都洛阳。

赏析

北宋诗人梅圣俞曾道："作诗无古今，为造平淡难。"张谓此诗，即展现了平淡之美，全诗不事雕琢，言语清浅，于轻描淡写之中表现了自己于亲友、家乡的深切感情，自然蕴藉，平淡冲和。本诗首联即交代时间、地点，八月入秋之时，作者泛舟于洞庭湖上，只见潇湘水一路向北，奔流不息。此句明为写景，实则抒情。秋天的凋零萧索之景本就足以令人心生感伤之意，而泛舟于洞庭之上，所见潇湘之水北去，宛若生命之流逝，更给作者一种"逝者如斯"的紧迫感。颔联进一步展开，在时间与空间的拓展上一同发力，如今滞留于南方，去乡万里，返乡怕是只能在梦中出现了吧！为客他乡，乡愁难挨，辗转反侧，夜不成眠，何至于五更！此处便是作者直抒胸臆了，将因思乡而生的忧愁表达得淋漓尽致。颈联更是有巧思，一个"不用"，一个"偏宜"，一个否定，一个肯定，却都是表现了诗人因思乡成疾而无心看书，只得独自把酒登楼，借酒消愁。此一句，将本诗的愁思推向了一个顶峰，而作者的思乡之情，也就在此处倾泻而出，达到了全诗的巅峰。尾联是作者的想象，自己长安洛阳亲友皆在，而自己什么时候能和他们再次同游呢？若说二、三联是长驱直入，一吐乡愁为快，那么尾联则是以退为进，用难以实现的想象，展现了自己难以归乡的思乡愁绪。

本诗最大的特点即在于其"平淡"，平淡而不俗气，淡雅而不乏味，一气呵成，难见斧凿之痕迹，虽不能称之为诗中美的最高境界，但亦是别样风景。全诗似是与友人闲聊，娓娓道来，不徐不缓，情真而意切。"清雅中有风骨，素淡中出情韵"，用以形容张谓的这首诗，可谓贴切之至。

立志封侯

张谓，生卒年不详，字正言，河内人（今属河南）。张谓少年时在嵩山读书，才华横溢的他志向远大，和友人言谈必语及封侯。他二十四岁时就被营州、朔方的地方大员征辟，十余载都在两地为官。后来因为得罪权贵，被流放蓟门。此后，他又出任过礼部侍郎、潭州刺史等官职。史载张谓嗜酒简淡，乐意湖山，多击节之音。

幽州夜饮①

唐·张说

凉风吹夜雨，萧瑟动寒林。
正有高堂宴②，能忘迟暮心③。
军中宜剑舞，塞上重笳音④。
不作边城将，谁知恩遇深！

注释

①幽州：古州名，辖今北京、河北一带，治所位于蓟县。②高堂宴：在高堂上举行宴会。③迟暮心：因衰老引起的凄凉暗淡的心情。④笳：中国古代北方民族吹奏的一种乐器。

赏析

本诗围绕"夜饮"展开，紧扣题目，词句简单质朴，并无华丽之辞，与边塞之景颇为贴切，但同时，本诗却又在细节处精于雕琢，在情感表达中委婉回转，着实令人有回味无穷之处。

首联直写边塞萧索肃杀之景，暗用宋玉《九辩》中"悲哉秋之为气也，萧瑟兮草木摇落而变衰"的诗意，同时交代了诗人所在地点的荒远萧条，夜雨潇潇，边塞的凉风吹过，将雨丝吹斜，更添凄凉之感。既是如此凄凉，便更要军中举行宴会才好，首联不动声色，却为颔联高堂酒宴做了铺垫，同时为全诗笼罩上了一层凄凉感伤的气氛。颔联紧承铺垫，顺势笔锋一转，开始写军中高堂宴饮，诗人看着众人推杯送盏、觥筹交错，本应同乐的环境，却勾起了作者对于年华易逝、英雄易老而功业未就的暗淡之意。但紧接着，军中战士拔剑起舞，那剑法与身姿，令宴会上的气氛变得愈发热烈，也给本诗平添了一抹亮丽之色，可这亮丽终究是像指缝之中的阳光——脆弱、短暂、易逝，幽幽的胡笳声奏起，为这席间欢腾的气氛注入了悲凉之感。这于热烈之后的悲凉，正如同繁花似锦后的门前冷落，更给人落寞之感。尾联二句看似落入谷底后的陡然而起：自己不来做这个边疆的将领，谁又能体会到天子深重如海的恩情呢!可看似谢恩,实则怨念,细细品味,却是满满的年岁已老、苦守边疆、历尽千帆后对于朝廷和天子的失望与愤懑。

　　正如王夫之《唐诗评选》中所说的"一气顺净",本诗道健质朴,虽有化用之处,且"吹""动""宜""重"炼字精妙,读下来,从头至尾是浑然一体的,绝无斧凿痕迹,有浑然天成之感。其中的情感,甚至于极致细微的波动,更是全流露于诗的字里行间,仅从顾安《唐律消夏录》中所言:"要说是'恩遇',竟是拗不过'边疆''迟暮''风雨'六字。"诗人言语的情感渲染表现能力之强即可窥见一斑!

重有感

唐·李商隐

玉帐牙旗得上游①,安危须共主君忧②。
窦融表已来关右③,陶侃军宜次石头④。
岂有蛟龙愁失水⑤,更无鹰隼与高秋⑥!
昼号夜哭兼幽显⑦,早晚星关雪涕收⑧?

注释

①玉帐:出征时主帅居住的营房。牙旗:旗杆或者旗面用象牙装饰的旗子,树立在主帅营房前面。这里用"玉帐牙旗"代指军队。得上游:占据优越的军事地理地势。②安危:这里偏指"危险"的意思。主君:指唐文宗。③窦融:字周公,扶风平陵(今陕西咸阳西北)人,新莽末至东汉时期名臣。刘秀称帝后归汉,授职凉州牧,而有"窦融归汉"的典故。表:古代向皇帝陈述事情的特殊文体,这里指战书。关:函谷关。右:地理上指西边。④陶侃(kǎn):字士行(一作士衡),庐江郡寻阳县(今江西九江西)人,东晋时期名将。出身贫

寒，仕途艰辛，官至侍中、太尉、荆江二州刺史、都督八州诸军事，封长沙郡公。其曾孙为东晋诗人陶渊明。次：停留，驻扎。⑤蛟龙：指唐文宗。失水：比喻皇帝受宦臣控制失去权力。愁：一作"曾"，一作"长"。⑥鹰隼（sǔn）：鹰和隼都是猛禽，这里比喻彪悍的将臣。与：通"举"。高秋：秋高气爽。⑦幽：指阴间的鬼魂。显：指阳世中的人。⑧星关：北极天关之地，比喻皇帝的住所。雪涕：指流泪。

赏析

这首诗是诗人在唐文宗大和九年（835）"甘露之变"后有感而作，所谓"重"，是因为李商隐在事变刚发生时就已经写了五言律诗《有感二首》，这里的《重有感》可以看作是续篇。此诗专为刘从谏而写，"甘露之变"以宦官得势、诛杀朝中大臣结束，刘从谏作为节度使三上奏疏问王涯等罪名，意在警告朝中宦官收敛嚣张气焰，实则没有出兵清君侧的条件。而李商隐在诗中则十分迫切地希望刘从谏可以出兵平定宦官之乱，挽救唐王朝的江山社稷。

首联"玉帐牙旗得上游，安危须共主君忧"可谓是"晓之以理，动之以情"，用心良苦。先分析军队所处的有利局势，接着直击主旨——臣下应当为君主排忧解难。简单两句，从情和理两方面陈述出兵的正当性。值得注意的是，诗人在这里采用了借代手法，用"玉帐"指代将帅，用"牙旗"指代大军，用"上游"指代军队优势显著。可见诗人的劝说既有心理的考量，又对现实局势有着清晰的认识。

三、四句"窦融表已来关右，陶侃军宜次石头"以历史典故为据，承接首联企盼刘从谏早日出兵清君侧，平定宦官之乱，言语中微露责备之意。用东汉名将窦融陈表主动为皇帝解除祸患的典故来指刘从谏三次上书之事，两者并提，显出刘从谏忠贞之心。接着用东晋名将陶侃主动出兵斩杀奸贼的典故与刘从谏按兵不动的态度做对比，暗含对刘从谏的责备。诗人在这里连用两个典故，既有对刘从谏的肯定，又有对其做法的不满，褒贬之间，是想劝说刘从谏尽快出兵。

颈联"岂有蛟龙愁失水，更无鹰隼与高秋"进一步以理服人。诗人感于皇帝大权旁落、受宦官控制的悲哀现实，责问难道没有人像鹰隼一样在长空之中勇敢与奸佞小人搏斗吗？诗人在这里连用"蛟龙愁失水""鹰隼与高秋"两个比喻，一则是对宦官当道的批判，二则是对无人出兵擒拿宦官挽救朝廷表达不满，最终的落脚点还是希望刘从谏能够出兵结束这样的反常局势。这两句诗中"岂有"和"更无"两词用得极妙,将诗人的不解、愤怒的情感完全表现出来,而且在情感上构成递进关系。面对奸佞夺权,武将不力的反常局面,诗人心中五味杂陈,恨不得披挂上阵,带兵营救君主。

尾联"昼号夜哭兼幽显,早晚星关雪涕收"笔锋一转,将全诗的节奏推向高潮。诗人将目光转向京城的景象:昼夜听到的都是哭喊声,就连阴间的魂灵都心感伤痛,宦官的罪行人神共愤;但何时才能平定奸贼救出皇帝,让人们不再为国家危难而流泪?诗人用一种黎民苍生的期待来激励刘从谏,表达了诗人迫切希望刘从谏发兵平定祸乱、挽救朝廷和百姓的心情。全诗以此作结,留下了一个疑问,也留下了一个愿景。

纵观全诗,可以说是一波未平一波又起,全部都服务于劝谏刘从谏尽早出兵这一主旨。我们也感慨于诗人劝说的艺术,于情于理都令人心服。全诗真挚感人,用典、比喻都恰到好处,让我们深刻地体会到李商隐济苍生、安社稷的政治抱负。

乌夜啼·昨夜风兼雨①

五代·李煜

昨夜风兼雨,帘帏飒飒秋声②。烛残漏断频欹枕③,起坐不能平。

世事漫随流水④,算来一梦浮生⑤。醉乡路稳宜频到⑥,此外不堪行。

注释

①乌夜啼:词牌名。在词谱中有两种词牌都叫《乌夜啼》:一是《相见欢》的别名,又名《秋夜月》《上西楼》,唐教坊曲,三十六字;二则《乌夜啼》本

身是唐教坊曲,又名《圣无忧》,平韵四十七字,又有四十八字体,与前者不同。这里的"乌夜啼"指第二种。②帘帏(wéi):帘子和帷幕。飒飒(sà):形容风吹动树叶的声音,这里也含有风吹帘帏发出的声音。③漏断:一作"漏滴",壶中的水快要漏完,表明时间很晚。漏,古代计时器,漏壶上下分好几层,上层底有小孔,可以滴水,设置滴水量,插上刻度尺,根据水指示的刻度来显示时间。欹(qī):通"倚",斜,倾斜。④漫:徒然。⑤浮生:指人生短促,世事虚幻。⑥醉乡:指喝醉酒后意识不清醒的幻境。

赏析

　　这首词是李煜晚期困居汴京时所作,词人在漫漫秋夜,触景生情,万般愁绪涌上心头,以词抒怀。上阕写景写人,风雨秋夜,愁人不眠。下阕抒情感怀,人生一梦,醉乡最妙。

　　开篇"昨夜风兼雨,帘帏飒飒秋声"从描写秋天的雨夜入手,风雨交加,词人彻夜无眠,那窗外淅淅沥沥的雨声、风吹动帘幕发出的飒飒声,拨动着词人的心弦。雨夜凄凉的环境描写,为全词奠定了悲伤的感情基调。继而由景到人,雨夜中不眠的人儿,如何度过这漫漫长夜,只落得"烛残漏断频欹枕,起坐不能平"。微弱的烛光只留下残影,漏壶滴答滴答也行将结束,词人在枕头上辗转反侧,心绪烦乱,怎么也无法入睡。那就坐起来吧,可词人心情烦闷还是无法平复,竟是这般坐卧不安。

　　那么,什么事情使得词人一夜无眠呢?答案就在下阕的抒情感怀里。"世事漫随流水,算来一梦浮生"短短十二字,写出了人生的大悲处:人生在世,南柯一梦;逝者如斯,世事难料。"自古逢秋悲寂寥",在这雨夜,更添一层哀伤。词人触景生情,回忆起自己的一生,竟是这样惨淡。"世事"中既有南唐后主的显贵生活,又有汴京囚居的亡国之痛,而今都随流水而去。身处乱世,无处安身,无论富贵贫穷都是一场大梦。"算来"二字含着双重态度,表面上是弹指一生的轻蔑,深层上却包含了词人的悔恨和无奈。但现实已成定局,无法改变,只能回到虚幻的世界。因为"醉乡路稳宜频到,此外不堪行",词人选择了逃避现实,回到"醉乡"之中走安稳路,远离这尘世的烦扰,在酒中创造一个乌托邦的世界,仿佛醉梦中自有天地,而词人也只能一醉解忧。尘世虽是虚幻,但如何割舍?在这无情之夜,偏生多情之思。酒带来的只是一时的"醉乡",待酒醒之时,愁绪又要涌上心头。这是一生的悲痛,又岂是这一夜难眠?

世事艰难而不堪,词人有无限的哀伤却不能在现实中得到排解,只有在醉梦里寻求暂时的解脱,这是一种难言而真实的痛。至最后,词人俨然与佛家思想相融,感慨浮生在世,众生皆苦,气象宏大自在此处。

采桑子·天容水色西湖好①

北宋·欧阳修

天容水色西湖好②,云物俱鲜③。鸥鹭闲眠,应惯寻常听管弦。风清月白偏宜夜,一片琼田④。谁羡骖鸾⑤,人在舟中便是仙。

注释

①采桑子:词牌名,又名《丑奴儿令》《丑奴儿》《罗敷媚歌》《罗敷媚》等,双调,四十四字,八句。②天容:天空的景象;西湖,此处指颍州西湖。③云物:景物。④琼田:传说中的种玉之田,暗喻此处月光映照下莹碧如玉的湖水。⑤骖(cān)鸾:仙人驾鸾鸟云游之谓;骖,驾,乘。

赏析

此作创于欧阳修晚年醉心山水、淡然洒脱之时,言语清新明快,描绘朗月清风、如梦如幻、宛若仙境的夜间西湖图景,令人心向往之。

上阕作者开篇即直抒心中所想,大有一吐为快之势:西湖好啊!水色天光相映,好景名物清丽。湖上鸥鹭闲适入眠,丝毫不为词人与友人玩赏西湖好景时的丝竹管弦之声而惊醒,想必是听惯了音乐之声而不因此惊惧了吧!短短一句"鸥鹭闲眠",暗示了时间——词人是与友人夜游西湖;更衬托了环境:鸥鹭得以安适闲眠于兹,更显西湖环境的恬淡清幽、雅致安详。下句之"应惯寻常"所蕴之意更是暗藏于字间:一方面，寻常之语，表明鸥鹭已是以管弦声之为寻常而不足惧也，暗示了词人与友人宴游于西湖的经常，表现了词人游于山水之间，乐不思返的心境；同时，本句暗用《列子·黄帝篇》中"鸥鸟忘机"的故事。词人用此典以明志，暗示自己隐于山水之间而心无所念，忘却心机，因而不为鸥鹭所避，此一招明志于状物，着实巧妙。

下阕诗人着眼于西湖于月下宛若仙境之景，"清风明月偏宜夜"一句，巧妙的景物组合而况味全出，清风微动湖水，月色莹白皎洁，湖上之清风，天边之明月，叠加在一起，便构成了一幅令人神往的西湖夜景图。月色照耀之下，湖水波澜不兴，词人以传说中的"种玉之田"以喻之，更表现了湖水的莹碧如玉。此时词人泛舟游于湖水之中，自觉飘飘如仙，谁还会羡慕那驾鸾鸟而云游的仙人呢？此情此景，与苏子"纵一苇之所如，凌万顷之茫然""飘飘乎如遗世独立，羽化而登仙"颇有异曲同工之妙，表现了词人云游山水、乐而忘忧的欢欣之意。

本词清朗明快、一气呵成，明写西湖风景名胜，实则借写景状物抒情，表现了词人游乐于山水之间，乐而忘忧的心境。本诗虽是反映作者的生活体悟与刹那间的意绪波动，但是却贵在字句明白畅快、情感真实流露，一扫宋初花间词派的词句华丽颓靡之风，读来让人颇有耳目一新之感。

早行

唐·罗隐

雨洒江声风又吹①，扁舟正与睡相宜②。
无端戍鼓催前去③，别却青山向晓时④。

注释

①雨洒：即下雨。②扁舟：一人撑篙驾驶的小船。③戍鼓：边防驻军的更鼓。④向晓：即将天明。

赏析

与盛唐时期"大漠孤烟直，长河里落日圆"的壮阔边塞之景不同，在李唐王朝急转直下、日渐式微的时期，在朝廷内部宦官专权、藩镇割据的年代，在"空有篇章传海外，更无亲族在朝中"的心寒之中，罗隐笔下的边塞早行，便也无端镀上了一层凄迷萧条的色彩。本诗以景起笔，交代地点：天空阴沉，雨丝被风吹斜，在半空中划出一道道弧线坠入江中，风雨潇潇，更为江中早行平添了一份凄凉、悲怆之意。首句起笔如此，即为全诗笼罩上了凄迷低沉的淡淡灰色，同时为下句暗中铺垫：作者为何写江中之景呢？第二句紧承上句解惑：诗人驾一叶扁舟，泛舟于江水之上，虽说这小舟如苇叶般单薄，但却是恰恰适合假寐于其中呢！诗人此处"正与睡相宜"可以说是不动声色、暗扣诗题——诗人为何于此处提到睡觉呢？联系诗题与全诗即可明白，早起赶路，泛舟江上，于扁舟补眠，暗示行之"早"。第三句中，作者改变了单一的视觉模式，动用听觉，不知何处传来的边塞的更鼓声似乎在催促着自己抓紧赶路。边塞此时的风雨凄迷本就令人无端生低沉感慨之意，再加上塞上那声声的更鼓，仿佛敲击在人心里，更是平添萧索之感。尾句点明"早行"，诗人于小舟之上，看着那江畔的青山苍翠，诗人与其挥手作别之时，正是拂晓天之将明之际。

本诗精妙之处在于，全诗并无一"早"字，亦无一"行"字，看似四句都是风马牛不相及的写景，却是在字里行间都透露着"早行"之意；同时，全诗无一句抒情，却在字字句句、描画景物之中都流露出悲凉感伤之意。全诗明白如话，一气呵成，而无雕琢痕迹，词句质朴之中却有着精致的质感，仿佛精心打磨过后的璞玉，于温润低调之中的灼灼光华，令人沉醉于其中。

怀才不遇

罗隐一生怀才不遇，屡次科场失意后，只能辗转在军阀幕府之中为宾客谋生。史书记载，罗隐早年间以寒士身份赴京考举，路过钟陵县（今属江西），结识了当地乐营中一个颇有才华的歌妓云英。大约十二年后，屡试不第的罗隐再度落第路过钟陵，又与云英不期而遇。云英仍然未脱风尘，罗隐也还是布衣之身，感慨之下罗隐就赋诗一首："钟陵醉别十余春，重见云英掌上身。我未成名英未嫁，可能俱是不如人。"

"飞花令"中的酒令文化

解密"飞花令"

"飞花令"其实是中国古代一种喝酒时用来罚酒助兴的酒令,"飞花"一词出自唐代诗人韩翃《寒食》诗中的"春城无处不飞花"一句。该令诞生于西周,成熟于隋唐,属雅令。一般而言,行令时选用的诗句不仅必须含有相对应的关键字,而且对该关键字出现的位置同样有着严格的要求。行令时首选诗和词,也可用曲,但选择的句子一般不超过七个字。

例如:花开堪折直须折,花在第一字;落花人独立;花在第二字;感时花溅泪,花在第三字……以此类推。这些诗可背诵前人名句,也可即兴创作。当作不出诗,背不出诗或作错,背错时,则由酒令官命其喝酒,算是一个小小的惩罚。

行飞花令必须引经据典,反应机敏,这就要求行令者既要有丰富的知识储备和文采才华,又要足够敏捷和机智,因此它也是众多酒令中最能体现个人才情的项目之一。

当然,"飞花令"并不局限于"花"字,诸如"月""酒""江"等等经常在古诗文中出现的字都可以成为"飞花令"的关键字。

不同时期的酒令

春秋战国:投壶

春秋战国时期,由于受到尚武精神的影响,成年男子若不会射箭,会被视为一种耻辱,因此诸侯宴请宾客时的礼仪之一就是请客人射箭,而客人是不可以推脱的。后来,有的客人确实不会射箭,索性便用箭投酒壶来代替。久而久之,投壶便代替了射箭,成为宴饮时的一种酒令游戏。其产生于春秋，盛行于战国。规则大致是在酒席上设一口阔腹大，壶颈细长的特制之壶，将壶口作为目标，参与者每人持矢四支，依次投入壶中，视投中多少决定胜负，投不中者则罚酒。

魏晋：曲水流觞

所谓曲水流觞，是中国古代民间的一种习俗传统，后来发展成为文人墨客诗酒唱和的一种雅事。惠风和畅的天气，择一风雅僻静之处，大家坐在潺潺流淌的河渠两旁，在上流放置酒杯，让其顺流而下，停在谁的面前，谁就取杯饮酒，再吟出诗来。

唐朝：藏钩·射覆

时至唐代，酒令的形式多种多样，更为精彩，当时较为流行的有"藏钩""射覆"等几种。"藏钩"也称"送钩"，简单易行。即甲方将"钩"或藏于手中或匿于手外，握成拳状让乙方来猜，猜错罚酒。"射覆"则是先分队，也叫"分曹"，先让一方暗暗将物覆于器皿下让另一方猜。射就是猜或度量之意，唐代诗人李商隐对此道颇为谙熟，便在诗中写道："隔座送钩春酒暖，分曹射覆蜡灯红。"

明清：拧酒令儿

论及明清两朝，流行的酒令则是"拧酒令儿"，也就是不倒翁。先拧着它旋转，等它停下后，不倒翁的脸朝向谁就罚谁饮酒，粤人称"酒令公仔"。

为此，俞平伯先生引《桐桥倚棹录》称其为"牙筹"。它是一种泥胎，苏州特产，一般为彩绘滑稽逗乐形象。《红楼梦》六十七回写薛蟠给薛姨妈和宝钗带的礼物中就有这种惟妙惟肖的酒令儿。

文稿撰写：李　妍　张丽莹
　　　　　邓　婧　李旻璇
文图编辑：李国斌
美术编辑：刘晓东